D1343660

COCKTAIL CLUB

DU MÊME AUTEUR

Sophie Kinsella :

Confessions d'une accro du shopping, Belfond, 2002 ;
rééd., 2004 ; Pocket, 2004
Becky à Manhattan, Belfond, 2003 ; Pocket, 2005
L'accro du shopping dit oui, Belfond, 2004 ; Pocket, 2006
Les Petits Secrets d'Emma, Belfond, 2005 ; Pocket, 2008
L'accro du shopping a une sœur, Belfond, 2006 ; Pocket, 2007
Samantha, bonne à rien faire, Belfond, 2007 ; Pocket, 2010
L'accro du shopping attend un bébé, Belfond, 2008 ;
Pocket, 2009
Confessions d'une accro du shopping suivi de *Becky à
Manhattan*, Belfond, 2009
Lexi Smart a la mémoire qui flanche, Belfond, 2009 ;
Pocket, 2011
Très chère Sadie, Belfond, 2010
Mini-Accro du shopping, Belfond, 2011 ; Pocket, 2012

Madeleine Wickham *alias* Sophie Kinsella :

Un week-end entre amis, Belfond, 1995 ; rééd., 2007 ;
Pocket, 2009
Une maison de rêve, Belfond, 1999 ; rééd., 2007 ; Pocket,
2010
La Madone des enterrements, Belfond, 2000 ; rééd., 2008 ;
Pocket, 2010
Drôle de mariage, Belfond, 2001 ; rééd., 2008 ; Pocket,
2011
Des vacances inoubliables, Belfond, 2002 ; rééd., 2009

Vous pouvez consulter le site de l'auteur à l'adresse suivante :
www.sophiekinsella.fr

MADELEINE WICKHAM
alias
SOPHIE KINSELLA

COCKTAIL CLUB

*Traduit de l'anglais
par Marion Roman*

belfond
12, avenue d'Italie
75013 Paris

Titre original :
COCKTAILS FOR THREE
publié par Black Swan, une division de Transworld
Publishers Ltd, Londres

Si vous souhaitez recevoir notre catalogue
et être tenu au courant de nos publications,
vous pouvez consulter notre site internet,
www.belfond.fr
ou envoyer vos nom et adresse,
en citant ce livre,
aux Éditions Belfond,
12, avenue d'Italie, 75013 Paris.
Et, pour le Canada,
à Interforum Canada Inc.,
1055, bd René-Lévesque-Est,
Bureau 1100,
Montréal, Québec, H2L 4S5.

ISBN 978-2-7144-4818-7

Belfond | un département **place des éditeurs**

place
des
éditeurs

À mon mari Henry,
sans qui ce livre n'aurait pas été possible.

1

Candice Brewin poussa la lourde porte en verre du Manhattan Bar et se laissa envelopper par la vague familière de chaleur, de lumière et d'animation. Ce mercredi soir, il était à peine dix-huit heures, et l'ambiance battait déjà son plein. Des serveurs à nœud papillon vert sapin couraient de table en table sur le parquet ciré, chargés de cocktails. Au comptoir, des jeunes femmes en robes légères dardaient sur la salle leurs regards avides. Dans un coin, un pianiste martelait des morceaux de Gershwin, étouffés par le brouhaha.

On commence à être à l'étroit, ici, se dit Candice en retirant son manteau. Quand elle l'avait découvert avec Roxanne et Maggie, le Manhattan Bar était une adresse calme et discrète, presque confidentielle. Elles étaient tombées dessus par hasard, un soir où elles s'étaient mises en quête d'un petit remontant après une journée particulièrement stressante au journal. Il s'agissait à l'époque d'un bistrot sombre et vieillot, aux tabourets branlants et au mur orné d'une fresque écaillée de *skyline* new-yorkais. Les consommateurs – pour l'essentiel, de vieux messieurs respectables flanqués d'une jeunesse – étaient rares et réservés. Candice, Roxanne et Maggie avaient crânement commandé une tournée de cocktails, suivie d'une autre, et d'une autre encore, si bien qu'à la fin de la soirée elles s'étaient prises d'affection pour le tripot et avaient décidé, entre deux fous rires, d'en faire leur repaire. Les rendez-vous mensuels du Cocktail Club étaient nés.

Agrandi, refait à neuf et recommandé par tous les magazines branchés, le bar accueillait désormais chaque soir une foule de cadres dynamiques. On y avait repéré des célébrités. Même les serveurs avaient de faux airs de mannequins. Décidément, pensa Candice en tendant son manteau à l'hôtesse en échange d'un bouton d'argent Art déco en guise de jeton de vestiaire, il était temps pour le trio de changer de crémerie. De se trouver un QG moins bondé, moins tapageur.

Elles n'en feraient rien, bien sûr. Impossible de déroger à la tradition : le premier de chaque mois, elles se retrouvaient au Manhattan Bar, et pas ailleurs, pour échanger leurs confidences et siroter des martinis dans des verres givrés.

Candice inspecta son reflet dans le miroir, de ses cheveux courts à son maquillage, discret, comme toujours. Elle portait un tailleur-pantalon noir sur un tee-shirt vert clair – pas très sexy, mais cela ferait l'affaire.

Elle promena son regard dans la salle mais ne repéra ni Roxanne ni Maggie. Si toutes trois travaillaient à la rédaction du *Londoner*, le plus souvent elles se retrouvaient directement au bar. Journaliste free-lance, Roxanne ne venait que lorsqu'elle avait des appels longue distance à passer pour préparer ses reportages à l'étranger, et Maggie, rédactrice en chef du magazine, restait souvent très tard au bureau.

Mais pas aujourd'hui, se dit Candice en consultant sa montre. Aujourd'hui, Maggie avait un prétexte en béton pour partir tôt.

Elle lissa son tailleur du revers de la main et fendit la foule. Avisant une table sur le point de se libérer, elle fonça. Le jeune homme eut à peine le temps de se lever que déjà elle se glissait à sa place, non sans lui adresser un sourire de reconnaissance. Pour obtenir une table au

Manhattan Bar, il fallait être rapide. Et elles en trouvaient toujours une. Cela faisait partie de la tradition.

Maggie Phillips s'arrêta un instant devant le Manhattan Bar, lâcha son gros sac en plastique rempli de peluches et de jouets en tout genre et remonta d'un coup sec les bas de contention qui plissaient autour de ses chevilles.

Plus que trois semaines, se dit-elle en tirant sur l'élastique. Plus que trois semaines à supporter ces saletés.

Elle respira profondément, ramassa son sac et poussa la porte vitrée.

Sitôt entrée, elle fut étourdie par le bruit et la chaleur. Des petits points noirs lui brouillaient la vue. Elle chercha le mur à tâtons, s'y adossa et attendit que ça passe.

« Tout va bien, madame ? » s'enquit une voix à sa gauche.

Maggie tourna vivement la tête. Elle voyait encore un peu trouble mais parvint à distinguer les traits affables de l'hôtesse du vestiaire.

« Très bien, merci, répondit-elle avec un sourire forcé.

— Vous êtes sûre ? Vous ne voulez pas un verre d'eau ?

— Non, merci, je vais très bien. »

Et pour le prouver, elle entreprit d'ôter son manteau. Ce qui n'était pas une tâche aisée. D'autant qu'elle sentait peser sur elle le regard scrutateur de l'employée. Le legging noir et la tunique de Maggie lui allaient à ravir – compte tenu du fait qu'elle était enceinte jusqu'aux dents. Des efforts vestimentaires vains, car elle avait la silhouette d'une montgolfière, elle le savait bien. Maggie tendit son manteau à l'hôtesse en la fixant droit dans les yeux. Si elle me demande pour quand c'est, je lui fais avaler Babar.

« Alors, c'est pour quand ?

— Le 25 avril, répondit Maggie, faussement enjouée. Plus que trois semaines !

— Vous avez fait votre valise, j'espère ? gazouilla l'hôtesse. C'est qu'il ne faut pas s'y prendre à la dernière minute ! »

Maggie serra les dents. Non, mais de quoi se mêlait-elle ? De quel droit se permettait-on ce genre d'intrusion dans sa vie privée ? Un jour, à l'heure du déjeuner, un parfait inconnu l'avait abordée dans un pub et, pointant du doigt son verre de vin, avait sifflé : « C'est du propre ! » Elle avait failli lui jeter le verre au visage.

« C'est votre premier », dit l'hôtesse.

Il s'agissait d'une affirmation, pas d'une question. Ça se voit donc tant que ça ? Maggie Phillips (ou plutôt Mme Drakeford, comme je suis enregistrée à la clinique) n'a clairement jamais eu d'enfants, ça saute aux yeux : elle ne sait même pas par quel bout les prendre !

« Oui, c'est mon premier. »

Elle tendit la main, paume ouverte, comme pour intimer à l'hôtesse de lui remettre son fichu jeton et de la laisser tranquille. Mais celle-ci couvait toujours d'un regard mièvre son ventre protubérant.

« Moi, j'en ai quatre. Trois filles et un garçon. Les premières semaines ont été magiques. Savourez bien ces instants. Ils passent tellement vite !

— Je sais », répondit Maggie malgré elle, le visage fendu d'un large sourire hypocrite.

Qu'est-ce que je raconte ? Je n'en sais rien du tout ! Elle bouillait intérieurement. Je n'y connais absolument rien ! Moi, mon domaine, c'est la mise en pages, le calibrage et la gestion de budget ! Qu'est-ce que je suis donc en train de faire ?

« Maggie ! »

Arrachée à ses pensées, elle fit volte-face et aperçut le visage rond et bienveillant de Candice.

« Je me doutais bien que c'était toi. Viens, je nous ai trouvé une table.

— Bien joué ! »

Candice leur fraya un chemin et Maggie la suivit, gênée de voir les autres consommateurs s'écarter à la vue de sa masse imposante. Elle avait l'impression d'attirer tous les regards : dans le bar, il n'y avait pas une seule autre femme enceinte. Pas même une fille légèrement enrobée. Partout, des greluches aux cuisses de mouche et aux petits seins hauts perchés.

« Tout va bien ? » lui demanda Candice, en lui tendant une chaise.

Maggie se retint d'aboyer qu'elle n'était pas malade, et s'assit.

« On commande, ou on attend Roxanne ? s'enquit Candice.

— Bof, je ne sais pas... » Maggie haussa les épaules, maussade. « On ferait sans doute mieux de l'attendre.

— Tu es sûre que ça va ? »

Maggie soupira :

« J'ai connu mieux. J'en ai plein le dos, de cette grossesse. Ras le bol de me faire tâter et tripoter à tout bout de champ. Marre d'être un monstre.

— Tu rigoles ? Maggie, tu es superbe !

— Superbe pour une femme enceinte...

— Superbe tout court ! insista Candice. Crois-moi. Une de mes voisines est enceinte en ce moment et je suis sûre qu'elle tuerait pour avoir ta ligne ! »

Maggie se dérida enfin :

« Candice, je t'adore ! Tu as toujours le mot juste.

— C'est la stricte vérité. Si on commandait ? suggéra-t-elle en ouvrant la carte – un long menu vert sapin orné d'un pompon en cuir argenté. Roxanne ne va plus tarder ! »

Dans les toilettes du Manhattan Bar, penchée au-dessus du lavabo, Roxanne Miller ourlait soigneusement sa bouche au crayon rose. Elle frotta délicatement ses lèvres l'une contre l'autre et recula d'un pas pour étudier le résultat dans la glace. Comme d'habitude, elle commença par l'inventaire de ses atouts : des pommettes saillantes – ça, même le temps ne les lui ôterait pas. Des yeux bleus – un peu rougis, peut-être. Un teint doré, qu'elle devait à trois semaines dans les Caraïbes. Certes, son nez restait obstinément long et busqué, mais elle était dotée d'une magnifique crinière blond foncé qui s'échappait par mèches de son peigne en écaille. Échappée, d'ailleurs, un peu désordonnée… Roxanne farfouilla dans son sac en quête d'une brosse et entreprit de se recoiffer. Elle portait, comme souvent, un simple tee-shirt blanc. Rien de tel pour faire ressortir un beau bronzage naturel. Elle rangea sa brosse et sourit malgré elle, admirant son reflet.

Un bruit de chasse d'eau se fit alors entendre et une jeune fille de dix-neuf ans maximum vint se poster pile à côté de Roxanne pour se laver les mains. Elle avait des yeux sombres au regard ensommeillé, un teint pâle, une peau lisse. Ses cheveux lui tombaient sur les épaules avec la raideur d'une frange d'abat-jour et sa bouche ressemblait à un fruit mûr. Mais zéro maquillage. La fille surprit le regard de Roxanne, lui sourit et sortit.

Quand les portes battantes se furent refermées, Roxanne resta seule, immobile face au miroir. D'un seul coup, elle se trouvait vulgaire, pathétique. Elle en faisait trop. Une vieille de trente-trois ans s'accrochant à sa jeunesse, voilà ce qu'elle était. Son sourire s'effaça, son regard perdit son éclat. Elle inspecta ses joues très légèrement couperosées, conséquence d'une surexposition au soleil. Du coup de soleil au coup de vieux…

Un bruit à la porte lui fit tourner la tête.

« Roxanne ! »

C'était Maggie, radieuse. Ses cheveux noisette coupés au carré brillaient sous les néons.

« Salut, ma belle ! s'exclama Roxanne en fourrant sa trousse à maquillage dans une besace Prada. Je me refaisais une beauté…

— Tu n'en as pas besoin, avec ce teint !

— Le soleil des Caraïbes, il n'y a que ça de vrai...

— Ah, non ! dit Maggie en se plaquant les mains sur les oreilles. Je ne veux rien savoir. C'est trop injuste : moi, quand j'étais rédactrice, je ne suis jamais partie en reportage dans des contrées ensoleillées... J'aurais dû en profiter ! »

Du menton, elle désigna la porte :

« Va donc tenir compagnie à Candice, j'arrive tout de suite. »

Quand elle regagna la salle, Roxanne aperçut Candice, seule à leur table, absorbée dans la lecture de la carte des boissons, et ne put réprimer un sourire. Candice ne changeait jamais. Quelle que soit sa tenue, elle avait toujours son teint de pêche, sa coiffure bien nette, ses jolies fossettes. Et ses yeux grands ouverts et confiants. Pas étonnant qu'elle soit si bonne journaliste, songea Roxanne avec affection. Lors des interviews, on devait s'y noyer.

« Candice ! » appela-t-elle.

Son amie leva la tête et son visage s'illumina.

Roxanne croisait chaque semaine dans leurs poussettes des tripotées de poupons plus craquants les uns que les autres sans ressentir la moindre pointe d'instinct maternel mais, allez comprendre pourquoi, face à Candice, son cœur se serrait parfois : elle éprouvait un obscur besoin de protéger cette fille au visage rond et innocent, au grand front enfantin. De quoi ? de qui ? De sombres inconnus aux noirs desseins ? C'était ridicule ! Après tout, elles n'avaient que quelques années d'écart – quatre, cinq tout au plus. La plupart du temps, Roxanne oubliait cette petite différence d'âge. Mais il lui arrivait aussi de se sentir bien plus aguerrie.

Elle gagna la table à grands pas et embrassa Candice sur la joue.

« Tu as commandé ?

« — J'hésite, répondit Candice en désignant la carte. Summer sunset ou urban myth ?

— Évite le summer sunset : c'est rose vif et servi avec un petit parasol !

— Ah ? » Candice haussa les sourcils. « Et c'est grave ? Qu'est-ce que tu prends, toi ?

— Comme d'hab', un margarita. J'ai vécu exclusivement de margaritas, à Antigua. » Roxanne prit une cigarette, se rappela l'état de Maggie et se ravisa. « Enfin, de margaritas et de soleil. Que demander de plus ?

— Alors, c'était comment ? Tu as eu… »

Candice se rapprocha et poursuivit, espiègle :

« … des aventures ?

— Je n'ai pas eu à me plaindre ! Il y en a même un avec qui j'ai remis le couvert une ou deux fois.

— Tu es incorrigible !

— Dis plutôt que je suis très douée. C'est pour ça qu'ils sont fous de moi – et qu'ils réclament tous du rab !

— Mais… Et ton… ? »

Candice laissa sa phrase en suspens, gênée.

« Mon Respectable Époux et Père de Famille ? minauda Roxanne.

— Oui, répondit Candice, en rougissant un peu. Ça ne le dérange pas que tu…

— Monsieur le Respectable Époux et Père de Famille n'a pas son mot à dire ! Monsieur Respectable a sa femme, j'ai bien droit à quelques petits extras. Ce n'est que justice ! »

Elle lança à Candice un regard dur : le sujet était clos pour ce soir. Roxanne n'aimait pas qu'on la questionne sur son amant marié. Elle était avec lui depuis que Candice la connaissait mais n'avait jamais divulgué son identité ni le moindre détail à son sujet. Candice et Maggie spéculaient, s'imaginant Roxanne avec une star – ou un homme politique, peut-être. En tout cas, le monsieur devait être riche, puissant et sexy. Roxanne ne se satisferait pas de n'importe qui. L'aimait-elle ? Impossible à dire. Elle parlait de leur relation avec une telle désinvolture, un tel détachement, qu'on se demandait presque qui se servait de qui, dans l'histoire.

« Bon, désolée, reprit Roxanne en fouillant dans son sac, mais fœtus ou pas, j'ai envie de fumer !

— Fais-toi plaisir, dit Maggie, qui les avait rejointes. Ça ne peut pas être pire que la pollution. »

Elle s'assit et leva la main pour attirer l'attention de la serveuse :

« S'il vous plaît, on voudrait commander ! »

Une jeune femme blonde s'avança et Candice la dévisagea, comme hypnotisée. Cette fille lui rappelait quelqu'un. Ses cheveux ondulés, son petit nez retroussé, ses yeux gris cernés, jusqu'à cette façon de repousser une mèche qui lui tombait dans les yeux – tout en elle avait des airs de déjà-vu. Où diable avaient-elles pu se rencontrer ?

« Il y a un problème ? demanda-t-elle poliment, et Candice s'empourpra.

— Euh, non ! Pour moi, ce sera... »

Elle rouvrit la carte et la feuilleta de nouveau, distraite. Le Manhattan Bar proposait des centaines de cocktails, un tel choix la décontenançait.

« ... Un mexican swing, s'il vous plaît.

— Et pour moi, un margarita.

— Oh, flûte, je ne sais pas quoi commander..., pesta Maggie. J'ai déjà bu un peu de vin ce midi...

— Un virgin mary ? C'est sans vodka », suggéra Candice. Maggie fit la grimace :

« Beurk ! Oh, et puis donnez-moi un shooting star !

— Elle est des nô-ôtres ! claironna Roxanne. T'as raison, faut lui donner le goût des bonnes choses, à ce petit. Et maintenant, déclara-t-elle en fouillant dans sa besace, c'est l'heure des cadeaux ! »

Maggie écarquilla les yeux :

« Pour moi ? Mais j'en ai déjà reçu tellement à mon pot de départ, aujourd'hui... J'ai été pourrie-gâtée ! Et je ne parle même pas des liasses de bons d'achat Prémaman...

— Des bons d'achat, tu appelles ça des cadeaux ? Peuh ! fit Roxanne avec dédain. Tiens, voilà du cadeau, du vrai ! »

Et elle plaqua sur la table une petite boîte au turquoise reconnaissable entre tous.

« Tiffany ? s'esclaffa Maggie, incrédule. Tu m'as acheté un cadeau chez Tiffany ?

Les doigts enflés par la grossesse, elle défit maladroitement l'emballage et en sortit d'une petite pochette un objet en argent.

« Je ne le crois pas... Un hochet ! »

Et de l'agiter sous l'œil ravi de ses amies.

« Fais voir ! dit Candice.

— Tu vas avoir le bébé le plus tendance du quartier, gloussa Roxanne, fière de sa trouvaille. Si c'est un garçon, je lui achèterai des boutons de manchette assortis.

— C'est magnifique..., s'extasia Candice. Mon cadeau va paraître minable, en comparaison. »

Reposant le hochet, elle fourragea dans son sac :

« Il est là, quelque part...

— Candice Brewin ! s'écria soudain Roxanne. Tu peux m'expliquer ce que je vois dans ton sac ?

— Euh... », fit Candice, penaude.

Roxanne brandit les objets du délit : deux torchons bleus et une éponge jaune, aux emballages de cellophane étiquetés « Oxfam ».

« Combien tu les as payés ?

— Oh, une misère... Trois fois rien, vraiment... Dans les cinq livres...

— Traduction : au moins dix, intervint Maggie en levant les yeux au ciel. Mais qu'est-ce qu'on va faire de

18

toi ? Ça suffit, maintenant ! Ils doivent être en rupture de stock, à force !

— Les torchons, ça peut toujours servir…, se défendit une Candice rougissante. Et je n'ai pas le cœur de leur dire non…

— Ha ! Tu vois bien, reprit Maggie, tu n'achètes même pas pour soutenir une bonne cause mais pour te déculpabiliser !

— Ça revient au même, non ?

— Pas du tout ! Dans un cas, c'est altruiste, alors que dans l'autre, c'est intéressé. Enfin, je crois… » Maggie fronça les sourcils. « Je m'embrouille. J'ai besoin d'un autre cocktail !

— Sérieusement, Candice, ajouta Roxanne, arrête les torchons !

— Bon, d'accord, marmonna l'intéressée en rangeant les paquets en vrac dans son sac. Promis. Tiens, voici mon cadeau ! »

Elle remit une enveloppe à Maggie en ajoutant :

« À consommer quand ça te fera plaisir. »

Dans un silence religieux, Maggie découvrit le contenu de l'enveloppe : un carton rose pâle.

« … Un massage aux huiles essentielles ! Génial !

— Je me suis dit que ça pourrait te plaire. Avant l'accouchement, ou même après. Ils viennent à domicile, comme ça, pas besoin de te compliquer la vie… »

Maggie la regardait, les yeux humides :

« Tu sais quoi ? C'est le premier cadeau qui ne soit pas pour le bébé, mais pour *moi*. Pour moi ! »

Elle se pencha au-dessus de la table pour embrasser son amie.

« Merci, ma puce !

— Tu vas nous manquer, dit Candice.

— Je compte sur vous pour venir me rendre visite, et admirer le bébé.

— Passer au manoir, voir Mme Drakeford en son domaine ? pouffa Roxanne. On ne raterait ça sous aucun prétexte !

Elle lança une œillade complice à Candice, qui étouffa un gloussement.

Quand Maggie leur avait annoncé, un an plus tôt, qu'elle déménageait avec son mari, Giles, pour un cottage à la campagne, elle l'avait crue. Elle avait imaginé une vieille chaumière biscornue, avec de minuscules fenêtres, un potager et un muret, au cœur d'un petit village. La réalité était tout autre. La nouvelle demeure de Maggie, le domaine des Pins, se dressait, majestueuse, au bout d'une interminable allée bordée d'arbres. Elle comprenait huit chambres à coucher. Une salle de billard. Et une piscine.

Maggie avait épousé un millionnaire.

« Cachottière ! l'avait taquinée Candice, dans la cuisine disproportionnée où Maggie lui avait préparé du thé sur un fourneau en fonte massif. Tu ne nous avais jamais dit que tu roulais sur l'or !

— Je ne roule pas sur l'or ! s'était récriée Maggie, une tasse en porcelaine de Sèvres à la main. Ça paraît grand, mais... c'est un effet d'optique... C'est la campagne qui fait ça ! »

Cette perle, Candice et Roxanne ne se lassaient pas de la lui ressortir. D'ailleurs, Roxanne était justement en train de ricaner :

« "C'est un effet d'optique !" "C'est la campagne !" »

Elle en pleurait de rire.

« Oui, bon, ça va, bougonna Maggie, bonne joueuse. Ah ! Voilà nos cocktails. »

La serveuse blonde approchait, un plateau d'argent à bout de bras. Dessus, un verre à margarita aux bords salés avec art, un grand verre à jus de fruits orné d'une rondelle de citron vert et une flûte à champagne décorée d'une fraise.

20

« Pas de cerise confite en vue, souffla Roxanne. C'est un sans-faute ! »

Avec une adresse toute professionnelle, la serveuse plaça chaque verre sur son napperon, déposa sur la table une coupelle d'argent pleine d'amandes grillées et le carnet de cuir vert contenant l'addition. Quand elle se redressa, Candice l'observa une nouvelle fois. Elle l'avait déjà rencontrée, elle en était sûre. Mais où ?

« Merci beaucoup, dit Maggie.

— Je vous en prie », répondit la serveuse avec un sourire.

Et à cet instant Candice la reconnut.

« Heather Trelawney ! » lâcha-t-elle malgré elle.

Et lorsque la serveuse pivota lentement la tête vers elle pour la regarder, Candice regretta de ne pas avoir tenu sa langue.

2

« Je vous demande pardon ? demanda la jeune femme, étonnée. Est-ce qu'on... ? »

Elle se rapprocha, les yeux rivés sur Candice.

« Mais bien sûr ! Candice, c'est ça ? Candice... Comment, déjà ? Je ne me rappelle pas ton nom de famille, désolée.

— Brewin », bredouilla Candice d'une voix blanche, butant sur les syllabes.

Son nom lui semblait en suspension dans l'air comme une présence physique, une cible. Heather se concentrait. D'un instant à l'autre elle se souviendrait, s'emporterait, l'insulterait. Candice tressaillit. Si seulement elle avait tourné sept fois sa langue dans sa bouche !

Mais le visage de Heather s'éclaira : à l'évidence, Candice n'était qu'une ancienne camarade de classe. Ne savait-elle pas ? Était-il possible qu'elle ne sache pas ?

« Candice Brewin ! Pardon, je suis un peu longue à la détente.

— Le monde est petit, commenta Maggie. Vous vous êtes rencontrées où ?

— On était en classe ensemble, répondit gaiement Heather. Ça fait un bail... »

Elle porta de nouveau son regard sur Candice :

« Maintenant que j'y pense, c'est vrai que ton visage m'a paru familier quand j'ai pris ta commande mais... Je ne sais pas... Tu as changé. Normal, tu me diras, depuis le temps !

— Normal », répéta machinalement Candice.

Elle but une grosse gorgée de cocktail pour calmer les battements affolés de son cœur. Heather, elle, baissa la voix :

« Vous savez, ça peut paraître horrible mais, quand on est serveuse depuis longtemps, on ne prête plus attention aux visages des clients. Désolée !

— Pas de problème, dit Maggie, on n'est pas les trois Grâces, non plus. À ta place, je n'aurais pas envie de nous contempler !

— Parle pour toi ! répliqua Roxanne, la bouche en cœur.

— Un jour, reprit Heather, j'ai servi Sting. Là où je travaillais avant. Eh bien, j'ai pris sa commande sans même le reconnaître. Et quand je suis retournée en cuisine, et que tout le monde m'a sauté dessus pour savoir comment il était, je suis tombée des nues.

— Tant mieux ! s'exclama Roxanne. Il faut leur faire ravaler leur ego, à ces gens-là. »

Maggie jeta un coup d'œil furtif à Candice : elle paraissait hypnotisée par son ancienne camarade. Qu'est-ce qui clochait ?

« Alors, Heather, ça fait longtemps que tu travailles au Manhattan Bar ? demanda-t-elle.

— Quelques semaines. C'est sympa, mais qu'est-ce qu'on trime ! » Elle tourna la tête en direction du bar. « D'ailleurs, je ferais bien de m'y remettre. Ravie de t'avoir revue, Candice. »

Elle commença à s'éloigner. Candice paniqua :

« Attends ! s'exclama-t-elle. On a encore des tas de choses à se raconter ! »

Elle déglutit et proposa :

« Assieds-toi avec nous cinq minutes. »

Heather hésita un instant avant d'accepter.

« Bon, d'accord. Mais juste cinq minutes, ajouta-t-elle avec un nouveau regard en direction du bar. Je reviens tout de suite. »

Dès qu'elle fut partie, Maggie se tourna vers Candice.

« Qu'est-ce qu'il t'arrive ? chuchota-t-elle. C'est qui, cette fille ? On dirait que tu as vu un fantôme !

— Ça se voit tant que ça ? gémit Candice, atterrée.

— Ma puce, tu es prête pour jouer *Hamlet*, confirma Roxanne, pince-sans-rire.

— Je croyais pourtant donner le change... »

D'une main tremblante, Candice saisit son verre.

« Santé, dit-elle en le portant à ses lèvres.

— Tu crois que tu vas t'en tirer comme ça ? Dis-nous qui c'est ! » ordonna Maggie.

Candice entreprit de se masser les tempes.

« C'est... Je l'ai connue il y a des années. À l'école. Elle était quelques classes au-dessous...

— Oui, oui, on sait tout ça ! Mais le reste ?

— Me revoilà ! » fit soudain Heather, les faisant sursauter.

Elle s'assit et demanda à la cantonade :

« Alors, ces cocktails ? Ils vous plaisent ?

— Et comment, s'enthousiasma Maggie en reprenant une grosse gorgée de son shooting star. Même la sage-femme ne pourrait qu'approuver ! »

Heather se tourna vers Candice :

« Alors... Et toi ? Qu'est-ce que tu deviens ?

— Je suis journaliste.

— Waouh... Ça, c'est un métier qui m'aurait plu, dit-elle, une pointe de regret dans la voix. Tu travailles pour un journal ?

— Le *Londoner*.

— J'adore ce magazine ! J'ai sûrement déjà lu des articles de toi ! »

Elle s'adressa aux deux autres :

« Vous aussi, vous êtes journalistes ?

— Oui, dit Maggie. On travaille ensemble.

— Ça doit être follement amusant !

— Parfois, oui, reconnut Maggie, en échangeant avec Roxanne un regard complice. Mais pas toujours. »

Un ange passa. Candice rompit le silence :

« Et toi, Heather ? demanda-t-elle d'une voix chevrotante. Tu as fait quoi après le collège ?

— Oh, moi… » Heather esquissa un faible sourire. « En fait, ç'a été une période assez dure. Tu n'es peut-être pas au courant, mais si j'ai quitté Oxdowne, c'est parce que mon père a fait faillite…

— Quelle horreur ! compatit Maggie. Du jour au lendemain ?

— Pratiquement. »

Les yeux gris de Heather s'assombrirent.

« Il a fait un mauvais placement. Une histoire d'investissement et de cours de la Bourse – il ne nous a jamais vraiment expliqué. On s'est retrouvés sur la paille. Plus moyen de payer les frais de scolarité. Ni le crédit de la maison. Ç'a été horrible. Il a fait une dépression, ma mère lui a tout mis sur le dos… »

Sa voix se brisa. Elle se mit à triturer un napperon.

« … Pour vous la faire courte : ils ont fini par se séparer. »

Maggie guettait la réaction de Candice, mais celle-ci lui tournait quasiment le dos et ne cessait de remuer son cocktail. Maggie se concentra de nouveau sur Heather.

« Et après ? lui demanda-t-elle doucement.

— À vrai dire, j'ai un peu pété les plombs, moi aussi. » Elle prit un air contrit. « Il faut dire… Un jour, je fréquente une super-école privée avec toutes mes copines – et le lendemain, je déménage pour une ville inconnue, on me colle dans une école publique de seconde zone où je me fais traiter de sale bourge – et pour couronner le tout, mes parents n'arrêtent pas de se bagarrer. »

Elle soupira et lâcha le napperon.

« Avec le recul, ma nouvelle école n'était pas si mal. J'aurais dû prendre mon mal en patience jusqu'au bac, jusqu'à la fac. Mais j'ai craqué. J'ai quitté l'école à seize ans. »

Elle repoussa ses lourdes boucles derrière son épaule et reprit :

« Mon père habitait Londres, à ce moment-là, alors j'ai emménagé chez lui. J'ai trouvé un petit boulot chez un caviste. Et voilà ! Je n'ai jamais passé de diplôme.

— Quel dommage, commenta Maggie. Tu aurais aimé étudier quoi ? »

Heather rit, gênée :

« Eh bien… Je ne sais pas trop… Comme vous, peut-être : le journalisme. Je me suis inscrite à un atelier d'écriture à l'université de Londres, il y a un moment – mais j'ai dû arrêter. »

Elle balaya la salle du regard.

« Ce n'est pas que je n'aime pas travailler ici. Mais… bon. »

Elle se leva et rajusta son uniforme.

« Je dois vous laisser, sinon André va me tuer. À plus tard ! »

Les trois jeunes femmes la regardèrent s'éloigner en silence. Maggie se tourna alors vers Candice, et risqua un commentaire :

« Elle a l'air sympa… »

Pas de réponse. Maggie interrogea Roxanne du regard, mais celle-ci se contenta de hausser les épaules, perplexe. Maggie s'obstina :

« Candice, qu'est-ce qui ne va pas ? Il s'est passé quelque chose entre Heather et toi ?

— Tu peux tout nous dire, ma puce », renchérit Roxanne.

Candice baissait les yeux, muette, continuant de touiller nerveusement son cocktail, au risque de renverser son verre ou d'éclabousser ses amies. Enfin, elle releva la tête :

« Frank Trelawney n'a pas fait un mauvais placement mais une mauvaise rencontre, dit-elle, éteinte. C'est mon père qui l'a ruiné. »

Postée au bout du comptoir, près des cuisines, Heather Trelawney fixait Candice. C'était bien elle, attablée avec ses copines : la fille de Gordon Brewin. Coupe de cheveux impeccable, job de rêve, et assez d'argent pour s'enfiler des cocktails tous les soirs. Inconsciente des souffrances infligées par son père. Uniquement centrée sur sa petite personne.

Les choses avaient bien tourné pour elle. Pas étonnant : Gordon le fêtard y avait veillé. Pas fou, il n'avait jamais misé ses propres économies. Jamais mis sa vie en péril. Non, il jouait avec l'argent des autres. Les économies de pauvres imbéciles trop cupides pour dire non. Comme son propre père – son idiot, son irresponsable de père. À cette pensée, Heather serra les dents et ses mains se crispèrent sur son plateau.

« Heather ! »

André, le responsable de salle, la hélait :

« Qu'est-ce que tu fabriques ? Tu as des clients à servir !

— J'arrive. »

Elle secoua la tête et attacha ses cheveux en une queue-de-cheval stricte. Puis elle se dirigea vivement vers la salle, sans quitter des yeux Candice Brewin.

« On l'appelait Gordon le Fêtard, poursuivait Candice d'une voix atone. Il participait à toutes les soirées, car il savait mettre de l'ambiance. Il s'investissait beaucoup dans ma vie scolaire et il n'a jamais manqué un seul concert, une seule compétition de gym. Je croyais qu'il était fier de moi. En fait, il prospectait. Il cherchait des contacts avec qui faire affaire. Frank Trelawney n'a pas été sa seule victime. Mon père a escroqué tous nos voisins, tous nos amis… Après l'enterrement, ils ont commencé à défiler chez nous. Certains parlaient d'investissements que mon père aurait gérés pour eux, d'autres réclamaient simplement des sommes qu'ils lui avaient prêtées… C'était affreux. Et nous, on ne se doutait de rien. »

Roxanne et Maggie échangèrent un regard.

« Comment tu sais, pour le père de Heather ? demanda Maggie.

— Je l'ai découvert en triant les papiers de mon père. Ma mère et moi, on a dû passer son bureau au peigne fin pour démêler les fils de cette histoire. Ç'a été… dur.

— Et ta mère, comment elle l'a vécu ? demanda Maggie.

— Très mal. Pour emprunter de l'argent à des amis, il avait raconté qu'elle était alcoolique et qu'il n'avait pas de quoi payer sa cure de désintox ! Tu te rends compte ? »

Roxanne ricana, avant de se reprendre :

« Désolée.

— Aujourd'hui, elle refuse d'en parler. En fait, je crois qu'elle a complètement refoulé le passé. Il suffit que j'aborde le sujet pour qu'elle fasse une crise de nerfs… »

Candice se frotta le front.

« J'ignorais tout de cette histoire, dit Maggie. Tu ne nous en avais jamais parlé.

— Non. Je n'en suis pas fière. Mon père a fait beaucoup de dégâts. »

Elle ferma les yeux et une horde de souvenirs pénibles l'assaillirent. Les jours ayant suivi la mort de son père avaient été atroces. Dès l'enterrement, elle avait remarqué que quelque chose ne tournait pas rond. Les amis, la famille se rassemblaient par petits groupes pour faire des messes basses et se taisaient soudain à son approche. Il lui avait semblé que tout le monde était dans la confidence – sauf elle. En passant, elle avait entendu une exclamation : « *Tant que ça ?* »

Les jours suivants, les visiteurs avaient commencé à défiler. Sous couvert de condoléances, ils finissaient tous par dévoiler la vraie raison de leur visite : l'argent. Tantôt, c'était cinq ou dix mille livres que Gordon leur avait empruntées, tantôt un investissement miracle qu'il leur avait fait miroiter. Oh, il n'y avait pas d'urgence, bien sûr... Ils comprenaient parfaitement qu'elles étaient déjà suffisamment éprouvées... Néanmoins...

Même Mme Stephens, leur femme de ménage, avait évoqué, très mal à l'aise, un billet de cent livres prêté quelques mois auparavant et dont elle n'avait jamais revu la couleur. En repensant à son air confus, Candice sentit son estomac se nouer : l'humiliation, la honte qu'elle avait ressenties alors, adolescente, brûlaient toujours en elle. Bien sûr, au moment des faits, elle n'avait rien soupçonné des tractations de son père, et elle n'aurait rien pu y changer. Cela ne l'empêchait pas, des années plus tard, de se sentir toujours fautive.

« Et Frank Trelawney, qu'est-ce qu'il est devenu ? » la relança Maggie.

Candice rouvrit les yeux, hébétée. Elle reprit sa paille.

« Son nom figurait sur une liste dans le bureau de mon père. Il avait investi deux cent mille livres dans une quelconque start-up qui avait fait faillite au bout de quelques mois. Je ne connaissais pas de Frank Trelawney. Mais son nom ne m'était pas inconnu. Puis je me suis souvenue de la petite Heather Trelawney, qui avait quitté l'école précipitamment, sans donner d'explication. Et ça a fait tilt. »

Elle se mordit la lèvre.

« C'est à ce moment-là que j'ai touché le fond. Quand j'ai compris que les magouilles de mon père lui avaient coûté sa place à l'école.

— Ne rejette pas toute la faute sur ton père, dit Maggie gentiment. Ce M. Trelawney savait certainement ce qu'il faisait. Il devait connaître les risques. »

29

Mais Candice ne l'écoutait pas.

« Je me suis souvent demandé ce qui était arrivé à Heather, poursuivit-elle. Eh bien maintenant, je suis fixée : elle a raté sa vie.

— Candice, ne culpabilise pas comme ça ! Ce n'est pas ta faute. Tu n'as rien fait.

— Je sais. Intellectuellement, je sais que tu as raison. Mais ce n'est pas si simple.

— Reprends un verre, lui conseilla Roxanne. Ça va te requinquer.

— Bonne idée », dit Maggie, avant de vider le sien d'un trait.

Elle leva la main pour attirer l'attention d'un serveur. À l'autre bout de la salle, Heather leur répondit d'un hochement de tête.

Candice l'observa à son insu tandis qu'elle récupérait des verres vides, passait un chiffon sur une table. Puis elle se redressa, bâilla et se frotta le visage, visiblement épuisée. Le cœur de Candice se serra et elle eut soudain une révélation : elle devait aider cette fille. Pour absoudre au moins l'un des péchés de son père.

« Dites, on n'a pas encore trouvé d'assistante éditoriale au *Londoner*, si ? demanda-t-elle innocemment, tandis que Heather se rapprochait de leur table.

— Euh, je ne crois pas, non, répondit Maggie, sans comprendre. Pourquoi ?

— On pourrait proposer le poste à Heather. Elle serait parfaite. »

Maggie fronça les sourcils :

« Tu crois ?

— Ça saute aux yeux ! Elle veut devenir journaliste, elle a suivi un atelier d'écriture... Tu vois bien, elle remplit tous les critères ! Oh, Maggie, dis oui ! »

Levant les yeux, Candice aperçut la serveuse, à quelques pas de leur table.

« Heather ! On voudrait...

— ... des boissons ?

— Euh, oui, mais pas seulement... »

Elle implora du regard Maggie. Celle-ci lui adressa un coup d'œil moqueur et fronça les sourcils avant de prendre la parole :

« Heather, on se demandait si un emploi au *Londoner* t'intéresserait. Un poste d'assistante éditoriale, pour être exacte. C'est tout en bas de l'échelle et le salaire laisse à désirer, mais ça te permettrait de faire tes premiers pas dans le monde du journalisme... »

Heather les regarda à tour de rôle, incrédule.

« Vous êtes sérieuses ? Je tuerais pour un boulot pareil !

— Parfait, dit Maggie en sortant sa carte. Voici l'adresse. Mais je ne m'occupe pas du recrutement. Il faudra écrire à Justin Vellis. »

Elle nota le nom sur la carte de visite et la remit à Heather.

« Envoie-lui une lettre de motivation un peu personnelle et ton CV, ajouta-t-elle.

— Super ! Merci !

— En attendant, on va reprendre des cocktails, fit Maggie, enjouée. Il ne faut pas se laisser abattre ! »

Quand Heather, munie de leur commande, fut repartie au bar, Maggie se cala confortablement contre le dossier de sa chaise.

« Alors, heureuse ? » plaisanta-t-elle.

Elle changea de ton devant la mine affligée de son amie.

« Candice, ça va ?

— Non, ça ne va pas ! s'enflamma Candice. C'est tout ce que tu vas faire pour elle ? Lui donner une adresse ?

— Mais... Qu'est-ce que tu attendais de moi ?

— Tu étais censée lui donner le poste !

— Quoi, là, tout de suite, maintenant ? dit Maggie en riant. Tu n'es pas sérieuse !

— Obtiens-lui au moins un entretien ! Donne-lui une recommandation ! insista Candice, les joues rouges, impuissante. Si elle se contente d'envoyer son CV, elle n'a aucune chance ! Justin choisira un de ces intellos frais émoulus d'Oxford…

— … Comme lui, constata Roxanne. Un snob, doublé d'un lèche-cul !

— Exactement ! Maggie, si tu ne lui donnes pas un petit coup de pouce, la candidature de Heather ne sera jamais retenue, tu le sais. Surtout si Justin apprend que je la connais ! »

Le rouge lui monta aux joues. Cela ne faisait que quelques semaines qu'elle avait rompu avec Justin, le responsable de rubrique qui allait remplacer Maggie au poste de rédacteur en chef.

« Candice, sois raisonnable, protesta celle-ci. Je ne peux pas la recommander, je ne sais rien d'elle. Toi non plus, d'ailleurs : ça fait des années que tu ne l'as pas vue ! Pour ce qu'on en sait, elle a peut-être un casier judiciaire long comme le bras ! »

Candice fixait le fond de son verre avec un air de chien battu. Maggie soupira :

« Je comprends ce que tu ressens, vraiment. Mais tu ne peux pas offrir un emploi à une fille que tu connais à peine simplement par compassion.

— Maggie a raison, affirma Roxanne. Pourquoi ne pas engager ta vendeuse de torchons, pendant que tu y es ? »

Candice monta au créneau :

« Eh bien pourquoi pas, justement ? Je ne vois pas ce qu'il y a de mal à donner un coup de pouce à quelqu'un qui le mérite ! Toutes les trois, on mène la belle vie : on a de bons boulots, de bons salaires – on ne sait pas ce que c'est que d'être démuni !

— Heather est loin d'être démunie, répondit Maggie posément. Elle est belle, maligne, elle a un travail et rien ne l'empêche de reprendre ses études. Ce n'est pas à toi de la tirer d'affaire. Compris ? »

Il y eut un blanc, puis Candice marmonna :
« Compris.
— OK. Le débat est clos. »

Giles arriva au Manhattan Bar une heure plus tard. Il scruta la cohue et aperçut sa femme, un cocktail à la main, les joues rouges, riant à gorge déployée. Attendri, il rejoignit le trio.

« Alerte ! Homme à bâbord ! Vous êtes priées de mettre un terme à toute plaisanterie sur l'appareil génital masculin, blagua-t-il.

— Giles ! s'écria Maggie, un peu déçue. C'est déjà l'heure ?

— On peut rester encore un peu. Je prendrais bien un verre ou deux avec vous.

— Non, décida Maggie après une légère hésitation. Allons-y. »

La présence de Giles aurait compromis l'harmonie de leur trio. Candice et Roxanne l'appréciaient beaucoup : il était poli, avenant et participait activement à la conversation. Mais il n'était pas des leurs. Normal, songea Maggie. C'était un homme !

« Je ne vais pas tarder, de toute façon, annonça Roxanne en finissant son verre et en rangeant ses cigarettes. J'ai un rencard !

— Avec… *Lui* ? s'enquit Maggie en forçant l'emphase.

— Secret défense ! »
Candice se tourna vers Maggie :
« Tu nous quittes déjà ! Quand je pense qu'à notre prochaine rencontre, tu seras maman… J'ai du mal à réaliser.

— Si ça peut te rassurer, moi aussi ! » répliqua Maggie, hilare.

Elle se leva, acceptant avec gratitude le bras que lui tendait Giles. Ensemble, ils jouèrent des coudes à travers la foule et regagnèrent le vestiaire où ils déposèrent leurs boutons d'argent.

« Ne te crois pas dispensée des soirées du Cocktail Club, lui lança Roxanne. Dès que tu auras pondu ton mioche, on rappliquera à la maternité pour lui porter un toast !

— Rendez-vous noté, dit Maggie, touchée. Vous allez me manquer, les filles. »

Roxanne la prit dans ses bras.

« On te voit dans un petit mois. Allez, bonne chance, ma belle.

— Merci. »

Malgré ses efforts pour faire bonne figure, Maggie eut soudain l'impression de quitter ses amies pour toujours, comme si elle s'apprêtait à pénétrer dans un monde où nul n'avait le droit de l'accompagner.

« De la chance ? Maggie n'en aura pas besoin ! dit Candice. En un rien de temps elle fera de ce bébé un enfant modèle. »

Roxanne se pencha vers le ventre arrondi, les mains en porte-voix :

« Hep, toi, là-dedans ! Prépare-toi : ta mère est un bourreau de travail et d'organisation ! »

Elle colla son oreille contre la bosse, écouta un instant, puis annonça :

« Il demande à changer de maman. Désolée, petit !

— Avant de partir, je voulais te dire, Candice, ajouta Maggie, ne laisse pas Justin te mener la vie dure sous prétexte qu'il sera ton supérieur hiérarchique pendant quelques mois. Je me doute que cette situation doit être un peu tendue pour toi...

— T'en fais pas, je saurai gérer.

— Justin le prodige, le petit génie, ironisa Roxanne. Enfin, je peux dire tout le mal que je pense de lui !

— Tu ne t'en es jamais privée, fit remarquer Candice. Même quand je sortais avec lui.

— Oui, eh bien, il le mérite ! Non mais, franchement : se pointer dans un bar à cocktails et commander "un verre de château-margaux 1990" ! Pauvre type.

— Candice, l'hôtesse ne retrouve pas ton manteau, dit Giles. Voici le tien, Roxanne, et le tien, ma chérie. On ferait bien de se mettre en route, si on veut être rentrés avant minuit…

— Bon, quand faut y aller, faut y aller », dit Maggie bravement.

Elle était émue. Candice aussi.

« On se revoit très vite, fit cette dernière. Je viendrai te rendre visite.

— Et moi, je viendrai vous voir à Londres.

— Tu emmèneras le bébé, ça lui fera voir du pays.

— En plus, c'est super-*fashion*, comme accessoire, intervint Roxanne.

— Il paraît, oui. » Maggie enlaça Candice. « Prends bien soin de toi.

— Toi aussi. Bonne chance pour tout. Au revoir, Giles, c'était sympa de te voir. »

Giles ouvrit la porte du bar. Après un dernier regard en arrière, Maggie sortit avec son mari, et ils disparurent dans la rue froide et obscure.

« Dans quelques semaines, ils ne formeront plus un couple mais une famille, dit Candice. C'est fou !

— Dingue, ouais. Je vois ça d'ici : la famille parfaite, vivant dans le bonheur parfait dans son foutu château.

— Tu te sens bien ? demanda Candice, décontenancée.

— Moi ? Nickel ! Tout baigne ! J'aimerais pas être à sa place, la pauvre. Quand je pense aux vergetures… » Elle frémit. « Bon, il faut que je file. Tu ne m'en veux pas ?

— Bien sûr que non ! Profite de Chypre.

— Je n'y manquerai pas ! Tu me connais. On se voit à mon retour. »

Elle l'embrassa et sortit, héla un taxi et disparut bientôt à son tour. Alors, Candice compta jusqu'à cinq et se retourna vers la salle, le cœur battant, effrayée par son audace comme un enfant qui s'apprête à faire une bêtise.

« J'ai retrouvé votre manteau ! annonça l'hôtesse. Il était tombé du cintre.

— Merci... Mais... » Elle avala sa salive. « ... j'ai quelque chose à faire, avant de le prendre. »

D'un pas décidé, elle s'enfonça dans la foule de consommateurs, un peu étourdie par sa propre assurance : jamais encore elle ne s'était sentie aussi sûre d'elle. Maggie et Roxanne pensaient agir au mieux mais cette fois, elles se trompaient. Elles ne comprenaient pas – elles ne pouvaient pas comprendre. C'était l'occasion dont Candice avait inconsciemment rêvé depuis la mort de son père. L'occasion de réparer ses fautes. C'était sa chance.

Repérant Heather qui essuyait un verre derrière le comptoir en flirtant avec un serveur, elle se rua au bar, bousculant quelques clients au passage, et attendit patiemment pour ne pas interrompre leur conversation.

Enfin, Heather remarqua sa présence et Candice crut déceler dans son regard une certaine hostilité – mais bientôt elle lui adressait un chaleureux sourire.

« Qu'est-ce que je te sers ? Un autre cocktail ?

— Non, je voulais te parler, hurla Candice pour se faire entendre par-dessus le vacarme ambiant. À propos de cet emploi...

— Oui ?

— Si tu veux, je te présenterai à notre éditeur, Ralph Allsopp. Je ne te promets rien, mais ça augmenterait tes chances. Tu pourrais passer au bureau demain, vers dix heures ?

— Bien sûr ! Ce serait formidable ! »

Elle reposa le verre et prit les mains de Candice.

« Merci. Tu es un amour. Je ne sais pas quoi dire.

— C'est tout naturel, voyons, bafouilla Candice. En souvenir du bon vieux temps...

— Oui, dit Heather avec un sourire mielleux. Le bon vieux temps. »

3

Quand ils atteignirent l'autoroute, il se mit à pleuvoir. Giles alluma machinalement la radio sur BBC 3, et un soprano cristallin s'éleva dans l'habitacle. Au bout de quelques notes, Maggie reconnut le « Dove sono », l'air de la comtesse dans *Les Noces de Figaro* – selon elle, la plus belle et la plus poignante aria jamais composée. Ivre de musique, le regard perdu dans le vague, elle sentit les larmes lui monter aux yeux. Une épouse belle et soumise délaissée par un mari coureur se remémorant avec tristesse les tendres moments passés... *Je me souviens...*

Maggie se secoua. Elle s'émouvait d'un rien. Cela devenait ridicule. L'autre jour, au salon, elle s'était mise à sangloter devant une publicité où un jeune garçon préparait à manger pour ses petites sœurs. Quand son mari était entré, elle avait dû se cacher derrière un magazine.

« Alors, comment s'est passé ton pot de départ ? demanda Giles en changeant de voie.

— À merveille. On m'a couverte de cadeaux.

— Qu'est-ce que tu as dit à Ralph, finalement ?

— La même chose qu'aux autres : que je le rappellerais dans quelques mois.

— Je persiste : tu aurais dû les prévenir que tu ne reviendrais pas après ton congé maternité. »

Maggie ne répondit pas. Giles et elle avaient longuement débattu de ce qu'elle ferait après l'accouchement.

D'un côté, elle adorait son travail et ses collaborateurs, elle touchait un salaire confortable et sa carrière s'annonçait prometteuse. D'un autre côté, la perspective d'abandonner son bébé tous les matins pour se rendre à Londres lui faisait froid dans le dos. Et puis, à quoi bon habiter une grande maison si l'on n'en profitait pas ?

Certes, Maggie n'avait jamais vraiment voulu déménager à la campagne, mais elle avait presque réussi à occulter ce détail. Elle n'était pas encore enceinte que Giles lui vantait les mérites d'une éducation au grand air – dont il était lui-même le produit. « Londres n'est pas un endroit où grandir, pour des enfants », avait-il tranché. Maggie avait eu beau lui répéter que la capitale regorgeait de bambins en pleine santé et de parcs verdoyants où faire du vélo en toute sécurité, Giles n'en avait pas démordu.

Et lorsqu'il avait commencé à se renseigner sur les demeures campagnardes – vieux presbytères grandioses aux salles à manger lambrissées, propriétés dotées d'hectares de terrain avec courts de tennis privés –, elle avait faibli. Peut-être son attachement à Londres était-il en effet égoïste. Par un beau jour de juin, ils avaient visité le domaine des Pins. Le gravier de l'allée crissait sous les pneus de la voiture, l'eau de la piscine scintillait au soleil, la tondeuse avait tracé sur les pelouses des bandes d'émeraude et de vert amande. Après la visite, les propriétaires leur avaient offert un verre de cidre, un transat sous les saules et s'étaient éclipsés. Giles avait regardé Maggie et lui avait dit : « Tout ceci pourrait être à nous. Ma chérie, cette vie pourrait être la nôtre. »

Et c'était aujourd'hui le cas. Sauf que pour le moment, cette vie se résumait à une grande maison imposante où Maggie tardait à trouver ses marques. Elle passait ses semaines à Londres et ses week-ends chez des amis. Aucun des travaux prévus n'avait encore été entrepris. Elle ne se sentait pas chez elle.

Cela changerait avec l'arrivée du bébé, se disait-elle. La maison deviendrait un foyer.

Maggie posa les mains sur son ventre et sentit comme d'habitude les étranges contorsions. Une petite bosse se déplaça à la surface de son ventre et disparut, comme une vague dans l'océan. Puis soudain, quelque chose de dur se mit à lui pilonner les côtes – un talon, peut-être, ou un genou. Le bébé s'acharnait sans répit, comme pour essayer de s'échapper. Maggie ferma les yeux. D'après son guide de grossesse, le travail pouvait commencer n'importe quand ; l'enfant était désormais tout à fait formé.

À cette idée, elle fut prise de palpitations. Vite, penser à quelque chose de rassurant. Tout était prêt pour l'arrivée du bébé. La nursery était pleine à craquer de couches-culottes et de coton hydrophile, de barboteuses minuscules et de couvertures hypoallergéniques. Le berceau était monté sur son socle, le lit d'enfant serait livré sous peu. Il ne restait plus qu'à attendre.

Pourtant, elle ne se sentait pas prête pour la maternité. Pas même assez vieille pour devenir mère – un sentiment irrationnel, à trente-deux ans ! D'autant qu'elle avait eu neuf mois pour se faire à l'idée.

« Tu sais, j'ai du mal à me rendre compte que c'est réel, dit-elle. Trois semaines... Ça va passer vite ! Et je n'ai pas suivi de cours ni...

— Des cours ? Pour quoi faire ? Tu vas te débrouiller comme un chef. Tu seras la meilleure maman du monde.

— Tu le penses vraiment ? » Maggie se mordit la lèvre. « Je manque de préparation...

— Dans quel domaine ?

— Tu sais bien... La respiration pendant l'accouchement, ce genre de chose.

— Oublie ça : rien ne vaut une bonne péridurale ! » Maggie gloussa.

« Mais après ? Je ne sais pas m'occuper d'un bébé. Je n'en ai même jamais tenu dans mes bras !

— Tu vas assurer, rétorqua Giles. Tu apprends vite : bientôt, la maternité n'aura plus de secret pour toi. »

Se tournant brièvement vers elle, il ajouta avec un large sourire :

« Rafraîchis-moi la mémoire, tu veux ? Qui a été élue Rédacteur en chef de l'Année ?

— Moi ! se rengorgea Maggie.

— Tu vois bien. En un rien de temps, tu seras nommée Maman de l'Année. »

Il lui prit la main et Maggie, reconnaissante, serra la sienne tendrement. L'optimisme de son mari ne manquait jamais de lui redonner courage.

« Au fait, ma mère va passer te tenir compagnie demain, ajouta-t-il.

— C'est gentil de sa part. »

Maggie pensa à Paddy, la mère de Giles, une petite brune maigrelette qui avait, par un phénomène étrange, engendré trois grands gaillards blonds. Les trois frères adoraient leur mère, et si Giles avait arrêté son choix sur le domaine des Pins ce n'était pas un hasard : il se situait à quelques kilomètres de la maison de son enfance. Au début, Maggie s'était un peu inquiétée de cette proximité, mais elle s'était raisonnée : ses propres parents habitaient très loin, dans le Derbyshire, et, comme l'avait fait remarquer Giles, il pourrait s'avérer utile d'avoir une grand-mère dans les parages.

« Elle tient à te présenter toutes les autres jeunes mamans du village.

— Ah ? Et il y en a beaucoup ?

— Pas mal, à l'en croire. On dirait que tu vas passer tes matinées à prendre le café avec ces dames.

— Siroter des cappuccinos avec mes copines pendant que tu te tueras à la tâche dans la City ? Pas mal, comme programme ! le taquina Maggie.

— Veinarde… »

41

— C'est sûr que les transports en commun ne vont pas me manquer. Vive la procréation ! »

Elle s'appuya contre le dossier de son siège, ferma les yeux et s'imagina dans sa cuisine design, affairée à préparer du café pour ses nouvelles et passionnantes amies flanquées de leurs bébés photogéniques en grenouillère haute couture. L'été, elles pique-niqueraient sur la pelouse. Roxanne et Candice les rejoindraient et ensemble elles siroteraient des cocktails pendant que les petits gazouilleraient gaiement sur leurs tapis d'éveil. Un tableau digne d'un magazine féminin. Peut-être même que le *Londoner* lui consacrerait un article. *Maggie Phillips, ancienne rédactrice en chef, se met au vert.* La vie lui tendait les bras. Une vie de luxe, de plaisir... et d'inconnu.

Le métro brinquebalait le long des rails. Soudain, il pila au milieu d'un tunnel. La lumière crue des néons vacilla, s'éteignit, se ralluma. À quelques rangées de Candice, un groupe de jeunes éméchés se mit à chanter à tue-tête *Qu'est c'qu'on attend ?* Sa voisine d'en face tenta de capter son regard, apparemment désireuse d'échanger quelques propos réprobateurs. Mais Candice avait la tête ailleurs. Elle fixait sans le voir son reflet dans la vitre tandis que des souvenirs de son père enfouis depuis des années refaisaient surface.

Gordon le Fêtard, si grand, si beau, si chic avec son blazer bleu marine aux boutons dorés. Ses yeux bleus, son regard perçant, sa poignée de main ferme et franche. Son charisme. Toujours le premier à payer sa tournée. Il était irrésistible.

Les copines de Candice lui enviaient son père : il savait s'amuser, la laissait sortir au pub, lui achetait des vêtements à la mode. Il jetait sur la table des brochures de voyages en déclarant : « On part où vous voulez ! », et ce n'étaient pas des paroles en l'air. La vie les gâtait. Fêtes, escapades champêtres, vacances paradisiaques, et toujours, au centre de tout cela, son père.

Puis il était mort, et la descente aux enfers avait commencé. Quand elle repensait à lui, désormais, c'était tenaillée par la honte, le cœur au bord des lèvres. Il les avait tous menés en bateau. Avec le recul, chacun de ses mots sonnait faux. L'avait-il vraiment aimée ? Avait-il aimé sa mère ? Toute sa vie, il avait joué la comédie – ses sentiments, les avait-il simulés, eux aussi ?

Des larmes brûlantes perlaient sous ses paupières et elle serra les dents. Elle ne s'autorisait jamais à penser à son père. Il était mort et enterré et elle ne désirait qu'une chose : l'effacer de sa mémoire.

Au plus fort du scandale, elle s'était fait couper les cheveux. À mesure que ses longues mèches tombaient au sol, il lui avait semblé se déconnecter un peu plus de son père.

Mais ce n'était pas aussi simple, bien sûr. Elle restait sa fille. Elle portait toujours son nom. Elle restait la principale bénéficiaire de ses transactions douteuses. Ses vêtements, ses séjours au ski, la petite voiture qu'elle avait reçue pour ses dix-huit ans, elle les devait aux crimes de son père. Tout comme son année sabbatique après le bac – ses cours d'histoire de l'art à Florence, son trek au Népal. L'argent que d'autres avaient gagné à la sueur de leur front, Gordon Brewin l'avait dilapidé en frivolités, et cela la mettait hors d'elle. Mais rien ne servait de s'accabler de reproches : comment aurait-elle pu savoir ? Elle n'était qu'une enfant. Et son père avait berné tout le monde. Jusqu'à son accident de voiture, alors qu'elle entamait son deuxième semestre à l'université. Jusqu'à sa mort – soudaine, inattendue, monstrueuse.

Le métro s'ébranla et redémarra. Candice serrait de toutes ses forces les accoudoirs en plastique. Malgré tout, elle portait toujours le deuil de son père. Avec lui, elle pleurait son innocence, son enfance : cette époque bénie où sa famille ne lui inspirait que fierté et amour, où le monde avait un sens. Avant qu'il ne s'assombrisse et ne se voile de mensonge.

Après la mort de Gordon, l'argent avait manqué pour rembourser les créanciers. La plupart d'entre eux avaient renoncé. Certains avaient poursuivi la mère de Candice en justice. Il avait fallu plusieurs années avant que chacun obtienne réparation et que le scandale s'essouffle. La souffrance, elle, n'avait jamais diminué les torts. On ne répare pas si facilement les vies des gens.

La mère de Candice, Diana, avait quitté la ville pour le Devon où nul n'avait jamais entendu parler de Gordon Brewin, et elle vivait désormais dans le déni le plus complet. Son mari avait été un homme honorable, injustement calomnié après sa mort. Elle s'en tenait à cette version de l'histoire, refusant tout souvenir réel, toute forme de culpabilité – toute douleur même.

Si Candice essayait de la confronter aux faits, Diana se braquait, faisait la sourde oreille. Même en tête-à-tête. Plusieurs années après son déménagement, elle avait rencontré Kenneth, homme placide d'un certain âge qui jouait désormais les modérateurs : lorsque Candice venait voir sa mère, il était systématiquement présent, veillant à ce que la conversation ne dérape pas. Candice avait jeté l'éponge. Si Diana refoulait le passé, à quoi bon la ramener à la réalité ? Au moins, elle semblait heureuse. Mais les visites de Candice se raréfiaient. Elle ne supportait plus cette duplicité, cette lâcheté. Ne supportait plus de voir sa mère se dérober à la vérité.

Vérité dont Candice portait donc seule le fardeau. Car elle refusait cette fuite facile dans l'oubli et le déni, et avait appris à cohabiter avec un perpétuel sentiment de culpabilité, de colère et de honte. Il s'était un peu atténué depuis les premières années cauchemardesques qui avaient suivi le décès de son père, remisé dans un coin de son esprit sans l'avoir jamais totalement quittée.

Jusqu'à ce soir. Il lui semblait avoir franchi un cap. Elle ne pourrait sans doute jamais effacer les crimes de son père, sans doute jamais indemniser toutes ses victimes. Mais l'occasion lui était donnée de dédommager Heather Trelawney. Sinon en monnaie sonnante et trébuchante, du moins en soutien et en amitié. Elle aiderait Heather de son mieux. Ce serait son expiation.

Lorsqu'elle sortit du métro à la station Highbury and Islington, elle se sentait légère. Elle marcha d'un pas vif jusqu'au bel édifice victorien où elle habitait depuis deux ans, franchit la porte d'entrée et monta quatre à quatre l'escalier jusqu'à son appartement, au premier. Une voix la surprit alors qu'elle cherchait sa clé :

« Salut, Candice. »

Elle fit volte-face. C'était Ed Armitage, son voisin de palier. Debout dans l'embrasure de la porte, vêtu d'un jean usé, il mâchonnait un Big Mac.

« J'ai toujours ton rouleau de Scotch. Tu veux le récupérer ?

— Ah. Euh, oui, merci.

— Bouge pas, je reviens. »

Il disparut et Candice l'attendit, adossée à sa porte d'entrée. Si elle ouvrait, il risquait de s'inviter à boire un verre et ce soir, elle n'était pas d'humeur.

Ed habitait déjà l'immeuble quand elle avait emménagé. Avocat d'affaires dans un cabinet très prospère de la City, il gagnait des sommes folles et avait des horaires démentiels. Candice entendait ronronner les moteurs des taxis qui passaient le chercher dès six heures du matin et le ramenaient rarement avant minuit. Parfois, il ne rentrait même pas : il passait la nuit au bureau, sur un lit d'appoint, avant d'attaquer une nouvelle journée. Candice ne comprenait pas ce qui pouvait motiver qui que ce soit à travailler aussi dur, hormis la cupidité.

« Et voilà, madame ! » dit Ed en lui tendant le rouleau d'adhésif.

Il mordit dans son Big Mac.

« T'en veux ?

— Non, merci.

— Pas assez sain pour toi ? » railla Ed, avachi contre la rampe.

Une lueur de malice brillait dans son regard, comme s'il venait de faire quelque bonne plaisanterie.

« Tu manges quoi, alors ? poursuivit-il sur le même ton, la bouche pleine. Des sushis ? Tu aimes les sushis, Candice ?

— Pour ta gouverne, oui, j'aime les sushis. »

Elle s'impatientait. Pourquoi Ed ne se contentait-il pas de lui parler de la pluie et du beau temps, comme tout le monde ? Pourquoi fallait-il toujours qu'il lui lance ces regards moqueurs, qu'il la questionne, comme s'il attendait de sa part des révélations stupéfiantes ? Pas moyen de se détendre, avec lui. La moindre remarque innocente donnait lieu à des taquineries sans fin.

« Les sushis, c'est du mercure en barres ! Sans rire, c'est bien pire que ces machins-là », dit-il en agitant son burger.

Une feuille de salade luisante de mayonnaise tomba par terre et, sous les yeux horrifiés de Candice, Ed se baissa pour la ramasser, l'inspecta et l'engloutit.

« Tu vois ? C'est bourré de légumes frais ! » proclama-t-il, triomphant.

Elle leva les yeux au ciel. Au fond, Ed lui faisait pitié. En dehors du bureau, il n'avait pour ainsi dire pas de vie. Pas d'amis, pas de petite copine – pas même de meubles : le jour où, bon voisinage oblige, il l'avait invitée à prendre un verre chez lui, elle avait découvert qu'Ed ne possédait en tout et pour tout qu'un vieux fauteuil en cuir élimé, une télé à écran plasma et une pile de boîtes à pizza vides.

« Tu t'es fait virer ? Il n'est que dix heures du soir. Tu ne devrais pas être en train de conclure un accord ou de plumer un client ? s'enquit-elle, sarcastique.

— Puisque tu abordes le sujet, sache qu'à partir de la semaine prochaine je serai en congé de jardinage.

— En *quoi* ?

— Aussi appelé "mise à l'écart pendant le préavis". En gros, je change de boulot et entre les deux, je dois passer trois mois à glander. C'est dans mon contrat. »

Candice ouvrit des yeux ronds :

« Trois mois ? Pourquoi ?

— À ton avis ? »

Ed eut un petit sourire suffisant et ouvrit une canette de Coca avant de reprendre :

« Parce que je suis superimportant, tiens ! Parce que je connais des tas de secrets professionnels !

— Sérieusement ? » Candice en restait bouche bée. « Mais alors tu ne toucheras pas de salaire pendant trois mois ? »

Ed éclata de rire.

« Bien sûr que si ! Ils tiennent trop à moi. On me paie à ne rien foutre. Et plus qu'à bosser, encore !

— Mais… c'est immoral ! Tu penses à tous ces gens dans le monde, qui désespèrent de trouver du boulot pendant que toi, tu es payé à te tourner les pouces ?

— C'est la vie. Faut se faire une raison. Ou se tirer une balle.

— Ou essayer de changer les choses !

— Ouais, c'est ça. » Ed aspira bruyamment une gorgée de Coca. « Sainte Candice, priez pour nous. »

Elle le foudroya du regard. Comment s'y prenait-il pour toujours arriver à la mettre en rogne ?

« Je dois y aller, dit-elle sèchement.

— Ah. Au fait, ton mec est là. Ou ton ex. Je ne sais plus.

— Justin ? » Candice s'empourpra. « Justin est chez moi ?

47

— Je l'ai vu entrer il y a un petit moment. Alors comme ça, vous vous êtes remis ensemble ? demanda Ed en haussant un sourcil.

— Non !

— Ah ? Quel dommage. Un chic type comme lui... »

Candice crut déceler une pointe d'ironie dans sa voix : les rares fois où Ed et Justin s'étaient rencontrés, ils ne s'étaient pas particulièrement bien entendus. Pas étonnant : c'était le jour et la nuit.

« Bon, je dois y aller. À plus tard.

— À plus. »

Ed haussa les épaules et regagna son appartement.

Candice prit une profonde inspiration et ouvrit sa porte, pleine d'appréhension. Qu'est-ce que Justin faisait là ? Ils étaient séparés depuis un bon mois. Et surtout... Pourquoi diable avait-il toujours ses clés ?

« Il y a quelqu'un ? Justin ?

— Candice. »

La silhouette de Justin se dressait au bout du couloir. Impeccable, comme à son habitude, il portait ce soir-là un costume d'une élégance presque tapageuse. Avec ses boucles brunes soigneusement plaquées en arrière, ses yeux sombres éclairés par la lampe, son verre à la main, il aurait été parfait dans le rôle de l'artiste torturé. Un admirateur l'avait un jour comparé à « un jeune Daniel Barenboïm » – à la suite de quoi Candice l'avait surpris au piano, plusieurs soirs d'affilée, laissant même parfois courir ses doigts sur les touches, alors qu'il ne connaissait pas un seul accord.

« Je suis passé à l'improviste. Toutes mes excuses.

— Fais comme chez toi, marmonna Candice.

— Je t'attendais plus tôt, reprit Justin, une note de ressentiment dans la voix. Mais je ne serai pas long. Il me semblait simplement utile que nous ayons une petite conversation, toi et moi.

— À quel sujet ? »

Au lieu de répondre, il l'invita d'un geste théâtral à le suivre au salon. Déjà, elle n'en pouvait plus. Justin avait le chic pour persuader ses interlocuteurs qu'ils avaient tort, que lui détenait la vérité. Au début de leur relation, il s'était montré si convaincant qu'elle aussi était tombée dans le panneau. Candice avait eu besoin de six mois et d'une série de disputes de plus en plus absurdes pour comprendre enfin qu'elle n'avait en réalité affaire qu'à un snobinard prétentieux.

Lors de leur première rencontre, toutefois, il l'avait éblouie. Il débarquait au *Londoner* après une expérience d'un an au *New York Times*. On le disait remarquablement intelligent et fort d'un impressionnant réseau professionnel. Quand il l'avait invitée à boire un verre, elle s'était sentie flattée. Elle avait avalé des quantités déraisonnables de vin en se noyant dans son regard et avait aussi bu ses paroles, séduite par des opinions qu'en temps normal elle aurait rejetées sans hésiter. Quelques semaines plus tard, il avait commencé à passer la nuit chez elle. Puis ils avaient franchi l'étape du week-end en amoureux et un jour, le bail de Justin à Pimlico ayant été résilié, il s'était installé chez elle.

C'était là que ç'avait mal tourné, estimait Candice. Son admiration aveugle n'avait pas résisté au quotidien – au temps infini qu'il mettait à se préparer le matin, à son incapacité culinaire fièrement revendiquée, à ses exigences de propreté immaculée alors qu'il ne se serait jamais abaissé à toucher une éponge. Candice avait pu mesurer l'étendue de sa vanité et de son arrogance pour découvrir en fin de compte, avec un léger choc, son sentiment de supériorité intellectuelle, sa condescendance quand elle essayait d'avoir avec lui un débat constructif. Jusqu'à ce qu'elle lui cloue le bec avec un argument irréfutable. Alors il se fâchait ou boudait, selon les cas. Car son narcissisme était source d'une mauvaise foi sans bornes. Justin se sentait promis à un formidable destin et cette ambition dévorante faisait de lui un rouleau compresseur qui ravageait tout sur son passage.

Aujourd'hui encore, Candice ignorait ce qu'il avait ressenti quand elle avait mis un terme à leur relation : du chagrin ou... de l'humiliation ? Il lui avait surtout semblé compatissant à son égard, comme s'il pensait qu'elle ne tarderait pas à regretter sa terrible erreur.

Mais un mois plus tard, Candice ne regrettait rien.

« Alors, dit-elle en s'asseyant. Qu'est-ce que tu veux ? »

Justin ébaucha un sourire :

« Je tenais à m'assurer que tu ne te tracassais pas trop pour demain.

— Demain ? » répéta Candice, interloquée.

Nouveau sourire.

« Comme tu le sais, c'est demain que je reprends le poste de rédacteur en chef. En pratique, je serai ton supérieur hiérarchique. »

Examinant ses boutons de manchette, il poursuivit :

« Je ne voudrais pas qu'il y ait de... tensions entre nous. »

Candice le dévisagea :

« Des tensions ?

— Je comprends combien cette situation doit être délicate pour toi, continua Justin, doucereux. Ma promotion coïncide avec notre séparation. Je ne voudrais pas que tu te sentes vulnérable.

— Vulnérable ? s'esclaffa Candice. Justin, c'est moi qui ai rompu. Cela ne me pose aucun problème.

— Puisque c'est ainsi que tu as décidé de voir les choses. Du moment qu'il ne subsiste pas de rancœurs entre nous.

— Là, je ne te promets rien », grommela Candice.

Justin agitait son whisky ; les glaçons tintaient contre le verre. On aurait dit une pub. Ou l'illustration d'un article – *Justin Vellis, le génie en sa demeure*. Candice réprima un gloussement.

« Je ne t'impose pas plus longtemps ma présence, dit enfin Justin en se levant. Nous nous verrons demain.

— J'ai hâte », dit Candice, en lui tirant la langue dès qu'il eut le dos tourné.

À la porte, elle reprit toutefois son sérieux. La main sur le verrou, du ton le plus détaché possible, elle se lança :

« Au fait, tu sais si le poste d'assistante éditoriale a été pourvu ?

— Pas encore, dit-il, visiblement mécontent. Pour tout t'avouer, j'ai trouvé la conduite de Maggie un peu cavalière : elle n'a pas levé le petit doigt pour m'aider. Et voilà qu'elle part goûter aux joies de la vie de famille en me laissant sur les bras deux cents CV à trier.

— Pauvre chou. Ne t'en fais pas, quelque chose me dit que tu vas trouver la perle rare... »

Roxanne reprit une gorgée de bloody mary et tourna la page de son livre de poche. Il avait dit neuf heures et demie. Il était dix heures dix. Quarante minutes qu'elle poireautait dans ce fichu bar d'hôtel, à commander cocktail sur cocktail, à les siroter aussi lentement que possible et à sursauter chaque fois qu'un client entrait. Autour d'elle, des couples échangeaient des mots doux par-dessus leurs verres ; dans un coin, un quinquagénaire en smoking interprétait « Someone to Watch Over Me ». Ce bar aurait pu se trouver dans n'importe quel hôtel, dans n'importe quel pays. Des femmes comme elle, il y en avait partout. De ces femmes qui hantent seules bars et lobbies, s'efforçant de préserver les apparences en attendant un homme qui ne viendra pas.

Un serveur s'approcha discrètement et remplaça son cendrier. Elle crut détecter en lui comme une expression de sympathie quand il s'éloigna. À moins que ce ne soit du dédain. Elle avait l'habitude des deux. Tout comme des années d'exposition au soleil avaient usé sa peau, des années de honte et de déception avaient endurci son cœur.

Combien d'heures de sa vie avait-elle passées ainsi ? Combien d'heures à attendre cet homme, toujours en retard – qui souvent n'arrivait même pas ? Et toujours avec une bonne excuse. Une urgence de dernière minute au travail, la rencontre fortuite d'un membre de sa famille. Un midi qu'elle l'attendait dans un restaurant londonien où ils devaient fêter leurs trois ans, elle l'avait vu entrer au bras de son épouse. Il lui avait jeté un bref coup d'œil affolé, impuissant, tandis que le serveur les conduisait à leur table. Malade de jalousie, elle n'avait pas eu d'autre choix que de déjeuner seule, à quelques mètres d'eux.

Plus tard, il lui avait expliqué : il était tombé sur Cynthia dans la rue et elle avait insisté pour qu'ils déjeunent ensemble. Il en avait été retourné au point de ne pouvoir avaler une bouchée, ni d'aligner trois mots. Le week-end suivant, pour se faire pardonner, il avait emmené Roxanne à Venise.

Elle ferma les yeux. Ç'avait été enchanteur. Elle avait connu alors un bonheur proche de l'extase, un bien-être absolu qu'elle tentait depuis de recréer par tous les moyens, comme un drogué cherche désespérément à retrouver les sensations de sa première injection. Main dans la main, ils avaient traversé de vieilles places, longé des canaux turquoise, franchi des petits ponts croulants. Ils avaient bu du prosecco sur la place Saint-Marc au son de valses de Strauss, fait l'amour dans le lit à baldaquin de leur chambre d'hôtel, puis regardé passer les gondoles depuis leur balcon, bercés par les bruits de cette ville flottante.

Pas une fois ils n'avaient mentionné sa femme ni ses enfants. Le temps d'un week-end, ces trois êtres humains n'avaient plus existé, comme par magie.

Roxanne rouvrit les yeux. Elle ne s'autorisait plus à penser à la famille de son amant. Au début, elle avait rêvé d'accidents de voiture et d'avalanches, mais elle payait cher ces fantasmes malveillants : ils lui coûtaient trop de douleur, de remords, d'indécision. Elle savait bien qu'il n'y aurait pas d'accident de voiture et qu'elle ne l'aurait jamais pour elle seule. Elle gâchait les plus belles années de sa vie pour un homme qui appartenait à une autre. Une grande femme au port altier qu'il avait juré d'aimer toute sa vie. La mère de ses enfants. Ses putains d'enfants.

Une douleur familière lui serra le cœur et elle finit son verre cul sec. Puis elle glissa un billet de vingt livres dans la pochette en cuir qui renfermait l'addition et, avec un flegme étudié, se leva.

Dans le vestibule du bar, elle faillit bousculer une jeune femme moulée dans une robe en lamé, trop maquillée, aux cheveux d'un roux flamboyant et artificiel, couverte de bijoux clinquants. Pas besoin d'être devin pour connaître sa profession. Les femmes comme elle pullulaient à Londres. Call-girls engagées pour la soirée auprès de sociétés aux noms évocateurs pour flirter, plaisanter, voire plus, moyennant finance, elles se situaient quelque part entre les prostituées d'Euston et les épouses modèles qu'on exhibe comme signe extérieur de réussite.

Il avait été un temps où Roxanne l'aurait méprisée. Ce soir, en croisant son regard, elle n'éprouva que de l'empathie. L'une comme l'autre s'étaient fourvoyées. Si on leur avait prédit, quelques années plus tôt, qu'elles finiraient ainsi, elles auraient sûrement éclaté de rire. Personne ne prévoit de devenir call-girl. Ou maîtresse d'un homme marié. Pendant six ans.

Roxanne eut un hoquet, mi-rire, mi-sanglot, et pressa le pas. Oubliant la call-girl, elle quitta le bar et traversa le hall.

« Je vous appelle un taxi, madame ? proposa le portier lorsqu'elle sortit dans l'air froid de la nuit.

« — Oui, merci. »

Elle se força à sourire, à rester digne. On lui avait posé un lapin – et après ? Ce n'était pas la première fois, et ce ne serait pas la dernière. Voilà ce qui arrive quand l'homme de votre vie est déjà pris.

4

Assise dans le bureau de Ralph Allsopp, l'éditeur du *Londoner*, Candice se rongeait les sangs. Où pouvait-il bien être ? Elle avait frappé à sa porte timidement, ce matin-là, croisant les doigts pour qu'il ait le temps de la recevoir. À son grand soulagement, il lui avait ouvert, le téléphone vissé à l'oreille, et fait signe d'entrer. Ouf ! Elle avait franchi la première étape. Restait à le persuader de faire passer un entretien à Heather.

Mais avant qu'elle ait pu lui débiter son laïus, il avait raccroché, aboyé : « Attends-moi ! » et disparu. Cela faisait près de dix minutes. Peut-être aurait-elle dû néanmoins se lever et le suivre. Ou lui demander carrément de l'accompagner. Si seulement elle avait fait preuve d'initiative ! C'était une qualité que Ralph Allsopp appréciait chez ses employés. Il n'avait pas son pareil pour développer leur potentiel et récompenser leurs compétences, pour peu qu'ils répondent à ses critères : dynamisme, réactivité, zèle et courage. Au talent il préférait le cran – même celui de reconnaître ses limites. Seule la faiblesse ne trouvait pas grâce à ses yeux.

« Faible ! rugissait-il parfois du dernier étage. Tous faibles, bordel ! », et dans tout le bâtiment on se redressait sur sa chaise, on cessait de jacasser et on se remettait au travail.

55

Ralph traitait avec le plus grand respect les employés qui satisfaisaient ses exigences. Si bien que le personnel des Publications Allsopp était en général fidèle. Certes, il arrivait qu'un employé quitte l'entreprise pour se mettre en free-lance ou monter son affaire, mais en général il restait en contact, revenait de temps en temps prendre un verre ou faire des photocopies tout en présentant ses projets à un Ralph enthousiaste. C'était une maison détendue et chaleureuse, et depuis cinq ans que Candice y travaillait, elle n'avait jamais envisagé de la quitter.

Elle s'appuya contre le dossier de sa chaise et promena son regard dans le bureau de Ralph. Sa réputation de désordre n'était pas usurpée : deux corbeilles en bois destinées au courrier entrant dégorgeaient de lettres et mémos en tout genre, de vieux numéros des diverses publications maison s'entassaient entre les tas d'épreuves criblées d'encre rouge, un téléphone faisait de l'équilibrisme sur une pile de livres... Justement, il se mit à sonner. Candice hésita – devait-elle répondre ? Ce n'était pas son poste... Mais elle imagina la réaction de Ralph s'il entrait dans la pièce et la surprenait à ignorer la sonnerie – « Eh bien quoi ? T'as peur qu'il morde ? » –, et elle s'empressa de décrocher.

« Bureau de Ralph Allsopp, bonjour, dit-elle de sa voix la plus professionnelle.

— Pourrais-je parler à M. Allsopp ? demanda une voix féminine.

— Il s'est absenté. Je peux prendre un message ?

— Vous êtes sa secrétaire ? »

Candice jeta un regard à travers la vitre en direction du bureau de Janet, l'assistante de Ralph : vide.

« Euh... Je la remplace. »

Après un silence, sa correspondante reprit :

« C'est Mary, l'assistante de M. Davies de l'hôpital de Charing Cross. M. Davies souhaiterait repousser à trois heures le rendez-vous de M. Allsopp. Pourriez-vous l'en avertir ?

— Je lui transmettrai le message », promit Candice en prenant des notes.

Elle raccrocha. Elle était en train de se relire, intriguée, quand une voix pétulante retentit :

« Alors, quel bon vent t'amène ? Une réclamation ? Ton nouveau rédac'-chef te fait déjà des misères ? »

Candice sursauta.

« Oh ! Non, non. Rien à voir... »

Elle observa Ralph tandis qu'il s'installait à son bureau, et se prit à penser comme souvent qu'il avait dû être très beau dans sa jeunesse, avec son mètre quatre-vingt-dix, ses cheveux – désormais gris – en bataille et ses beaux yeux intelligents. À vue de nez, il avait la cinquantaine, mais il débordait toujours d'une énergie presque effrayante.

« Je viens de prendre ce message pour vous, dit Candice en lui tendant le bout de papier.

— Ah », fit Ralph.

Il parcourut les quelques mots sans que son visage trahît aucune émotion et rangea la feuille dans sa poche.

« Merci », ajouta-t-il.

Candice faillit lui demander si tout allait bien, mais se ravisa. La santé de son patron ne la regardait pas. Elle avait intercepté un appel personnel ; il aurait été malvenu de poser des questions. Et s'il avait contracté quelque infection aussi bénigne qu'embarrassante ? Ce serait affreusement gênant.

« J'aurais voulu vous parler du poste d'assistant éditorial qui s'est libéré au *Londoner*, reprit-elle donc.

— Qu'est-ce qu'il a, ce poste ? »

Ralph croisa les bras, et Candice se jeta à l'eau.

« Voilà, je... je connais quelqu'un qui a le profil idéal.

— Eh bien, qu'il postule ! »

— Elle. Il s'agit d'une fille. L'ennui, c'est que son CV n'a rien de spectaculaire... Mais elle est douée. Elle écrit bien. Et elle est motivée...

— Tu m'en vois ravi mais ce n'est pas mon problème. C'est Justin qui...

— Oui, je sais. Mais... »

Elle se tut. Ralph plissa les yeux.

« Dis-moi, vous n'allez pas faire d'histoires, tous les deux ? demanda-t-il en se penchant au-dessus de son bureau. Je suis au courant de votre situation. Si ça doit créer des problèmes...

— Oh, non ! l'interrompit Candice. C'est juste que... Justin est très occupé. C'est son premier jour, je ne voudrais pas le déranger. Il a d'autres chats à fouetter. Pas plus tard qu'hier, il se plaignait d'avoir à trier tous ces CV. Et après tout, il n'est que rédacteur en chef adjoint. Alors... je me disais que... peut-être...

— Eh bien quoi ?

— Vous pourriez faire passer un entretien à mon amie. Elle attend en bas, à la réception.

— Je te demande pardon ?

— C'était au cas où ! s'empressa-t-elle de préciser, déconfite. Au cas où vous accepteriez de la recevoir. »

Ralph la fixa en silence, incrédule, et Candice se prépara à encourir ses foudres. Mais soudain il éclata de rire.

« Fais-la monter ! Puisque tu as traîné cette malheureuse jusqu'ici, donnons-lui sa chance.

— Merci ! Franchement, je suis sûre que vous ne le regretterez... »

Ralph leva la main pour lui intimer le silence.

« Fais-la monter. On verra bien ce qu'elle a dans le ventre. »

Seule dans sa grande cuisine suréquipée, Maggie Phillips buvait son café en se demandant ce qu'elle allait faire. Ce matin, elle s'était réveillée à son heure habituelle et avait

58

regardé Giles se lever, s'habiller et se préparer à partir pour la City.

« Tu vas te la couler douce, lui avait-il dit en nouant précipitamment sa cravate. J'essaierai de rentrer pour sept heures.

— D'accord. Embrasse la pollution de ma part !

— Ne retourne pas le couteau dans la plaie, espèce de femme entretenue ! »

Et il était parti prendre son train. Au bruit de la porte claquant derrière lui, Maggie avait été parcourue d'un délicieux frisson : elle était libre. Fini le boulot ! Elle pouvait faire ce que bon lui semblait. Elle avait d'abord tenté de se rendormir, fermant les yeux et se blottissant sous la couette. À ce stade de sa grossesse, cependant, elle ne supportait plus de rester allongée. Elle était trop grosse, trop lourde. Même en disposant savamment ses oreillers, pas moyen de trouver une position confortable. Qu'à cela ne tienne : elle était descendue au rez-de-chaussée prendre son petit déjeuner. Elle avait préparé du café, fait griller des toasts, lu le journal et admiré la vue de son jardin. Le tout l'avait occupée jusqu'à huit heures et demie. Puis elle était remontée, s'était fait couler un bain et y avait macéré pendant au moins une heure, lui avait-il semblé. Pour s'apercevoir avec stupéfaction, en émergeant, qu'elle n'y avait passé que vingt minutes.

Il était à présent neuf heures et demie. La journée avait à peine commencé que, déjà, elle se sentait clouée depuis une éternité à la table de la cuisine. Comment se pouvait-il que le temps, cette denrée rare et précieuse qui vous filait entre les doigts à Londres, s'écoule si lentement ici ? Comme du miel dans un sablier...

Maggie ferma les yeux, reprit une gorgée de café et songea à ce qu'elle faisait habituellement à cette heure-ci. Toutes sortes de choses... Elle lisait le journal dans le métro, accrochée à la barre. Arrivait au boulot. Achetait un cappuccino au coin de la rue. Répondait à des centaines d'e-mails. Assistait à des réunions. Discutait, riait, occupée, entourée…

Et stressée, se rappela-t-elle à l'ordre avant de succomber à la nostalgie. Bousculée par la foule, enfumée par les gaz d'échappement des taxis, assourdie par le vacarme urbain, pressée par des dates de remise intenables. Le seul bruit, ici, était le pépiement d'un oiseau derrière la vitre, et l'air était pur et frais comme de l'eau de source. Pas de pression, pas de réunions, pas de délais.

Sauf un, bien sûr. Un délai capital sur lequel elle n'avait aucun contrôle. Il y avait quelque ironie à se retrouver dans ce cas précis complètement impuissante, elle, la chef, habituée à diriger toutes les opérations de main de maître. Machinalement, elle attrapa son guide de grossesse et l'ouvrit au hasard : « À l'approche du terme, les douleurs deviennent plus intenses. Ne cédez pas à la panique. Votre partenaire vous prodiguera soutien et encouragements. » Terrifiée, elle ferma le livre d'un coup sec et se resservit du café. On ne souffre pas de ce qu'on ignore.

Tout au fond d'elle-même, Maggie savait bien qu'elle aurait dû écouter les conseils des sages-femmes et suivre des cours de préparation à l'accouchement. Bien intentionnées, elles l'avaient toutes bombardée de prospectus et de numéros de téléphone, insistant pour qu'elle s'inscrive. Comme si elle en avait le temps ! Elles ne se rendaient pas compte. Il lui était déjà fastidieux de se libérer en pleine journée pour ses examens de routine à l'hôpital. Alors, passer en plus ses soirées à étaler sa vie privée chez un illustre inconnu, enfoncée dans un pouf, à Perpète-les-Oies ? Non merci. Giles et elle avaient mieux à faire. Elle avait donc acheté son guide et regardé un DVD (en passant en accéléré les scènes les moins ragoûtantes). Cela suffirait.

Elle repoussa résolument le guide hors de sa vue derrière la corbeille à pain et elle s'apprêtait à se resservir du café quand la sonnette retentit. Surprise, Maggie fronça les sourcils. Elle se leva péniblement et traversa le spacieux hall d'entrée pour ouvrir la porte. Sur le perron se tenait sa belle-mère, vêtue d'un Barbour, d'un chemisier rayé et d'une jupe droite en velours côtelé bleu marine.

« Bonjour, Maggie ! Je ne vous tire pas du lit, j'espère ?

— Pas du tout, dit-elle avec un petit rire. Giles m'avait prévenue que vous passeriez. »

Elle se pencha tant bien que mal pour embrasser Paddy.

Bien que mariée à Giles depuis plus de quatre ans, Maggie connaissait très peu sa belle-mère. Elles ne s'étaient jamais assises autour d'une tasse de thé pour bavarder – entre autres parce que Paddy semblait ne jamais s'asseoir ! Frêle et énergique, elle était constamment en mouvement, toujours à cuisiner, jardiner, classer. Quand elle ne chantait pas à la chorale de l'église, c'est qu'elle conduisait quelqu'un à la gare. Elle avait été vingt-cinq ans cheftaine des jeannettes et c'était elle qui avait cousu à la main toutes les robes des demoiselles d'honneur de Maggie. Une vraie pile électrique !

Et voilà qu'elle tendait à sa bru une boîte en fer.

« Je vous ai fait des scones. Il y en a aux raisins et au fromage.

— Paddy ! s'exclama Maggie, touchée par cette attention. Vous n'auriez pas dû.

— Pensez-vous ! C'est une recette simplissime et très rapide. Je vous la donnerai, si vous voulez. Giles raffole de mes scones.

— Eh bien… » Maggie se remémora son désastreux gâteau d'anniversaire… « D'accord !

— Je voudrais vous présenter quelqu'un. J'ai pensé que cela vous ferait plaisir de rencontrer une autre jeune maman du village.

— Oh, fit Maggie, prise de court. Quelle bonne idée ! »

Paddy s'écarta devant une jeune femme en jean et pull rose, un enfant dans les bras, un autre pendu à sa manche.

« Maggie, dit fièrement sa belle-mère, je vous présente Wendy. »

Candice descendit les escaliers quatre à quatre jusqu'à la réception, exaltée par son succès. Elle se sentait puissante. Comme quoi, avec un peu d'esprit d'entreprise, on pouvait décrocher la lune ! Elle débola dans le hall et courut vers Heather qui l'attendait dans un fauteuil, dans un tailleur noir impeccable.

« Il a dit oui ! jubila Candice. Il va te recevoir !

— Pour de vrai ? Maintenant, tout de suite ?

— Oui, tout de suite ! Je te l'avais bien dit, il est toujours prêt à faire confiance aux gens. » Candice rayonnait. « Souviens-toi bien de mes conseils. Montre-lui que tu es une battante – que tu en veux ! Et s'il te pose une colle, détourne son attention en lui racontant une blague.

— OK. »

Heather tripotait nerveusement l'ourlet de sa jupe.

« De quoi j'ai l'air ? »

Candice la détailla des pieds à la tête.

« Tu es superbe ! Encore une chose : Ralph demandera sûrement à lire quelque chose de toi.

— Hein ? éructa Heather, prise de panique. Mais je…

— Donne-lui ceci. »

Très contente d'elle, Candice lui remit un papier.

« Qu'est-ce que c'est ?

— Un article que j'ai rédigé il y a quelques mois. Sur l'enfer des transports londoniens l'été. Il n'a jamais été publié et la seule à l'avoir lu, c'est Maggie… »

Des visiteurs entraient dans le hall, aussi baissa-t-elle la voix.

« C'est le tien, maintenant : regarde de qui il est signé !

— "Londres brûle-t-il ?, par Heather Trelawney", lut Heather, émerveillée. Je n'y crois pas ! C'est génial !

— Jettes-y vite un œil avant de monter, il pourrait t'interroger dessus…

— Candice… C'est adorable. Je ne sais pas comment te remercier.

— Allons donc ! C'est un plaisir.

— Mais pourquoi es-tu si gentille avec moi ? »

Heather plongea ses yeux gris dans ceux de Candice, qui sentit son estomac se vriller. Elle soutint son regard, le rouge au front et, au paroxysme de la tension, faillit lui avouer son secret. Lui confesser les crimes de son père, son irrépressible sentiment de dette, son impérieuse envie de se racheter.

Elle avait à peine ouvert la bouche qu'elle comprit son erreur. En parlant, elle placerait Heather – et elle-même – dans une situation embarrassante. Cela la soulagerait peut-être, cela serait sans doute cathartique, mais il serait égoïste de sa part de se décharger ainsi de son fardeau. Heather devait croire la gentillesse de Candice motivée par la seule affection qu'elle lui portait.

« Ce n'est rien, bredouilla-t-elle. Dépêche-toi de monter, Ralph t'attend ! »

Paddy avait insisté pour faire le café, laissant Maggie seule avec Wendy. Un peu nerveuse, elle la fit passer au salon et l'invita à s'asseoir sur le canapé. Wendy était la première jeune maman qu'elle rencontrait depuis qu'elle était enceinte. Elle habitait le voisinage. Peut-être deviendraient-elles copines, voire confidentes. Peut-être leurs enfants deviendraient-ils les meilleurs amis du monde.

« Asseyez-vous, je vous en prie. Vous… Vous habitez ici depuis longtemps ?

— Quelques années, répondit Wendy en laissant tomber par terre son énorme fourre-tout avant de s'installer sur le canapé crème de Maggie.

— Et… la région vous plaît ?

— Ouais. Jake, touche pas à ça ! »

Maggie suivit son regard et frémit d'horreur : le fils de Wendy semblait avoir des vues sur son vase vénitien en verre bleu, un cadeau de mariage de Roxanne.

« Oh, excusez-moi ! s'exclama-t-elle, se levant aussi rapidement que le lui permettait sa masse. Je vais poser ça ailleurs, ce sera plus sûr. »

Elle saisit le vase à la seconde où le bambin refermait dessus ses doigts graisseux. Il ne lâchait pas prise.

« Hum. Tu permets, jeune homme ? demanda-t-elle poliment.

— Jake ! brailla Wendy, et Maggie sursauta violemment. Lâche ça tout de suite ! »

Jake fit la grimace, mais obéit. Ni une, ni deux, Maggie lui arracha le vase et le plaça en sécurité au sommet de la commode.

« C'est des monstres, à cet âge-là », commenta Wendy.

Elle regarda le ventre de Maggie et demanda :

« Alors ? C'est pour quand ?

— Le 25 avril, répondit-elle, en se rasseyant. Plus que trois semaines !

— Sauf si vous dépassez votre terme.

— Ah. Oui, c'est une éventualité », concéda Maggie.

Wendy pointa un doigt accusateur vers le nouveau-né sur ses genoux :

« Celui-là, il a eu deux semaines de retard.

— Oh... Mais...

— Et en plus, il a failli rester coincé. Son rythme cardiaque a commencé à chuter. Il a fallu l'extraire au forceps. »

Et cherchant le regard de Maggie, elle annonça :

« Vingt-neuf points de suture, qu'il m'a fallu.

— Pas possible ! lâcha Maggie. Vous plaisantez ? »

Elle se sentit soudain tourner de l'œil. Fermement accrochée aux accoudoirs de son fauteuil, elle se concentra sur sa respiration. Changeons de sujet, pensa-t-elle. Vite ! Parlons de tout, sauf d'accouchement.

« Vous… Vous travaillez ? s'enquit-elle avec un rictus.

— Non, répondit distraitement Wendy. Jake ! Descends de là ! » mugit-elle.

Maggie se retourna et découvrit le gamin en plein numéro d'équilibriste sur le tabouret de piano. Il lança à sa mère un regard assassin et se mit à tambouriner sur le clavier.

« Le café est servi, chantonna Paddy en entrant, un plateau dans les bras. Je me suis permis d'ouvrir ce paquet de biscuits aux amandes, ils avaient l'air si bons ! J'ai bien fait, n'est-ce pas ?

— Oui, bien sûr.

— Je sais ce que c'est, quand on a prévu ses menus et que quelqu'un dévalise vos placards à provisions. »

Elle rit, et Maggie sourit faiblement. Elle n'établissait jamais ses menus à l'avance et doutait que ses placards soutiennent la comparaison avec ceux de sa belle-mère.

« Je dois avoir du jus de fruits pour Jake, quelque part… », dit Wendy.

Et, sans crier gare, elle éleva de nouveau la voix :

« Jake ! Arrête ce raffut tout de suite ou t'auras pas à boire ! »

Elle posa son nourrisson sur le tapis, à même le sol, et fourragea dans son gros sac. Paddy s'extasia à la vue du bébé qui se tortillait :

« Quel amour ! Maggie, prenez-le donc ! »

Sa belle-fille se raidit, horrifiée :

« Euh, sans façon…

— Tenez, dit Paddy qui avait ramassé le bébé et le lui collait dans les bras. Quel petit ange ! »

Maggie baissa les yeux et fixa le bébé qu'elle tenait maladroitement, persuadée que les deux autres la dévisageaient. Qu'est-ce qui clochait, chez elle ? Ce bébé ne lui inspirait que du dégoût. Il était affreux, il puait le lait caillé et en plus, on l'avait affublé d'une hideuse grenouillère pastel. Il ouvrit les yeux et la regarda. Nez à nez avec lui, Maggie s'efforçait de ressentir un frémissement d'instinct maternel – mais rien. Le bébé se mit à gigoter et à couiner, et elle s'affola.

« Faut qu'il fasse son rot, dit Wendy. Tenez-le bien droit.

— D'accord. »

Tendue, gauche, elle plaça le bébé à la verticale contre son épaule. Son visage se tordit comme s'il allait se mettre à hurler. Puis sa bouche s'ouvrit, déversant sur elle un flot de lait tiède régurgité.

Maggie poussa un cri d'effroi :

« Il m'a vomi dessus !

— Ah, fit Wendy, indifférente. Pas de bol. Je vais le reprendre. »

Paddy s'avançait déjà avec un mouchoir.

« Allons, ce n'est rien. Il va falloir vous habituer à ce genre de chose, Maggie. Pas vrai, Wendy ?

— Ça, c'est sûr ! Elle y coupera pas. »

Maggie cessa un instant de frotter son gilet : Paddy et Wendy la toisaient d'un air condescendant, presque triomphant, comme pour lui signifier : « On te tient ! » Elle frissonna.

« Veux faire caca, décréta Jake en s'avançant vers sa mère.

— C'est très bien, dit-elle en reposant sa tasse. Je vais sortir ton pot.

— Ah, ça non ! rugit Maggie en se levant d'un bond. Je veux dire… Je vais refaire du café. »

Réfugiée dans la cuisine, elle mit la bouilloire en marche et s'effondra sur une chaise, le gilet toujours trempé de lait. Elle ne savait pas si elle devait rire ou pleurer. C'était vraiment ça, les enfants ? Si oui… qu'est-ce qui lui avait pris d'en faire un ? Elle ferma les yeux et songea un instant, le cœur lourd, à son bureau au *Londoner*. Son lieu de travail : un modèle d'organisation, un parangon de civilisation. Et ses collègues ! Si raffinés, si spirituels. Et surtout adultes. Pas un bébé à la ronde.

Elle jeta un coup d'œil à la porte, hésita, puis décrocha le téléphone et composa un numéro.

« Candice Brewin, j'écoute ? »

Maggie soupira de soulagement. Le ton familier de son amie suffisait à la détendre.

« Salut Candice, c'est Maggie.

— Maggie ! Bonjour. Tout va bien ?

— Super ! Je me la coule douce…

— Tu dois encore être au lit, veinarde !

— Détrompe-toi, dit gaiement Maggie. Figure-toi que je reçois. Je sers le café à une jeune poule pondeuse. Elle squatte mon salon avec toute sa progéniture. »

Candice pouffa, et Maggie sourit d'aise. Heureusement qu'on pouvait toujours compter sur l'amitié. Maintenant qu'elle en faisait le récit, la situation lui paraissait comique – un vrai sketch !

« Tu ne devineras jamais ce qui vient de se passer, raconta-t-elle. J'étais assise sur le canapé, avec dans les bras le bébé le plus moche que la Terre ait jamais porté. Il se met à gigoter, et…

— Maggie, je suis désolée, j'aimerais bien bavarder avec toi, mais Justin nous a tous convoqués à je ne sais quelle réunion, il faut vraiment que j'y aille…

— Oh, fit Maggie, déçue. Je comprends.

— On se rappelle ?

— Oui, pas de problème. Bonne réunion !

— Tu parles… Oh, attends, pendant que j'y pense… » Candice se mit à chuchoter :

« Tu te souviens de Heather, la fille qu'on a croisée hier soir ? La serveuse du Manhattan Bar ?

— Oui, dit Maggie en se remémorant les événements, peinant à croire qu'ils ne dataient que de la veille – ils lui semblaient vieux d'un siècle.

— Alors voilà : je sais que tu me l'avais déconseillé, mais je l'ai présentée à Ralph, et il l'a adorée ! Il lui a donné le poste ! Elle commence la semaine prochaine.

— Tu es sérieuse ? C'est fabuleux !

— Oui ! Il s'avère qu'elle... » Candice se racla la gorge. « Qu'elle a une plume. Ralph a été très impressionné par son travail. Il a décidé de lui donner sa chance.

— Du Ralph tout craché. C'est une bonne nouvelle.

— Je sais ! »

Candice ajouta, sur le ton de la confidence :

« Maggie, tu n'imagines pas ce que ça représente pour moi. J'ai l'impression de compenser enfin un peu le mal qu'a fait mon père. Je fais enfin quelque chose de positif.

— Dans ce cas, je suis contente pour toi, dit Maggie avec chaleur. J'espère que tout se passera bien.

— Oh, ne te fais pas de souci ! Heather est adorable. D'ailleurs, on va déjeuner ensemble ce midi pour fêter ça.

— Ah..., fit Maggie, envieuse. Amusez-vous bien.

— On boira un coup à ta santé. Bon, il faut vraiment que je file. À bientôt ! »

Et elle raccrocha.

Maggie resta un instant immobile, les yeux rivés sur le combiné avant de le reposer sur son socle. Elle se sentait exclue. En à peine vingt-quatre heures, ses collègues s'étaient accoutumées à son absence. Normal. Il fallait s'y attendre. Elle soupira et, relevant la tête, aperçut Paddy, dans l'embrasure de la porte. Elle avait un drôle d'air.

« Je... Je dépannais une collègue... C'était professionnel. Wendy va bien ?

— Elle est montée changer la couche du bébé. »

Paddy ouvrit le robinet d'eau chaude et s'attaqua à un reste de vaisselle sale.

« Vous savez, mon petit, dit-elle gentiment, il ne faut pas vous accrocher à votre ancienne vie.

— Quoi ? Je ne m'y accroche pas ! se défendit-elle.

68

— Vous allez trouver de nouvelles racines, vous verrez. Vous allez vous faire des amis. Mais il faut y mettre du vôtre. Ce n'est pas Londres, ici. Le mode de vie est très différent !

— Tant que ça ? fit Maggie d'un ton léger. Les gens doivent bien sortir et s'amuser, même à la campagne ! »

Paddy pinça les lèvres.

« Au bout d'un moment, vous risquez de ne plus avoir grand-chose en commun avec vos amies de la métropole. »

Toujours plus qu'avec Wendy, pensa Maggie, acerbe.

« Peut-être bien, dit-elle en souriant, mais je ferai tout mon possible pour rester en contact avec elles. Mes deux plus proches amies et moi, nous nous retrouvons une fois par mois pour notre soirée cocktail, et je n'ai pas l'intention d'y renoncer.

— Des cocktails ? On ne se refuse rien ! » plaisanta Paddy.

Maggie trouva soudain sa belle-mère très désagréable. Ses amies et ses habitudes ne la regardaient pas, et elle n'avait pas à mettre le nez dans ses affaires.

« Oui, des cocktails, répéta-t-elle d'un ton mielleux. Mon préféré, c'est le screaming orgasm. Une recette simplissime. Je vous la donnerai, si vous voulez. Giles en raffole. »

5

On sonna et Candice, qui attendait pourtant Heather depuis vingt bonnes minutes, sursauta. Elle fit un énième tour d'horizon pour s'assurer de la propreté de la pièce, puis courut ouvrir la porte. Ce qu'elle découvrit derrière lui arracha un cri de surprise : des brassées d'œillets, de freesias et de roses jaunes jaillissant d'un assortiment de verdure enveloppé de cellophane à motifs dorés et surplombé d'un gros nœud.

« Cadeau ! déclara Heather, ensevelie sous les fleurs. Désolée pour le nœud, il est moche, mais le fleuriste l'a planté là avant que j'aie pu l'en empêcher. »

Candice la délesta du bouquet dans un bruissement de feuilles et la serra dans ses bras.

« Il ne fallait pas !

— C'est la moindre des choses, protesta Heather. Je te dois tellement ! D'abord le boulot, et maintenant l'appart…

— J'ai deux chambres, autant qu'elles servent…, dit Candice, un peu mal à l'aise. Et je ne pouvais pas te laisser croupir dans ton trou à rat ! »

Un jour, au déjeuner, la conversation s'était orientée par hasard sur le logement de Heather – à l'en croire, un vrai taudis. Elle en parlait avec humour, mais en l'écoutant Candice avait subitement eu une idée : elle allait lui proposer d'emménager chez elle. À sa grande joie, Heather avait accepté sans hésiter. Tout marchait comme sur des roulettes.

« M'en parle pas, quel enfer ! Ça tombait en ruine et c'était supercrade. Pas comme chez toi... »

Elle posa ses valises et avança lentement dans l'appartement, ébahie.

« Tu habites seule ?

— Au début, j'avais une colocataire, mais après son départ, je n'ai jamais pris le temps de...

— C'est un palace ! l'interrompit Heather. Candice, c'est magnifique !

— Merci, dit Candice, rougissant de contentement. Je... Je trouve aussi. »

Elle s'enorgueillissait secrètement de ses talents de décoratrice d'intérieur. L'été précédent, elle avait passé de longues heures à retirer l'horrible papier peint à spirales marron qu'avaient posé les précédents locataires et à repeindre les murs d'un jaune crayeux. L'opération lui avait pris plus de temps que prévu et lui avait valu de sacrées courbatures aux bras, mais quel résultat !

« Regarde : le bouquet est assorti à tes murs ! dit Heather, guillerette. Les grands esprits se rencontrent ! C'est bon signe, tu ne trouves pas ?

— Tout à fait ! Bon, je te propose de porter tes affaires... » Elle déglutit « ... dans ta chambre. »

Joignant le geste à la parole, elle empoigna une malle et la traîna le long du couloir puis, d'une main un peu tremblante, elle ouvrit une porte.

« Waouh... », murmura Heather.

La chambre était spacieuse et décorée avec goût – murs lavande, épais rideaux beiges. Dans un coin se dressait une lourde armoire en chêne ; à côté du lit double, sur une table de chevet, était disposée une sélection de magazines féminins.

« Elle est géniale ! s'emballa Heather. Et ta chambre à toi, elle est comment ? C'est celle-là, ta porte ?

71

— Oh, ma chambre est très correcte, je t'assure... »

Trop tard : Heather avait déjà ouvert sur une pièce bien plus petite, meublée d'un lit simple et d'une penderie en pin bas de gamme.

— C'est ici ? » s'étonna Heather.

Elle la compara en silence à la pièce aux murs lavande et comprit :

« Tu m'as donné ta chambre – je me trompe ? La mauve, c'est la tienne ! »

Elle semblait stupéfaite – presque amusée. Candice ne savait plus où se mettre. Elle qui était si fière de son geste ! La veille au soir elle sifflotait, joyeuse, en transférant ses vêtements d'une chambre à l'autre pour libérer l'armoire. Maintenant, devant la mine de son amie, elle comprenait sa bévue : Heather n'accepterait jamais. Elle insisterait pour que Candice reprenne sa chambre, et l'incident deviendrait une source de gêne, voire de tensions, entre elles.

« Je me disais que tu aurais besoin d'un coin bien à toi, dit-elle bêtement. Ça ne doit pas être facile d'emménager chez quelqu'un... Je voulais que tu te sentes chez toi...

— Ah... Dans ce cas... »

Elle adressa à Candice un sourire ravi et poussa du pied une de ses valises dans la chambre mauve.

« C'est supersympa. Je sens que je vais être très bien, ici !

— Oh, fit Candice, soulagée mais aussi secrètement un peu déçue. Bon... Je te laisse déballer tes affaires...

— Ça peut attendre. D'abord, on va trinquer. J'ai apporté ce qu'il faut... »

Elle fouilla dans son sac et en sortit une bouteille.

« Heather ! Des fleurs *et* du champagne ? Tu me gâtes !

— Je sable toujours le champagne pour les grandes occasions – et c'en est une, tu ne trouves pas ? » demanda-t-elle, espiègle.

Tandis qu'elle faisait sauter le bouchon dans la cuisine, Candice entendit les lattes du parquet craquer dans le salon : Heather poursuivait son exploration. Candice remplit les deux flûtes publicitaires reçues lors d'une réception sponsorisée par Bollinger et les apporta au salon avec la bouteille. Heather se tenait près de la cheminée, tout auréolée de blond à la lumière de la lampe. Elle fixait une photo encadrée sur le manteau de cheminée. Le sang de Candice ne fit qu'un tour. Quelle idiote ! Pourquoi ne l'avait-elle pas cachée ? Vite, faire diversion :

« Champagne ? demanda-t-elle en lui tendant une flûte. À nous !

— À nous », l'imita Heather en sirotant.

Mais elle regagna la cheminée et s'empara du cadre pour examiner la photo de plus près. Candice avala une gorgée de champagne en se raisonnant : Heather ne s'apercevrait de rien. Il suffisait qu'elle reste naturelle.

— C'est toi, là ? demandait-elle justement. Tu es mimi ! Tu avais quel âge ?

— Dans les onze ans, dit Candice, pas naturelle pour deux sous.

— Et eux ? Ce sont tes parents ?

— Oui, répondit-elle, pétrifiée. Là, c'est ma mère, et là... » Elle se racla la gorge. « Mon père. Il... Il est décédé il y a quelques années.

— Oh. Je suis désolée », dit Heather, sans quitter la photo des yeux.

Puis elle leva la tête et sourit à Candice.

« Il était bel homme. Je parie qu'il te gâtait !

— Un peu, oui. En fait, il me traitait comme une princesse ! Tu sais comment sont les pères...

— En effet. »

Son regard s'attarda encore quelques instants sur le cadre, qu'elle replaça ensuite sur la cheminée.

« Je sens qu'on va bien s'amuser, toutes les deux ! » s'exclama-t-elle en passant le bras autour des épaules de Candice.

À minuit passé ce soir-là, après un somptueux repas et une bonne dose d'un excellent chablis, Roxanne regagna sa suite à l'Aphrodite Bay Hotel. Le lit était fait, la lumière tamisée et un signal lumineux clignotait sur son portable. Elle ôta ses chaussures, s'assit sur le matelas et consulta sa messagerie tout en déballant un chocolat à la menthe.

« Roxanne ? C'est Maggie. J'espère que tu prends du bon temps – je crève de jalousie ! Appelle-moi quand tu auras un moment. »

Roxanne frémit d'excitation et elle s'apprêtait à rappeler son amie quand une tonalité retentit – il y avait un deuxième message. C'était encore Maggie :

« Mais non, andouille, je n'ai pas accouché ! Je voulais te parler d'autre chose. »

Roxanne sourit et croqua dans son chocolat.

« Fin des messages », annonça une voix métallique. Roxanne avala sa bouchée, attrapa le téléphone fixe et composa un numéro à trois chiffres.

« Nico ? Je te rejoins dans cinq minutes, le temps de passer un coup de fil. »

Elle tendit la pointe des pieds, admirant son bronzage, qu'un vernis à ongles rose faisait avantageusement ressortir.

« Oui, commande-moi un brandy alexander. À tout de suite ! »

Elle raccrocha, puis composa le numéro de Maggie.

« Allô ? marmonna une voix pâteuse.

— Giles ! s'exclama Roxanne en consultant sa montre. Je suis désolée, il doit être très tard ! J'avais oublié le décalage horaire… C'est Roxanne. Je te réveille ?

— Roxanne. Salut. Tout va bien ?

— Passe-la-moi ! » intervint Maggie à l'arrière-plan.

Roxanne l'entendit ajouter plus doucement :

« Oui, je sais quelle heure il est et je m'en moque : je veux lui parler ! »

Des sons étouffés parvenaient à Roxanne, qui ne put réprimer un sourire : Maggie devait être en train d'arracher violemment le combiné à son mari. Puis sa voix lui parvint, claire et distincte :

« Roxanne ! Comment vas-tu ?

— Salut, ma biche ! Désolée d'avoir réveillé Giles.

— Ne t'en fais pas pour lui, il s'est déjà rendormi ! Alors, c'est comment, Chypre ? »

Roxanne joua les blasées.

« Pas dégueu. Mais bon, ça reste un banal paradis méditerranéen : soleil éclatant, mer turquoise, hôtel cinq étoiles et tout le toutim. Ça ne casse pas trois pattes à un canard.

— Ma pauvre, dit Maggie, entrant dans son jeu. Je ne sais pas comment tu fais pour supporter ça. Tu devrais te plaindre à la direction. »

Puis son ton se fit plus grave :

« Roxanne, je suis inquiète... Tu as parlé à Candice, récemment ?

— Pas depuis mon départ, pourquoi ?

— Je lui ai téléphoné tout à l'heure, histoire de bavarder et... je suis tombée sur cette fille.

— Quelle fille ? »

Roxanne s'appuya contre la tête de lit matelassée. Par la baie vitrée, des feux d'artifice lancés pour quelque festivité criblaient le ciel comme autant d'étoiles filantes.

« Heather Trelawney – la serveuse du Manhattan Bar, tu t'en souviens ?

— Ah, oui, dit Roxanne en étouffant un bâillement. Celle que le père de Candice a plumée.

— Tout juste. Eh bien, figure-toi que Candice lui a obtenu le poste d'assistante éditoriale au *Londoner*.

— Sans rire ? Dis donc ! Ça n'a pas traîné.

— Il semblerait qu'elle ait supplié Ralph le lendemain matin. Dieu sait ce qu'elle a pu inventer pour le convaincre.

— Visiblement, cette histoire lui tient à cœur, dit Roxanne avec insouciance.

— Attends, tu ne sais pas tout ! Heather a emménagé chez elle ! »

Roxanne se redressa et fronça les sourcils.

« Hein ? Elle l'héberge ? Mais elle la connaît à peine !

— Je sais ! C'est pour ça que je voulais t'en parler ! Tu ne trouves pas que c'est un peu...

— ... Précipité ? Un peu beaucoup, même ! »

Elles se turent un moment et Roxanne n'entendit plus que la friture sur la ligne et la toux de Giles. Maggie finit par reprendre la parole :

« Tout ça ne me dit rien qui vaille. Tu connais Candice. Elle se laisse facilement marcher sur les pieds.

— C'est vrai, reconnut lentement Roxanne.

— Alors je pensais que... tu pourrais essayer de surveiller Heather discrètement ? Moi, je suis coincée dans ma cambrousse...

— Ne te bile pas. Je mènerai une petite enquête dès mon retour.

— Super. » Maggie soupira. « Tu dois te dire que la grossesse me rend parano et que je m'inquiète sûrement pour rien mais... » Elle marqua une pause. « Je préfère en avoir le cœur net.

— Rassure-toi. Je suis sur le coup. »

Le lendemain matin, Candice fut réveillée par une délicieuse odeur sucrée. Alléchée, elle voulut bondir hors du lit mais se retrouva face à un mur blanc. Où se trouvait-elle ?

Bien sûr ! Elle dormait dans la chambre d'amis. Heather avait emménagé. Et apparemment, elle s'était déjà mise aux fourneaux. Candice s'assit sur le rebord de son matelas et gémit : elle avait la migraine – la faute au champagne. Elle se leva, enfila une robe de chambre et tituba jusqu'à la cuisine.

« Coucou ! pépia Heather, affairée au-dessus des plaques de cuisson. Je fais des pancakes. Tu en veux ?

— J'adore ça ! Et je n'en ai pas mangé depuis...

— Et un pancake, un ! Chaud devant ! »

Heather ouvrit la porte du four, révélant à une Candice éberluée la pile de pancakes épais et dorés qu'elle y réchauffait.

« Tu es officiellement adoptée ! décréta Candice en riant.

— Attention, mes pancakes se méritent ! dit Heather d'une grosse voix. Je ne t'en referai que si tu es sage ! »

Candice gloussa.

« Je m'occupe du café », dit-elle.

Quelques minutes plus tard elles s'installaient à la table de bistrot en marbre, face à deux grosses piles de pancakes au sucre et au citron et un pot de café fumant.

« Ça manque de sirop d'érable, déplora Heather. Fais-moi penser à en acheter.

— C'est un régal ! déclara Candice, la bouche pleine. Tu es un vrai cordon-bleu.

— Merci », dit Heather, les paupières baissées, modeste.

Candice mordit à pleines dents dans son pancake et ferma les yeux de plaisir. Dire qu'à la dernière minute elle s'était demandé si elle faisait bien de proposer à Heather d'habiter avec elle ! Ça crevait les yeux : elle allait être une colocataire hors pair – et une merveilleuse amie.

« Bon, je ferais bien d'aller me préparer, dit Heather. C'est mon premier jour, je suis un peu nerveuse...

— Tu n'as aucune raison de t'en faire. Les collègues sont très sympa. Et je serai là pour t'aider ! »

Elle se sentait soudain pleine de tendresse pour Heather.

« Tout ira bien, je te le promets. »

Un quart d'heure plus tard, Candice se brossait les dents quand Heather frappa à la porte de la salle de bains.

« De quoi j'ai l'air ? » demanda-t-elle, nerveuse.

Candice l'examina, impressionnée et un peu décontenancée. Avec son tailleur framboise, son chemisier blanc et ses escarpins noirs, Heather était une véritable gravure de mode.

« Tu es superbe ! Où as-tu acheté ton tailleur ?

— Oh, je ne sais plus trop… Je me le suis offert il y a des années, après une rentrée d'argent inattendue…

— Il te va comme un gant. Donne-moi une seconde, je suis presque prête. »

Quelques minutes plus tard, elles se mettaient en route. Candice n'avait pas plus tôt claqué la porte derrière elles qu'Ed sortait sur le palier en jean et tee-shirt, une bouteille de lait vide à la main. Il feignit la surprise :

« Candice ! Toi ici ! Quelle coïncidence.

— C'est hallucinant.

— Je sortais justement les bouteilles vides pour le laitier », reprit Ed, les yeux rivés sur Heather.

Candice croisa les bras :

« Ed. On n'a pas de laitier.

— Pas encore. Mais je vais nous en appâter un, tu vas voir, dit-il en agitant sa bouteille. Grâce à mon plan machiavélique, ils vont bientôt rappliquer par dizaines. »

Il déposa la bouteille sur le palier, étudia le résultat d'un air critique, puis la décala de cinq centimètres vers les marches. Candice leva les yeux au ciel.

« Ed, je te présente Heather, ma nouvelle colocataire. Tu as dû l'entendre arriver hier soir.

— Moi ? Que dalle. »

Il s'avança vers Heather et lui fit un baisemain.

« Enchanté de faire votre connaissance, milady.

— De même ! répondit-elle.

— Puis-je me permettre de vous dire combien vous êtes ravissante ?

— Vous pouvez. »

Ses joues se creusèrent de fossettes. Regardant sa tenue d'un air satisfait, elle épousseta sa jupe du revers de la main.

« Eh, Candice, mate un peu, si c'est pas chic ! Elle a assorti son sac à main à ses chaussures ! Tu devrais en prendre de la graine.

— Merci, Ed, mais le jour où je suivrai tes conseils vestimentaires, c'est que j'aurai tout bonnement renoncé à m'habiller.

— Ah ? fit Ed, taquin. Et c'est prévu pour bientôt ? »

Heather pouffa.

« Tu fais quoi dans la vie, Ed ? demanda-t-elle.

— Rien, coupa Candice. Il est littéralement payé à ne rien faire. Alors, c'est quoi le programme, aujourd'hui, Ed ? Traîner au parc ? Nourrir les pigeons ?

— À vrai dire, non. »

Il s'appuya contre le chambranle de sa porte.

« Pour ta gouverne, je vais visiter ma maison.

— Tu nous quittes ? s'enquit Candice. Tu vas cruellement nous manquer.

— J'ai hérité. Ma tante me lègue sa baraque.

— Pincez-moi, je rêve ! Certains héritent de dettes, Ed Armitage hérite d'une maison !

— Ouais, ben je me demande bien ce que je vais en faire. Elle est à Monkham. C'est à Pétaouchnock.

— Monkham ? »

Candice haussa les sourcils.

« C'est dans le Wiltshire, intervint Heather, à la surprise générale. Je connais bien le coin. C'est très joli.

— Je vais sans doute la vendre, poursuivit Ed. Mais bon... je l'aime bien quand même. J'y ai passé beaucoup de temps quand j'étais petit...

— Que tu la vendes ou que tu la gardes, on s'en fiche ! trancha Candice. Une propriété vide de plus ou de moins, on n'est pas à ça près ! Ce n'est pas comme si les rues de Londres grouillaient de SDF ou de crève-la-faim, alors...

— ... alors je devrais y organiser une soupe populaire ? Ou la transformer en orphelinat ? Qu'est-ce qui vous plairait, sainte Candice ? »

Il lui sourit de toutes ses dents, et Candice le foudroya du regard.

« Viens, Heather. On va être en retard. »

La rédaction du *Londoner* était un vaste *open space* vitré où étaient regroupés les bureaux des six membres de l'équipe rédactionnelle et celui de Kelly, la secrétaire éditoriale. Le plateau était souvent bruyant, et le jour de parution, c'était généralement le chaos. Lorsque Candice et Heather arrivèrent, cependant, il semblait atteint de la léthargie du lundi. Tous les lundis matin en milieu de mois, avant la réunion de onze heures, l'activité s'essoufflait : on ouvrait son courrier, on se racontait son week-end autour d'un café, on soignait sa gueule de bois. Mais à onze heures sonnantes, tout ce beau monde s'agglutinait en salle de réunion pour un point d'étape sur le magazine en cours. À midi ils émergeaient tous revigorés, motivés – et partaient en pause-déjeuner. Chaque lundi, c'était la même rengaine.

Sur le pas de la porte, Candice décocha à Heather un dernier sourire d'encouragement, s'éclaircit la voix et s'adressa à ses collègues :

« Je vous présente Heather Trelawney, notre nouvelle assistante éditoriale. »

De vagues grognements sans conviction s'élevèrent de l'assistance. Candice rassura Heather :

« D'habitude, ils sont très chaleureux. Je ferai les présentations un peu plus tard. Commençons par localiser Justin.

— Candice », siffla une voix derrière elle.

Elle sursauta et se retourna vivement. Vêtu d'un complet violet foncé, une tasse de café à la main, l'air excédé, Justin lui barrait justement la route.

« Tu tombes bien, dit-elle, je voulais… »

Mais il lui coupa la parole, glacial :

« J'ai deux mots à te dire. En privé. Si tu permets.

— Euh… d'accord. »

Adressant une moue contrite à Heather, Candice suivit Justin jusqu'à la photocopieuse. Il n'y avait pas si long-temps, il l'entraînait ainsi dans les couloirs pour lui glisser quelques mots doux à l'oreille, lui arracher un glousse-ment. Les choses avaient bien changé. Désormais, il la fusillait du regard. Candice ne se laissa pas démonter : elle croisa les bras d'un air de défi.

« Oui ? C'est à quel sujet ? »

Sous son calme olympien, elle était en proie à un doute affreux : aurait-elle commis sans le savoir quelque horrible bourde ?

« Où étais-tu vendredi ?

— J'avais posé ma journée.

— Tu m'évitais.

— N'importe quoi ! protesta Candice en levant les yeux au ciel. Tu délires ! Justin, qu'est-ce qui te prend ?

— Ce qui me prend ? fulmina-t-il, comme outré par tant d'impertinence. Il me prend que tu es allée voir Ralph derrière mon dos la semaine dernière, court-circuitant mon autorité et sapant délibérément ma crédibilité pour pistonner ta protégée ! Alors ? Qu'as-tu à dire pour ta défense ?

— Ah, ça…, bredouilla Candice, prise au dépourvu. Je ne l'ai pas fait exprès… C'est arrivé par hasard…

— Alors ça, c'est drôle, fit Justin avec un sourire sardo-nique. Parce que je tiens de source sûre que, suite à notre petite conversation de l'autre soir, tu as filé raconter au patron que j'avais mieux à faire que de trier des candidatures. Tu nies ?

— Oui ! se récria Candice, sentant le rouge lui monter aux joues. Enfin… Non, mais ce n'est pas comme ça que ça s'est passé ! Je ne voulais pas… »

Elle s'interrompit, honteuse. Certes, elle avait eu un certain plaisir à doubler Justin, mais elle n'avait agi que dans l'intérêt de Heather. Et elle n'aurait pas eu à le faire si Justin n'avait été si arrogant !

« Tu te rends compte pour quoi tu me fais passer ? siffla-t-il, furieux. Qu'est-ce que Ralph doit penser de mes compétences de manager, à présent ?

— Ne dramatise pas. Il s'est trouvé que je connaissais la personne idéale pour le poste et tu disais être occupé, alors…

— … alors tu as mis au point un stratagème pour miner mon autorité dès le premier jour. Bravo. »

Il grimaça, dédaigneux.

« Mais pas du tout, protesta Candice horrifiée. Tu me crois vraiment aussi tordue ? Je ne ferais jamais une chose pareille !

— Bien sûr que si… »

Candice soutint son regard, écumant de rage, avant de soupirer :

« Laisse-moi au moins te présenter Heather. Elle est super. Tu ne seras pas déçu.

— Il ne manquerait plus que ça ! On avait reçu deux cents candidatures pour le poste. *Deux cents !*

— Je sais, je sais. Mais Heather sera à la hauteur. Et je te jure que je ne voulais pas miner ton autorité. Je suis désolée. »

Après un silence pesant, Justin se radoucit :

« J'ai peut-être réagi de manière excessive. Il semble que le sort s'acharne contre moi, aujourd'hui. » Il prit une gorgée de café. « Ta copine Roxanne ne me facilite pas la tâche.

— Ah ?

— Elle a qualifié un nouvel hôtel de "bunker tape-à-l'œil" dans notre dernier numéro, et maintenant on me harcèle au téléphone : les intéressés réclament non seulement un démenti, mais encore une page entière de publicité gratuite en guise de dédommagement ! Et la fautive, elle est où ? Sur une plage, les doigts de pieds en éventail. »

Candice rit.

« Pour l'hôtel, si elle le dit, c'est que ça doit être vrai ! »

On lui frôla le bras, et elle se retourna, surprise :

« Tiens ! Heather !

— Je viens me présenter, dit-elle avec aplomb. Justin, je présume ?

— Justin Vellis, rédacteur en chef adjoint, récita-t-il, très professionnel, en lui tendant la main.

— Heather Trelawney, répondit-elle en la lui serrant vigoureusement. Je tenais à dire combien je suis heureuse de travailler pour le *Londoner*. Je lis ce magazine depuis toujours – je suis aux anges !

— Bien, dit sèchement Justin.

— Jolie cravate, au fait. Je l'admire depuis tout à l'heure – c'est une Valentino, n'est-ce pas ?

— Eh bien…, fit Justin, désarçonné. Oui, c'est juste. »

Et, en la caressant machinalement, il ajouta :

« Tu as l'œil !

— Et toi beaucoup de goût ! »

Justin rougit légèrement.

« Bon, eh bien, enchanté, Heather. Ralph m'a vanté la qualité de ta plume. Je ne doute pas que tu apporteras beaucoup à l'équipe. »

Il lui adressa un signe de tête, lança à Candice un dernier regard oblique et s'éloigna à grands pas. Les deux jeunes femmes se mirent à pouffer.

« Heather, tu es un génie ! Comment tu as fait pour deviner son point faible ?

— Ses cravates ? Intuition féminine.

— En tout cas, merci d'avoir volé à mon secours, je te dois une fière chandelle. » Elle secoua la tête, dépitée. « Justin peut vraiment être pénible, par moments !

— Je vous ai vus vous disputer. Quel était le problème ? » demanda-t-elle avec candeur.

Devant la mine déconfite de Candice, elle s'empressa d'ajouter :

« Vous ne vous disputiez pas à cause de moi, j'espère ?

— Pas du tout, quelle idée ! Il s'agissait... de tout autre chose. C'est sans importance.

— Tu es sûre ? insista-t-elle, fixant sur Candice ses grands yeux clairs. Je ne veux surtout pas causer de problème...

— Mais non, qu'est-ce que tu vas chercher ! Allez, viens, je vais te montrer ton bureau. »

6

Dans sa grande chambre mal chauffée, Maggie regardait la pluie tomber. Des champs boueux s'étiraient à l'infini. Jusqu'à la ligne d'horizon : des prés, des prés et encore des prés. Des kilomètres d'authentique campagne anglaise. Dont leurs huit hectares, à elle et Giles.

Huit hectares – un luxe, d'après les critères londoniens. Quand ils avaient décidé de quitter la capitale, elle avait passé quelques mois magiques, grisée par la perspective de tout cet espace. Giles, habitué aux terres de ses parents, avec leurs paddocks et leurs prés à moutons, s'était réjoui, lui aussi, mais pas outre mesure. Maggie, elle, avait grandi dans la banlieue de Londres, où l'on qualifiait abusivement de « jardin » le moindre bac à géraniums. Alors huit hectares ! Quel fief ! Elle s'imaginait arpentant ses terres, tel un gentleman-farmer, en apprenant par cœur chaque mètre carré, plantant des arbres, déjeunant sur l'herbe dans un coin ombragé...

Ils avaient emménagé en octobre. Le premier week-end, elle avait mis un point d'honneur à marcher jusqu'au bout de leur terrain. Elle s'était alors retournée face à leur maison et avait mesuré fièrement la distance qui l'en séparait – et qui leur appartenait. Le week-end suivant, il avait plu et elle était restée recroquevillée dans la cuisine près du grand poêle. Celui d'après, ils avaient fêté à Londres l'anniversaire d'un ami.

Depuis, son enthousiasme était retombé. Certes, Maggie se plaisait toujours à glisser dans la conversation, l'air de rien, ses huit hectares de terrain. Elle aimait toujours s'imaginer en grande propriétaire terrienne et parlait même d'acheter un cheval. Mais l'idée de sortir patauger dans la gadoue l'épuisait d'avance. Ses prés n'étaient même pas particulièrement beaux ou intéressants – ce n'étaient que des prés.

Le téléphone sonna, et elle consulta sa montre. Giles devait venir aux nouvelles. Elle lui avait dit qu'elle monterait dans les combles réfléchir à l'aménagement des mansardes, mais après son petit déjeuner elle n'était pas allée plus loin que sa chambre. Elle se sentait lourde et apathique, un peu déprimée par le mauvais temps.

« Allô, Giles ?

— Comment vas-tu ? s'enquit-il avec entrain. Il tombe des cordes, ici !

— Je vais bien, répondit Maggie, qui cherchait en vain une position confortable dans son fauteuil. Il pleut chez nous aussi.

— Tu n'as pas l'air en forme.

— Oh, ça va, répondit-elle, morose. J'ai mal au dos, il pleut comme vache qui pisse et je m'ennuie comme un rat mort. Sinon, tout baigne.

— Le berceau est arrivé ?

— Oui, il est là. Le livreur l'a monté dans la nursery. Il est joli comme tout. »

Une douleur fulgurante lui transperça soudain l'abdomen, et un petit cri lui échappa.

« Maggie ? fit Giles, inquiet.

— Je vais bien, répondit-elle quelques secondes plus tard. Encore une fausse contraction, c'est tout.

— Il serait peut-être temps de passer aux vraies, tu ne trouves pas ? plaisanta Giles. Bon, le devoir m'appelle. Prends soin de toi.

— Attends ! s'écria Maggie pour le retenir encore un peu. Tu penses rentrer vers quelle heure ?

— Je croule sous le boulot, chuchota Giles. Je vais essayer de m'échapper le plus tôt possible mais je ne te promets rien. Je te rappelle plus tard.

— D'accord. Salut. »

Quand il eut raccroché, elle resta un instant immobile, le combiné tiède collé contre l'oreille, avant de le reposer lentement. Elle regarda sa chambre vide, lourde de silence. Le téléphone se taisait obstinément. Maggie se sentit soudain désemparée, comme une enfant au pensionnat qui aurait envie de rentrer chez elle. Ce qui était ridicule, puisqu'elle s'y trouvait.

Elle était bel et bien chez elle. Mme Drakeford, du domaine des Pins.

Elle se traîna péniblement jusqu'à la salle de bains. Un bain chaud, voilà qui soulagerait son dos. Puis elle déjeunerait. Non qu'elle eût particulièrement faim, mais ça l'occuperait.

Elle venait de s'immerger dans l'eau chaude lorsque son ventre se tendit de nouveau. Encore une de ces fichues fausses contractions. Comme si elle n'en avait pas déjà eu assez. D'ailleurs, pourquoi la nature jouait-elle de tels tours ? La grossesse était assez pénible comme ça – pas la peine d'en rajouter ! Elle ferma les yeux et se remémora le chapitre « Fausses alertes et vrai travail » de son guide. « De nombreuses femmes prennent de fausses contractions pour le début du travail. » Non, mais quelle condescendance ! Elle n'était pas du genre à crier au loup. Pas question d'arracher Giles à son travail et de se précipiter à l'hôpital tout excitée pour s'entendre dire gentiment qu'elle s'était trompée et être tournée en ridicule : *Vous*, en travail ? Ma pauvre, vous n'êtes pas au bout de vos surprises !

À elle, on ne la lui ferait pas.

Roxanne but une longue gorgée de son orange pressée et se cala dans sa chaise longue. Elle était installée à une table en mosaïque vert et bleu, à la terrasse de l'Aphrodite Bay Hotel, avec vue sur la piscine et, au loin, sur la plage. Un dernier verre au soleil, un dernier regard sur la Méditerranée et il lui faudrait repartir pour l'Angleterre. Elle avait déjà à ses pieds la petite sacoche qu'elle prendrait en cabine. La vie était trop courte pour qu'on la passe devant les tapis roulants des aéroports à attendre des valises bourrées à craquer de vêtements inutiles. Voyager léger, il n'y avait que ça de vrai.

Elle reprit une gorgée et ferma les yeux, savourant la chaleur du soleil sur ses joues. Elle avait bien travaillé, cette semaine. Son article de deux mille mots sur le tourisme à Chypre – une commande du *Londoner* – était bouclé. Elle avait visité suffisamment de chantiers pour réaliser une étude approfondie destinée à la rubrique immobilier d'un journal national tandis qu'elle rédigerait pour le concurrent, sous un pseudonyme, un minifeuilleton humoristique sur la vie d'expatrié à Chypre. Le *Londoner* avait financé la moitié de son voyage et ces autres articles lui rembourseraient largement le reste. Elle se mit à chantonner. Merci, patron !

« Tu profites du beau temps ? »

Elle ouvrit les yeux : Nico Georgiou approchait une chaise et s'asseyait à sa table. La quarantaine, Nico était toujours d'une élégance irréprochable, d'une courtoisie sans faille. C'était le plus réservé, le plus discret des deux frères Georgiou.

Elle les avait rencontrés lors de l'inauguration de leur nouveau palace, l'Aphrodite Bay, dont elle avait fait depuis sa deuxième maison. Au fil des ans, elle s'était liée d'amitié avec Nico et Andreas. À eux seuls, ils possédaient trois des plus grands hôtels de l'île, et un quatrième était en construction.

« J'adore le soleil, dit Roxanne en souriant. Et l'Aphrodite Bay ! J'y ai passé un séjour de rêve – comme toujours.

— Et, comme toujours, c'était un plaisir de te recevoir. »

Nico leva la main et un serveur accourut.

« Un espresso, je vous prie. Et pour madame… ?

— Rien, merci. Je ne vais pas tarder.

— Je sais. Je t'emmène à l'aéroport.

— Nico ! J'ai appelé un taxi…

— … Et moi, je l'ai fait annuler, dit-il, rieur. Roxanne, je voudrais te parler.

— Ah ? De quoi ? »

Le café arriva. Nico attendit que le serveur se fût éloigné et reprit :

« Tu as visité notre nouveau complexe hôtelier, l'Aphrodite Falls ?

— Oui, ça a l'air prometteur ! Drôlement impressionnantes, toutes ces cascades…

— Il sera grandiose. Unique en son genre. Du jamais vu.

— J'ai hâte d'y être. Tu as intérêt à m'inviter à la soirée d'ouverture, sinon gare à toi ! » ajouta-t-elle, radieuse.

Nico rit, puis saisit sa cuiller et entreprit de la faire tenir en équilibre sur le rebord de sa tasse.

« L'Aphrodite Falls est un projet très haut de gamme. Nous recherchons une personne dynamique pour en assurer le lancement et la promotion. Quelqu'un qui ait du talent. De l'énergie. De nombreux contacts dans le monde du journalisme… Quelqu'un qui apprécie le mode de vie méditerranéen, dit-il lentement, en regardant Roxanne droit dans les yeux. Quelqu'un… ou quelqu'une, qui sait ?

— Moi ? Tu te paies ma tête ?

— Je suis très sérieux, au contraire. Andreas et moi serions honorés que tu rejoignes notre société.

— Mais je ne connais rien au marketing ! Je n'ai aucun diplôme, aucune formation…

— Roxanne, tu as plus d'intelligence et de flair que n'importe quel diplômé soi-disant qualifié, répliqua Nico avec un geste de dédain. J'en ai engagé, de ces petits jeunes. Toutes ces études leur ramollissent le cerveau ! Ils intègrent leurs grandes écoles pleins d'idées et d'enthousiasme et en ressortent avec d'horribles présentations Powerpoint et un affreux jargon formaté. »

Roxanne ricana :

« Pas faux !

— Nous te fournirions un logement de fonction. Quant à ton salaire… » Il se pencha vers elle. « Ma foi, il serait généreux.

— Nico…

— Et, bien sûr, les voyages et visites représenteraient une partie importante de tes tâches. À des fins de recherche, évidemment. »

Un doute assaillit Roxanne :

« Nico, on dirait que ce poste a été conçu pour moi… »

Il eut un bref sourire.

« En un sens, c'est le cas.

— Oh. » Roxanne fixa le fond de son verre. « Mais… Pourquoi ? »

Nico se tut un moment avant de répondre, d'une voix grave :

« Tu le sais bien. »

Roxanne sentit son cœur se serrer et ferma les yeux pour mettre de l'ordre dans ses pensées. Le soleil lui brûlait le visage ; de la plage au loin lui parvenaient les voix perçantes d'enfants qui jouaient. *Mama !* criait l'un d'eux. *Mama !* Vivre ici toute l'année… Être réveillée chaque matin par le soleil… Se joindre à l'exubérante famille Georgiou pour de longs repas de fête, comme elle l'avait fait une fois pour l'anniversaire d'Andreas…

Et Nico. Ce cher Nico, si poli, si humble. Nico, qui ne lui avait jamais caché ses sentiments sans jamais non plus les lui imposer. Si gentil, si loyal. Elle se serait tuée plutôt que de lui faire du mal.

« Je ne peux pas », murmura-t-elle.

Elle rouvrit les yeux et leurs regards se croisèrent. L'expression intense de ses yeux noirs l'émut profondément.

« Je ne peux pas quitter Londres, dit-elle d'une voix étranglée. Tu sais pourquoi. Je ne peux pas…

— … Tu ne peux pas le quitter », dit Nico.

Et il vida son café d'un trait.

Une sonnerie troubla le sommeil de Maggie. Une alarme incendie… ou un réveil… La porte d'entrée ! Elle ouvrit les yeux, un peu vaseuse. Sa montre, posée sur le rebord de la baignoire, indiquait treize heures. Était-elle vraiment restée une heure entière à somnoler dans son bain ? Elle se redressa vivement, attrapa une serviette et se sécha la nuque et le visage avant de sortir.

À cheval au-dessus du rebord de la baignoire, elle fut assaillie par une nouvelle contraction. Elle paniqua et s'agrippa à la vasque, de peur de glisser. La douleur commençait à s'atténuer quand la sonnerie retentit à nouveau au rez-de-chaussée, avec plus d'insistance, cette fois.

« Ça vient, je fais ce que je peux ! » hurla-t-elle.

Irritée, elle décrocha d'un coup sec le peignoir suspendu à la patère, s'en enveloppa et se dépêcha d'aller ouvrir. Sur le palier, elle surprit son reflet dans la glace : blafarde, les traits tirés, elle ne respirait pas franchement la santé. Mais son apparence était le cadet de ses soucis.

Elle se dirigea vers la porte d'entrée, d'humeur massacrante. Sur le verre dépoli se découpait une silhouette décharnée – sa belle-mère. Pas un jour ne passait sans que Paddy trouve un prétexte pour lui rendre visite : une couverture qu'elle avait tricotée pour le bébé, un bouquet de fleurs du jardin, sa fameuse recette de scones, reco- piée à la main sur une carte de vœux. Maggie avait même fini par s'en plaindre à Giles, la veille, en ne plaisantant qu'à moitié : « Elle m'espionne ! Tous les jours, elle s'incruste ! » D'un autre côté, la compagnie de Paddy valait mieux que rien. Au moins, elle n'avait jamais ramené Wendy.

« Maggie ! s'exclama-t-elle dès que la porte fut ouverte. Je suis bien contente de vous trouver chez vous. J'ai fait de la soupe de tomates et, comme toujours, j'en ai préparé pour un régiment ! Vous en voulez ?

— Ma foi... Oui, pourquoi pas ? Entrez. »

Elle s'écarta pour laisser entrer Paddy et sentit une nouvelle contraction – plus profonde, plus douloureuse que les précédentes. Elle s'accrocha à la porte, baissa la tête et se mordit la lèvre en attendant que ça passe, puis se redressa, légèrement essoufflée.

« Tout va bien, Maggie ? demanda Paddy, inquiète.

— Très bien, ce n'est qu'une fausse contraction », expliqua Maggie qui avait repris sa respiration.

Paddy parut interloquée :

« Une quoi ?

— Une contraction de Braxton-Hicks, expliqua Maggie patiemment. D'après mon guide, elles surviennent fréquemment à l'approche du terme. Je vous sers un café ?

— Mon petit, vous allez vous asseoir, ordonna Paddy avec un drôle de regard. C'est moi qui vais faire le café. Vous êtes sûre que vous vous sentez bien ?

— Mais oui, parfaitement ! affirma Maggie en suivant sa belle-mère à la cuisine. Je suis un peu fatiguée, voilà tout. Et j'ai un peu mal au dos. Je vais prendre du paracétamol.

— Bonne idée. »

Mais Paddy fronçait les sourcils. Elle remplit la bouil- loire, l'alluma et trouva deux tasses dans le vaisselier. Puis elle se retourna :

« Maggie, vous êtes sûre que le moment n'est pas venu ?

— Quoi ? Impossible ! Il me reste encore deux semaines. » Elle blêmit et passa sa langue sur ses lèvres desséchées. « J'ai eu des fausses contractions toute la semaine. Ce n'est rien.

— Si vous le dites. »

Paddy ouvrit un placard et en sortit la boîte de café puis s'interrompit.

« Je devrais peut-être quand même vous conduire à l'hôpital, juste au cas où ?

— Surtout pas ! Ils me prendraient pour une idiote et me renverraient illico.

— Tout de même, on n'est jamais trop prudent…

— Paddy, je vous assure qu'il n'y a pas de souci à se faire, dit Maggie. Je suis… »

Elle ne finit pas sa phrase : la douleur lui coupait le souffle. Quand enfin elle se redressa, Paddy était campée devant elle, les clés de voiture à la main.

« Je ne suis pas médecin, dit-elle, guillerette, mais cette contraction n'avait rien de faux ! Ça y est, Maggie. Le bébé arrive.

— Non, répondit mécaniquement Maggie, pantelante, terrifiée. Ce n'est pas possible. Je ne suis pas prête ! »

Il bruinait quand Roxanne émergea du métro à la station Barons Court. Le ciel était noir de nuages, les trottoirs glissants de pluie. Un vieil emballage de barre chocolatée flottait dans une flaque à côté d'une pile d'*Evening Standard* détrempés. On se serait cru en plein hiver. Roxanne remonta la rue d'un pas vif. Un camion passa en trombe, maculant ses jambes d'eau boueuse ; elle fit la grimace. Dire que quelques heures plus tôt elle se dorait au soleil dans sa chaise longue…

Nico l'avait conduite à l'aéroport dans sa Mercedes rutilante et, malgré ses protestations, avait porté son sac jusqu'à la porte d'embarquement et attendu pendant qu'elle retirait son billet. Pas une fois il n'avait refait mention de sa proposition. Il s'était contenté de parler de tout et de rien, de politique et de littérature, d'un projet de voyage à New York, et Roxanne l'avait écouté, appréciant sa délicatesse. Ce n'avait été qu'au moment de se séparer, avant la douane, qu'il avait lâché avec une véhémence soudaine :

« Quel idiot, ton homme.

— C'est moi, l'idiote », avait répondu Roxanne en s'efforçant de sourire.

Nico avait secoué la tête en silence et pris ses mains dans les siennes.

« Reviens nous voir, Roxanne. Et... Réfléchis, d'accord ? Réfléchis.

— Promis. »

Mais sa décision était prise. Nico avait essayé de déchiffrer l'expression de son visage. Puis il avait soupiré et lui avait embrassé le bout des doigts.

« Il n'y en a pas deux comme toi, Roxanne. Il a bien de la chance. »

Roxanne avait eu un petit rire puis s'était éloignée, se retournant au dernier moment pour lui adresser un signe de la main. À présent, la pluie lui dégoulinait dans le cou, des bus l'éclaboussaient toutes les deux minutes, et elle n'avait plus du tout envie de rire. Londres lui paraissait grise et hostile – pleine de détritus et d'inconnus. Et c'était là qu'elle avait élu domicile – pour quelle raison, déjà ?

Parvenue devant son immeuble, elle gravit les marches du perron et chercha impatiemment ses clés dans son sac à main. Elle habitait un minuscule appartement au dernier étage « avec vue imprenable sur les toits de Londres », d'après les agents immobiliers. Elle atteignit enfin son palier, hors d'haleine, ouvrit sa porte et trébucha sur une pile de courrier. Il faisait froid – elle avait coupé le chauffage en partant, et il faudrait patienter un moment avant que les radiateurs se remettent à chauffer. En attendant,

94

elle alluma la bouilloire dans sa kitchenette et entreprit de trier son courrier. Des factures, des publicités qu'elle laissait tomber par terre les unes après les autres. Jusqu'à ce qu'elle tombe sur une enveloppe blanche. Son adresse y était écrite à la main. Elle se figea. C'était lui.

Les doigts gelés et humides, elle déchira l'enveloppe et dévora des yeux les quelques lignes de texte :

Ma chère Rapunzel,
Toutes mes excuses pour mercredi soir. Je t'expliquerai. Je dois maintenant subir mon juste châtiment – ton absence. Reviens-moi vite de Chypre. Vite, vite, vite.

La lettre n'était pas signée – elles ne l'étaient jamais. Au lieu de son nom, il avait tracé quelques croix, symboles de baisers. À sa seule lecture, Roxanne entendait son rire chaleureux, sentait sa peau contre la sienne. Elle s'assit par terre et la relut avidement. Enfin, elle releva la tête, étrangement apaisée. Il n'existait pas d'alternative. Elle ne cessait pas de l'aimer. Impossible de se sauver à l'étranger et de faire comme s'il n'avait jamais existé. Elle avait besoin de lui dans sa vie autant qu'elle avait besoin d'eau, d'air et de lumière. Son inaccessibilité accroissait la dépendance de Roxanne.

Le téléphone sonna. Pleine d'espoir, elle décrocha.

« Oui ? » dit-elle, légère.

Si c'était lui, elle sauterait sans attendre dans un taxi pour le rejoindre.

« Roxanne ? Giles Drakeford à l'appareil.

— Oh. Comment va Mag…

— C'est une fille ! » brama-t-il.

Elle ne l'avait jamais entendu aussi ému.

« Une petite fille ! Elle est née il y a huit heures, elle pèse trois kilos six et c'est le plus beau bébé du monde ! »

Il prit une profonde inspiration, mais sa voix tremblait encore lorsqu'il déclara :

« Maggie a été phénoménale. Ç'a été tellement rapide, à peine si je suis arrivé à temps ! Quelle expérience incroyable... Tout le monde pleurait, même les sages-femmes ! On va l'appeler Lucia. Lucia Sarah Helen. Elle est... Elle est parfaite. Ma fille. Parfaite ! »

Il y eut un silence.

« Roxanne ?

— Une fille, dit-elle d'une voix éraillée. Félicitations. C'est... C'est formidable.

— Je ne m'attarde pas – pour tout t'avouer, je suis crevé ! Mais Maggie tenait à ce que je te prévienne.

— Merci d'avoir appelé. Encore toutes mes félicitations. Embrasse Maggie de ma part. »

Elle raccrocha et fixa le combiné en silence pendant une minute. Puis, soudain, elle éclata en sanglots.

7

Le lendemain matin, le soleil brillait et l'air fleurait bon le printemps. En route pour le bureau, Roxanne s'arrêta chez le fleuriste et choisit un énorme bouquet de lys pour Maggie dans un catalogue intitulé *Lorsque l'enfant paraît*.

« C'est une fille ou un garçon ? s'enquit la fleuriste en entrant les données dans son ordinateur.

— Une fille, dit Roxanne, radieuse. Elle s'appelle Lucia Sarah Helen. C'est joli, non ?

— L.S.H... On dirait un nom de drogue – ou d'examen médical. »

Roxanne leva les yeux au ciel et lui tendit sa carte bleue.

« Elles partiront cet après-midi, ajouta la femme en passant la carte dans la machine. Ça ira ?

— Très bien ! »

Roxanne imagina Maggie dans un lit blanc aux draps amidonnés, les joues roses, sereine, Giles à ses côtés, au milieu d'une jungle de bouquets, comme sur les photos du catalogue. Elle eut un pincement au cœur et chassa cette image de son esprit.

« Une signature, s'il vous plaît, dit la fleuriste en lui tendant un carton. Écrivez votre message dans le cadre. »

Le bic à la main, Roxanne chercha l'inspiration.

J'ai hâte d'initier Lucia à nos soirées cocktails, écrivit-elle enfin. *Bisous et félicitations à tous les deux, Roxanne.*

« Ça ne tiendra pas sur la carte, geignit la vendeuse.

— Prenez-en une deuxième », s'agaça Roxanne.

Tout à coup, elle étouffait. Le parfum capiteux des fleurs l'écœurait, sans parler des photos de bambins rougeauds et potelés. Elle s'éloignait à toutes jambes lorsqu'un pétale se posa dans ses cheveux : elle s'en débarrassa d'un geste irrité.

Il était neuf heures et demie passées quand elle arriva au bureau. Elle y trouva Candice assise en tailleur à même le sol, en train de dessiner sur une feuille de papier. Accroupie à côté d'elle, la blonde du Manhattan Bar. Roxanne se remémora l'appel de Maggie et l'observa pendant quelques secondes : fallait-il vraiment se méfier de cette fille ? Se servait-elle réellement de Candice ? Elle semblait si inoffensive, avec son petit nez retroussé, ses taches de rousseur et son air mutin. Cela dit, à y regarder de plus près, elle avait la mâchoire carrée et le regard dur quand elle ne souriait pas…

La blonde avait senti sa présence. Elle releva la tête, battit des paupières, puis reconnut Roxane et ses traits se détendirent :

« Bonjour ! Tu ne te souviens sans doute pas de moi…

— Mais si. Heather, c'est bien ça ?

— Oui ! couina Heather. Et toi, c'est Roxanne, c'est ça ?

— Roxanne ! s'exclama Candice en se redressant à son tour. Tu es au courant, pour le bébé ? Supernouvelle, non ?

— Géniale. Giles t'a appelée hier soir, toi aussi ?

— Oui. Il m'a paru un peu dépassé ! »

Candice lui montra son œuvre :

« On prépare une carte pour Maggie. On va demander à la maquette de la réaliser puis on la fera signer par toute l'équipe. Qu'est-ce que tu en penses ? »

Roxanne lui sourit tendrement :

« Maggie va adorer.

— Il faut que je leur apporte le croquis », dit Candice en se relevant. Son regard se porta successivement sur ses deux amies. « Tu te souviens de Heather, n'est-ce pas ?

— Tout à fait, dit Roxanne. Maggie m'a prévenue qu'elle rejoignait l'équipe. Une affaire rondement menée !

— Euh, oui… » Les joues de Candice se colorèrent légèrement. « On a eu un sacré coup de bol. »

Elle jeta un coup d'œil à Heather avant d'ajouter :

« Bon… J'y vais, je reviens tout de suite. »

Et elle disparut. Un ange passa. Roxanne jaugeait ouvertement Heather. Ingénue, celle-ci entortillait une mèche de cheveux autour de son index.

« Alors, Heather… Tu te plais au *Londoner* ? demanda enfin Roxanne d'un ton affable.

— Oh, oui ! Je suis si heureuse de travailler ici !

— J'ai appris que tu t'étais installée chez Candice.

— Oui, elle m'a bien dépannée.

— Ça ne m'étonne pas d'elle, dit Roxanne gentiment. Candice est très généreuse, toujours prête à rendre service. » Elle marqua une pause. « D'ailleurs, elle a parfois du mal à dire non.

— Ah, bon ?

— Oui. Bizarre que tu ne l'aies pas remarqué. »

Roxanne inspecta ses ongles, nonchalante.

« À vrai dire, poursuivit-elle, ses amies – moi y comprise – se tracassent souvent à son sujet. Il serait facile de profiter d'elle.

— Tu crois ? fit Heather, tout sucre, tout miel. C'est drôle. Je l'aurais crue assez grande pour se défendre toute seule. Ça lui fait quel âge, maintenant ? »

Elle ne se laissait pas marcher sur les pieds !

« Le bruit court, dit Roxanne, changeant abruptement de sujet, que tu n'as encore jamais travaillé à la rédaction d'un magazine.

— Non, répliqua Heather, impassible.

— Mais tu dois avoir du talent. J'ai entendu dire que Ralph Allsopp avait été très impressionné par ton travail lors de votre entretien. »

À son grand étonnement, Heather se troubla. Roxanne la dévisagea avec intérêt jusqu'à ce qu'elle ait repris contenance.

« Eh bien, Heather, j'ai été ravie de te revoir. Je suis sûre que les occasions ne vont pas manquer, à l'avenir. »

Elle regarda la blonde tourner les talons et pénétrer d'un pas tranquille dans le bureau de Justin. À sa vue, il afficha un air niais. Ah, les hommes ! À l'évidence, la douce Heather se l'était déjà mis dans la poche.

Roxanne continua d'étudier un moment son beau profil à travers la vitre. Comment la cerner ? Elle était jeune, jolie et sans doute relativement douée. Tout pour plaire, de prime abord. Alors… pourquoi ne lui inspirait-elle pas confiance ? L'idée l'effleura qu'elle était peut-être tout bonnement jalouse de cette nouvelle venue – mais elle s'empressa de refouler cette pensée.

Elle n'avait pas bougé quand Candice revint, une épreuve couleurs à la main.

« On va boire un verre après le boulot ? lui proposa Roxanne.

— Je ne peux pas, déclina Candice à regret. J'ai promis à Heather d'aller faire les courses avec elle. On cherche un cadeau pour Maggie.

— Tant pis. Une autre fois. »

Candice s'engouffra à son tour dans le bureau de Justin. Par la vitre, Roxanne la vit saluer Heather et entamer une discussion. Justin examina l'épreuve que Candice venait de lui donner et se mit à gesticuler, visiblement mécontent. Candice encaissait et protestait tour à tour. Tout à leur débat, ils ne remarquèrent pas Heather qui, se tournant lentement face à la vitre, plongea son regard dans celui de Roxanne. Elles se toisèrent un instant, immobiles, puis Roxanne se détourna.

« Roxanne ! beugla Justin. Viens voir ça, tu veux ?

— Donne-moi cinq minutes ! »

Roxanne fonça vers les ascenseurs. Trop impatiente pour attendre, elle s'élança dans l'escalier, qu'elle gravit quatre à quatre, dopée par l'adrénaline. Elle dévala le couloir qui menait au bureau de Ralph Allsopp et pila devant le poste de sa vieille secrétaire, Janet, qui tricotait.

« Janet ! Ralph est là ?

— Pas de chance, mon chou, il est sorti pour la journée, dit Janet entre deux mailles.

— Oh, fit Roxanne, déçue. Flûte.

— Mais il est au courant pour le bébé de Maggie. Je lui ai annoncé la nouvelle quand il a appelé ce matin. "Lucia", si c'est pas joli, comme prénom ! »

Elle brandit son ouvrage.

« Je suis justement en train de lui confectionner un lainage.

— Ah ? » Roxanne regarda le petit tas de laine jaune fluo comme s'il s'était agi d'un objet extraterrestre. « Euh… Comme c'est gentil de ta part !

— C'est un jeu d'enfant, répondit Janet en faisant cliqueter ses aiguilles. Et puis la pauvre, elle ne va pas l'affubler de ces horribles gilets qu'on trouve dans le commerce ! »

Tiens ? Et pourquoi pas ? Roxanne secoua la tête. Il n'y avait pas de temps à perdre. Elle n'était pas là pour causer layette.

« Dis, Janet, j'ai un service à te demander…

— Demande toujours, mon chou. »

Roxanne sourit et baissa la voix.

« Est-ce que Ralph t'a confié quoi que ce soit au sujet de Heather – tu sais, la nouvelle assistante éditoriale ?

— Seulement qu'il lui donnait le poste. »

Roxanne fronça les sourcils.

« Même après l'entretien ? Il a bien dû dire quelque chose !

— Il l'a trouvée très spirituelle. Elle a écrit un article très amusant sur les transports en commun.

— Ah ? Et il était vraiment bon, cet article ?

— Pour ça, oui ! Ralph m'en a donné un exemplaire. Attends voir. » Elle posa son ouvrage, remua quelques papiers et lui tendit une feuille. « Tiens, mon chou. Ça va te plaire !

— Je n'en mettrais pas ma main au feu... », marmonna Roxanne.

Elle parcourut rapidement quelques lignes et fourra le texte dans son sac.

« Merci, Janet.

— Embrasse Maggie de ma part, ajouta Janet en lissant de la main son tricot fluo. J'espère qu'elle s'en sort, notre jeune maman... »

Roxanne haussa les sourcils.

« Si elle s'en sort ? Elle doit assurer, oui ! Maggie assure toujours. »

Une voix arracha Maggie à un cauchemar vivace et oppressant dans lequel elle poursuivait une chose sans visage et sans nom. On l'appelait. Elle ouvrit les yeux, en nage, et fut éblouie par le néon au-dessus de sa tête.

« Maggie ? »

Toujours un peu désorientée, elle reconnut tout de même Paddy au pied de son lit, noyée sous des gerbes de lys.

« Maggie, mon petit, je ne vous réveille pas ? Comment vous sentez-vous ?

— Bien, répondit Maggie d'une voix cotonneuse. Très bien. »

Elle tenta de se redresser et grimaça : elle avait mal partout. Elle coinça derrière ses oreilles les mèches qui lui tombaient devant les yeux. Sa peau la tirait.

« Quelle heure est-il ?

— Seize heures piles ! Giles ne va pas tarder.

— Chouette », chuchota Maggie.

Comme les autres visiteurs, Giles avait été chassé de la maternité sur le coup de quatorze heures afin que les jeunes mères se reposent un peu. Mais Maggie n'avait pas trouvé le sommeil : elle avait tendu l'oreille tout l'après-midi, redoutant que Lucia se mette à pleurer. Visiblement, elle avait fini par s'endormir ; pour autant, elle ne se sentait pas revigorée mais lasse et groggy.

« Comment va ma petite-fille préférée ? babilla Paddy, penchée au-dessus du berceau en plastique. Elle dort à poings fermés. Quel amour ! Un vrai petit ange !

— Elle n'a pas beaucoup dormi cette nuit, dit Maggie en se versant de l'eau d'une main mal assurée.

— La pauvre, elle devait avoir faim.

— Oui… »

Maggie regarda sa fille à travers la paroi transparente du berceau. Microscopique. Emmaillotée dans sa couverture alvéolée d'où dépassait à peine son minuscule visage tout plissé. Elle semblait irréelle. Comme toute cette situation. Rien n'avait préparé Maggie à cela – rien.

Pendant l'accouchement, il lui avait semblé entrer dans un monde étrange et terrifiant où son corps obéissait à des forces mystérieuses et incontrôlables. Où sa dignité, ses idéaux et son ego se trouvaient bafoués. Où n'avait plus cours aucune des règles de la vie normale. Elle avait voulu protester, interrompre les opérations, inventer un prétexte pour se défiler à la dernière minute – mais il était trop tard. Il n'y avait pas de plan B, pas d'issue de secours. Il ne lui restait qu'à prendre son mal en patience.

Déjà, ces moments de douleur commençaient à s'effacer de sa mémoire. Dans son esprit, les événements des dernières heures s'étaient télescopés en une mosaïque d'instantanés – le néon trop vif, l'arrivée du pédiatre, la naissance – cet instant irréel entre tous où l'on avait extrait de son corps un petit être vivant hurlant à pleins poumons.

Maggie scruta le visage des autres mères autour d'elle. Comment pouvaient-elles prendre avec un tel flegme un événement aussi phénoménal ? Elles causaient tranquillement couches-culottes et séries télé...

Peut-être qu'elles n'en étaient pas à leur premier. Oui, sûrement : elles devaient avoir l'expérience des accouchements. D'ailleurs, elles maniaient toutes leurs poupons avec adresse. Donnant le sein d'une main, elles prenaient leur petit déjeuner de l'autre, tout en parlant à leurs maris des travaux de la chambre d'amis. Pendant la nuit, Maggie avait entendu l'une d'elles plaisanter avec la sage-femme de garde : « Quel glouton ! Il va me vider ! » Derrière le rideau fleuri qui isolait son lit, Maggie avait senti des larmes rouler sur ses joues : une fois de plus, Lucia refusait de téter. Qu'est-ce qu'elle faisait de travers ? Son bébé ouvrait la bouche, mais après une ou deux succions, il lâchait son sein et se mettait à brailler. Elle criait si fort qu'une sage-femme finit par s'en inquiéter.

« Vous me l'avez stressée ! l'avait-elle grondée. Il faut la réconforter. »

Humiliée, Maggie avait tenté en vain de calmer une Lucia vagissante qui se débattait de toutes ses forces. Elle avait lu quelque part que le nouveau-né reconnaît dès la naissance l'odeur de sa mère et qu'au bout de quelques heures sa voix suffit à l'apaiser. L'article en déduisait l'existence d'un lien irremplaçable entre la mère et l'enfant. Mais en berçant le sien, Maggie n'avait réussi qu'à le faire brailler de plus belle. Soupirant d'impatience, la sage-femme le lui avait ôté. D'un geste entraîné, elle avait posé le bébé sur le lit, l'avait emmitouflé dans une couverture et repris dans ses bras. Les pleurs avaient cessé presque instantanément. En voyant sa fille si sereine avec une inconnue, Maggie avait senti un grand froid l'envahir. Elle n'était qu'une incapable.

« Tenez, s'était radoucie la sage-femme. Réessayez. »

Crispée, désespérée, Maggie avait porté Lucia à son sein, certaine qu'elle allait se mettre à crier mais, miracle ! elle s'était mise à téter goulûment.

« Voilà ! Il suffit de vous exercer un peu, avait conclu la sage-femme. »

Puis, remarquant ses yeux rouges et bouffis, elle avait ajouté :

« Sinon, vous, ça va ? Pas trop déprimée ?

— Déprimée, moi ? Pas du tout ! Il faut juste que je prenne le coup de main.

— Bien. Ne vous tracassez pas, tout le monde a du mal, au début. »

Après un dernier regard à Lucia, elle avait disparu derrière le rideau et Maggie s'était aussitôt remise à pleurer. Les yeux brûlants de larmes, elle avait fixé en silence le pied de son lit, sans broncher, de peur de déranger sa fille ou, pire, d'attirer l'attention des autres mères. Elles la prendraient pour une folle. Une jeune maman ne sanglote pas : elle nage dans le bonheur.

« On a livré ces lys pour vous, disait Paddy. Je vous les mets dans un vase avec les autres ou vous préférez que je les rapporte à la maison ?

— Je ne sais pas, dit Maggie en se frottant le visage. Est-ce que... ma mère a appelé ?

— Oui, elle passera demain. Aujourd'hui, elle a une réunion importante. Elle ne peut pas se libérer.

— Ah. »

Maggie ravala sa déception. Elle était adulte, après tout, elle n'avait pas besoin de sa mère.

« Regardez qui voilà ! Giles ! Que diriez-vous d'une bonne tasse de thé ? Je vais nous chercher ça. »

Paddy s'éloigna en trottinant. Où elle allait trouver du thé, Maggie se le demandait bien. Cela étant, même para-chutée en pleine jungle avec en tout et pour tout un canif émoussé, sa belle-mère aurait été capable de mettre la main sur trois tasses d'Earl Grey et une fournée de muffins maison.

Maggie profita de ce qu'elle embrassait son fils pour travailler son expression, et quand Giles la rejoignit, elle arborait l'air tendre et paisible de l'épouse aimante qui vient de donner la vie. En fait, elle avait l'impression qu'un gouffre s'était creusé entre eux, que toute tentative de communication échouerait immanquablement : en l'espace de vingt-quatre heures, elle s'était aventurée dans un monde nouveau où il ne pouvait la suivre.

Non qu'elle ait cherché à l'en exclure. Bien au contraire ! Elle avait compté sur sa présence et son soutien lors de l'accouchement. Paddy l'avait appelé à son bureau pour le prévenir que le travail avait commencé, mais le temps qu'il arrive à la clinique il était déjà presque trop tard : moins d'une demi-heure après, c'était fini, et dans ces derniers instants, Maggie souffrait tant qu'elle avait à peine conscience de sa présence. Il aurait beau se vanter d'avoir assisté à la naissance de sa fille, elle savait qu'en réalité il n'avait vu que le dernier acte d'une longue pièce à rebondissements. Il ne comprendrait jamais ce par quoi elle était passée.

Tandis qu'elle se remettait de ses émotions, abasourdie, il débouchait le champagne en badinant avec les infirmières. Elle aurait tout donné pour qu'ils se retrouvent seul à seul, afin d'assimiler ensemble l'incroyable événement qu'ils venaient de vivre. Elle aurait pu lui parler, alors, tomber le masque... Mais très vite, la sage-femme l'avait informé que les visites étaient terminées, qu'il devrait revenir le lendemain matin. Il avait rassemblé ses affaires, et Maggie avait senti sourdre en elle une angoisse irrationnelle. Mais elle avait fait la fière : elle lui avait rendu son baiser en souriant, blaguant même en évoquant le harem qui trépignait à la maison, attendant impatiemment son retour.

Ce sourire forcé, elle l'arborait toujours.

« Tu as mis le temps !

— Bien dormi ? »

Giles s'assit sur le lit et lui caressa les cheveux.

« Tu as l'air reposée. Je crie sur tous les toits que tu te débrouilles comme un chef ! Tout le monde t'embrasse.

— Tout le monde ?

— Tout notre carnet d'adresses, en tout cas ! »

De la tête, il indiqua le berceau :

« Comment se porte-t-elle ?

— Comme un charme ! Par contre, je suis un peu inquiète : elle ne marche toujours pas...

— Oh, les beaux lys ! Ils sont de qui ?

— Je n'ai même pas regardé ! »

Maggie ouvrit la petite enveloppe et deux cartes gaufrées en tombèrent.

« C'est Roxanne, dit Maggie en riant. Elle veut déjà soûler la petite !

— Sacrée Roxanne.

— Oui... »

En relisant son petit mot, Maggie entendait presque la voix rauque et l'accent traînant de son amie, et des larmes perlèrent à nouveau traîtreusement sous ses paupières. Elle cligna les yeux et reposa les cartes sur la table de nuit.

« Chaud devant ! »

Paddy était de retour, un plateau dans les bras, une nouvelle sage-femme sur les talons. En posant les tasses, celle-ci se tourna vers Maggie.

— Je me suis dit qu'après le thé vous pourriez donner son premier bain à Lucia ?

— Oh ! Euh... Oui, bien sûr. »

Maggie n'en menait pas large : le bain ! Ça lui était complètement sorti de l'esprit. Elle tenta de dissimuler sa gêne en plongeant le nez dans sa tasse. Qu'est-ce qui ne tournait pas rond chez elle ?

« Elle a mangé récemment ? s'enquit la sage-femme.

« — Pas depuis ce midi...

— Il faudrait peut-être songer à la nourrir – vous ne voudriez pas l'affamer, ce petit bout de chou ! »

Le sentiment de culpabilité de Maggie s'accrut.

« Je... Je m'en occupe tout de suite. »

Trois paires d'yeux la regardèrent prendre Lucia dans son berceau et dénouer sa couverture.

« Donne-la-moi un moment, que je l'admire ! » dit soudain Giles.

Il la lova au creux de son bras et elle bâilla à s'en décrocher la mâchoire. Puis elle ouvrit ses petits yeux tout ronds et regarda son père, ahurie, la bouche entrouverte comme un bouton de fleur.

« Il n'est rien de plus beau en ce bas monde, dit doucement Paddy.

— Je peux vous la prendre un instant ? intervint la sage-femme.

— Bien sûr, répondit Giles. Elle est adorable, n'est-ce pas ?

— Et quel joli teint, s'extasia Paddy.

— Justement... », dit la sage-femme en plaçant Lucia sur le lit et en déboutonnant rapidement la gigoteuse.

Elle l'ausculta et se tourna vers Maggie :

« Elle a toujours été de cette couleur ?

— Euh... Oui, je crois...

— Quelle starlette : elle est bronzée ! » dit Giles avec un petit rire nerveux.

Mais la sage-femme avait l'air soucieuse :

« Comment se fait-il que personne n'ait remarqué ça plus tôt ? Elle a la jaunisse ! »

Le mot résonna un moment dans le silence, telle une menace. Maggie blêmit et son cœur s'emballa : on lui avait menti. Ils lui avaient tous menti ! Sa fille était malade !

« C'est très grave ? articula-t-elle enfin d'une toute petite voix.

— Oh, non ! C'est l'affaire de quelques jours. »

Devant son air consterné, la sage-femme éclata de rire : « Allons, allons ! Elle n'est pas à l'article de la mort ! »

Assis sur un banc devant l'hôpital de Charing Cross, Ralph Allsopp observait les passants. Un homme à la jambe plâtrée se débattait avec ses béquilles. Deux infirmières se saluaient avec force effusions.

Sur ses genoux, une carte qu'il avait choisie pour Maggie à la boutique de l'hôpital : un bébé jovial et joufflu dans un berceau recouvert de fleurs. À l'intérieur, d'une main tremblante, il avait écrit : *Chère Maggie.* Puis il avait reposé le stylo, incapable de tracer une lettre de plus.

Il avait la nausée. Pas à cause de son état, non : sa maladie était discrète, insidieuse. Comme une voleuse, elle était entrée en douceur, glissant un orteil par la porte, puis un deuxième, avant de s'approprier son corps tout entier et d'y établir ses quartiers. Il ne pouvait plus la déloger, elle était la plus forte. Peut-être était-ce la raison pour laquelle elle l'avait traitée jusqu'à présent avec de tels ménagements. Ou peut-être était-ce là sa stratégie : se déplacer sur la pointe des pieds, envahir chaque recoin sans trahir sa présence avant qu'il ne soit trop tard.

Ralph savait, désormais. Il n'en savait que trop. Pas moins de trois médecins avaient été sollicités pour lui expliquer dans le détail sa maladie. Apparemment, ils tenaient tous à ce qu'il en connaisse les moindres spécificités, comme pour préparer une interrogation écrite. Chacun d'eux avait eu pour lui un regard de compassion exercé, en lui délivrant ses explications, énumérant des noms de psychologues, de centres de soins palliatifs et d'associations de soutien. Et ils avaient bien sûr insisté pour qu'il prévienne son épouse, sa famille et son entourage professionnel. Cette responsabilité lui incombait.

Mais elle lui retournait l'estomac. Des frissons lui parcouraient l'échine rien que d'y penser. C'était trop lourd à porter. Que dire ? Comment, et surtout, à qui ? Combien de vies allait-il bouleverser ? Au moment où les mots fatidiques franchiraient ses lèvres, il ne pourrait plus faire marche arrière. Il passerait pour ainsi dire dans le domaine public. Sa vie – ce qu'il en restait – ne lui appartiendrait plus. Il la remettrait entre les mains de ses proches. D'où son dilemme, ses scrupules : à qui appartenaient ces derniers mois, ces dernières semaines, ces derniers jours ?

Parler maintenant revenait à offrir le temps qu'il lui restait à vivre à son épouse et à ses trois enfants ainsi qu'à ses plus proches amis. Et c'était le mieux à faire. Mais en mettant ces personnes dans la confidence, il en exclurait d'autres. Et par cette révélation s'attirerait une attention indésirable. On passerait ses derniers moments au microscope, en évinçant tout secret, tout intrus, tout élément inopportun, en le remettant dans le droit chemin. Un cancéreux ne peut pas se payer le luxe d'être adultère.

Ralph ferma les yeux et se massa les tempes. Ces médecins croyaient détenir la somme des connaissances du monde, avec leurs statistiques, leurs graphiques et leurs scanners... Ils ignoraient qu'à l'extérieur de la salle de consultation la vie était infiniment plus compliquée. Il fallait prendre en compte des facteurs dont ils ne soupçonnaient même pas l'existence. Des facteurs qui pouvaient causer des souffrances incommensurables.

Il aurait pu tout leur avouer, bien sûr – leur livrer son âme en même temps que son corps. Les regarder se concerter à voix basse en tournant frénétiquement les pages de leurs manuels, cherchant une solution. Mais à quoi bon ? Son dilemme n'avait pas plus d'issue que sa maladie de cure. L'avenir ne lui réservait que de la douleur – son seul espoir était de l'atténuer au maximum.

Dans un soudain élan, il reprit son stylo et écrivit : *La naissance d'une nouvelle âme, tel est le vrai miracle de la vie. Toutes mes félicitations. Amitiés, Ralph.* Il lui achèterait un magnum de champagne et enverrait le tout par coursier. Maggie le méritait.

Il ferma l'enveloppe et se leva, un peu ankylosé. Il lui restait une demi-heure pour vider ses poches de tout formulaire, de toute brochure – de toute preuve. Une demi-heure pour chasser de ses narines cette odeur pharmaceutique et cesser d'être un patient pour redevenir un individu lambda.

Il héla un taxi.

C'était l'heure de pointe, et les rues étaient encombrées. Par la vitre, Ralph regardait la foule compacte et agressive jouer des coudes sur le trottoir. Après les visages alarmés des médecins, il savourait ce tableau ordinaire. Il résolut de s'accrocher de toutes ses forces à la normalité. Cette indifférence au miracle de la vie, il tenterait de la conserver tant qu'il le pourrait. L'homme n'était pas fait pour remercier le ciel à chaque instant d'être en bonne santé. Il était fait pour aimer et désirer, pour débattre et se battre, pour se soûler, se goinfrer, et griller des heures au soleil en toute insouciance.

Il descendit du taxi à l'angle d'une rue, marcha jusqu'à son immeuble et, levant les yeux, aperçut sa fenêtre. Les rideaux étaient ouverts, la lampe allumée ; la vitre brillait d'une lumière éclatante, presque insolente. Cette vue lui noua la gorge. Sa chère Rapunzel l'attendait dans sa tour, sans se douter de rien. Son cœur se serra. Il eut envie de tout lui dire cette nuit même, de se blottir dans ses bras et de sangloter avec elle jusqu'à l'aube.

Mais non. Il serait fort. Il respira profondément, pressa le pas jusqu'au perron et sonna à l'interphone. Quelques secondes plus tard la porte s'ouvrit. Il monta lentement. Elle l'attendait au sommet de l'escalier, debout dans le cadre de la porte, à contre-jour, vêtue d'un chemisier de soie blanc et d'une minijupe noire. Le soleil couchant embrasait sa chevelure. Pendant quelques instants, il se contenta de l'admirer.

« Roxanne, dit-il enfin. Tu es…

— Canon, je sais. »

Elle esquissa un sourire en coin.

« Entre. »

8

Dans la galerie marchande grouillante de monde, la petite boutique de cadeaux était calme, presque vide et délicatement parfumée. Candice déambulait dans les rayons, écoutant le plancher craquer sous ses pas, inspectant d'un œil sceptique les mugs et les coussins ornés de : « Félicitations ! » ou : « C'est une fille ! » Au bout d'une allée, elle se laissa attendrir par un ours en peluche. Elle le retourna pour en trouver le prix et, avisant l'étiquette, écarquilla les yeux.

« Combien ? demanda Heather.

— Cinquante livres ! s'étouffa Candice, livide, en replaçant précipitamment le jouet sur son étagère.

— Quoi ! »

Heather toisa l'ourson, incrédule, et se mit à pouffer.

« J'hallucine ! En plus, il a une sale tronche. Allez, viens. On s'en va. »

Elles sortirent de la boutique et Heather prit spontanément le bras de Candice. Flattée, cette dernière rosit de plaisir. Cela ne faisait qu'une semaine que Heather avait emménagé chez elle, et déjà elles étaient les meilleures amies du monde – deux âmes sœurs. Tous les soirs, Heather débouchait une bouteille de vin et inventait un nouveau divertissement. Un soir, elle avait joué les esthéticiennes ; un autre, elle avait rapporté des DVD et du pop-corn. Un autre, une centrifugeuse, transformant la cuisine en bar à jus de fruits. Ce soir-là, elles s'étaient écorché les mains à peler des kilos d'oranges pour produire, au final, un demi-verre de jus tiède et acide – mais les fous rires avaient été au rendez-vous. Rien que d'y repenser, Candice se remit à pouffer.

« Quoi ? demanda Heather.

— Les jus de fruits…

— Ne m'en parle pas ! »

Elle pila devant l'entrée d'un grand magasin :

« Et là ? Il y a sûrement un rayon bébé !

— Bonne idée !

— Il faut que j'achète un truc, dit Heather. Je te rejoins aux bavoirs !

— OK. »

Candice se dirigea vers les ascenseurs. Il était sept heures du soir, mais les allées grouillaient comme en pleine journée. Quand elle arriva au rayon bébé, elle se sentit un peu gênée : des nuées de femmes enceintes se pâmaient devant les landaus. Elle se faufila jusqu'aux vêtements, où un portant de robes à smocks avait attiré son attention, et elle commença à farfouiller.

« Ah, te voilà ! s'exclama Heather.

— Tu as fait vite.

— Oui, je savais ce que je cherchais… En fait, c'est pour toi.

— Pour moi ? » répéta Candice, surprise.

Elle accepta le sac en papier que son amie lui tendait.

« Mais… En quel honneur ?

— Juste un petit cadeau pour te remercier. Tu as tant fait pour moi, Candice. Tu as changé ma vie. Sans toi… Je ne sais pas ce que je serais devenue. »

Transpercée par ses grands yeux gris, Candice vacilla. Si Heather avait connu la raison de sa générosité – si elle avait su le crime et le mensonge sur lesquels était bâtie leur amitié, serait-elle restée là, à lui sourire tendrement ?

114

Écœurée par sa propre duplicité, Candice ouvrit le sac et en retira un fin stylo d'argent.

« Ce n'est pas grand-chose, s'excusa Heather, mais j'ai pensé que ça te serait utile pour écrire tes interviews...

— Il est magnifique ! s'extasia Candice. Oh, tu n'aurais pas dû...

— Tu plaisantes ? C'est la moindre des choses ! »

Elle lui donna une bourrade affectueuse.

« Quelle chance d'être tombée sur toi, l'autre soir, au bar ! J'ai l'impression qu'il y a un lien très fort entre nous. Tu ne trouves pas ? Je me sens si proche de toi... »

Candice en resta sans voix. Puis, prise d'une impulsion, elle la serra dans ses bras.

« Tu sais, lui murmura Heather à l'oreille, ce n'est pas grave si tes copines ne m'aiment pas... »

Candice se dégagea, perplexe.

« Qu'est-ce que tu veux dire par là ?

— Ton amie Roxanne... Elle ne m'aime pas. Mais ce n'est rien, ne t'en fais pas, ajouta-t-elle, magnanime.

— Ce n'est pas rien ! C'est horrible ! Qu'est-ce qui te fait penser ça ?

— Elle m'a lancé un drôle de regard... Mais j'ai peut-être mal interprété. Sincèrement, cela n'a aucune importance ! »

Elle changea de sujet :

« Elles sont chouettes, ces robes. On en choisit une et on va essayer des fringues à notre taille ?

— D'accord... »

Candice en prit une au hasard. Elle avait la tête ailleurs, ce qui n'échappa guère à Heather :

« Je n'aurais jamais dû t'en parler ! N'y pense plus, d'accord ? » l'implora-t-elle.

Elle lissa du pouce les rides qui creusaient le front de Candice.

« Oublie Roxanne. Je suis trop susceptible. J'ai dû me tromper. »

Allongée sur le canapé, vêtue en tout et pour tout d'un tee-shirt, Roxanne écoutait un air de jazz tandis que Ralph s'affairait bruyamment dans sa kitchenette. C'était toujours lui qui préparait le dîner – en partie parce qu'il prétendait aimer cette activité, et en partie parce qu'elle savait à peine faire un sandwich. Ils n'étaient jamais aussi heureux que quand ils dînaient ensemble après avoir fait l'amour. Roxanne chérissait ces instants par-dessus tout. Alors, elle parvenait presque à croire qu'ils vivaient ensemble – comme un vrai couple.

Un vrai couple, ils n'en formeraient sans doute jamais un. Roxanne se rembrunit, et ses pensées se tournèrent automatiquement vers Sebastian, le plus jeune des enfants de Ralph. Le petit dernier. Le don du ciel. L'accident, quoi. Mais si mignon. Et si jeune ! Il avait dix ans. Dix ans, cinq mois et une semaine.

Roxanne connaissait l'âge de Sebastian Allsopp à la minute près. À vingt ans passés son frère et sa sœur menaient leur propre vie. Mais Sebastian, qui allait à l'école et dormait sans doute encore avec son nounours, était trop jeune pour subir un divorce. « Pas avant ses dix-huit ans », avait tranché Ralph un soir, après un brandy de trop. Dix-huit ans : encore sept ans, six mois et trois semaines. Dans sept ans, elle aurait quarante ans.

« Il faut penser aux enfants. » Longtemps, cette phrase n'avait eu aucun sens pour elle. Désormais, elle l'obsédait, douloureuse, lancinante comme un marquage au fer rouge. Penser aux enfants... Dieu sait qu'elle pensait à Sebastian. Il avait quatre ans le soir où elle avait dansé avec Ralph pour la première fois. Un tout petit bonhomme, haut comme trois pommes. Il devait dormir profondément dans son lit à barreaux au moment où, plongeant son regard dans celui de son père, elle s'était aperçue qu'elle avait envie de lui. Qu'elle en tombait amoureuse.

À l'époque, elle avait vingt-sept ans ; Ralph, quarante-six. La vie leur tendait les bras.

Roxanne ferma les yeux et se souvint. C'était à la première de *Roméo et Juliette* au Barbican Centre – une superproduction, avec un casting de rêve. Ralph avait reçu en cadeau deux invitations et, à la dernière minute, avait demandé à plusieurs personnes de la rédaction du *Londoner* si quelqu'un voulait l'accompagner. Roxanne avait sauté sur l'occasion. Diplomate, il avait masqué sa surprise : comme il le lui avait plus tard avoué, il la prenait jusqu'alors pour une fille superficielle et matérialiste – intelligente et douée, certes, mais dénuée de profondeur. Il avait fallu attendre la fin du spectacle pour qu'il lui jette un coup d'œil discret et la voie, subjuguée, pleurant sans retenue. Alors, seulement, il avait compris son erreur – et son attirance. Elle avait secoué sa crinière, s'était séché les yeux et avait déclaré, fidèle à elle-même : « Je crève de soif ! Un cocktail, ça vous tente ? » Éclatant de rire, il lui avait tendu une invitation pour la soirée d'ouverture, à laquelle il n'avait initialement pas prévu de se rendre, et avait téléphoné à sa femme pour la prévenir qu'il rentrerait tard.

Pressés par une foule d'inconnus, sirotant des mimosa, ils avaient parlé de la pièce et commenté, moqueurs, les tenues des autres invités, jusqu'à ce qu'un groupe de musiciens entonne un air de jazz et que la piste se couvre de couples. Après une brève hésitation, il l'avait invitée. Dès l'instant où il l'avait enlacée, elle l'avait regardé droit dans les yeux et elle avait su. Tout simplement.

Un spasme familier, entre joie et peine, l'étreignit. Elle se rappellerait toujours cette soirée, la plus magique de toute sa vie. Ralph s'était éclipsé pour passer un appel – à qui, elle avait refusé d'y penser – et était revenu s'asseoir en face d'elle. Elle vibrait d'excitation. Il l'avait dévisagée intensément avant de se lancer : « Je pensais poursuivre la soirée ailleurs… À l'hôtel, peut-être. Je me demandais si…

si tu voudrais m'accompagner. » Roxanne l'avait toisé en silence quelques secondes avant de reposer son verre.

Elle avait tenté de conserver une certaine distance, de garder la tête froide aussi longtemps que possible, mais dans le taxi, il avait suffi que Ralph se tourne vers elle pour qu'elle oublie ses bonnes résolutions. Ils s'étaient embrassés. Au début, elle s'en était amusée : Je suis en train d'emballer le patron ! À mesure que le désir montait, cependant, elle avait lâché prise, bientôt incapable de formuler une pensée cohérente. Elle n'avait retrouvé sa lucidité que le lendemain matin, quand elle s'était réveillée au Park Lane Hotel dans les bras d'un homme marié de dix-neuf ans son aîné.

« Je te sers un verre de vin ? »

Ralph interrompit sa rêverie. Elle ouvrit les yeux : il la contemplait amoureusement.

« J'ouvre la bouteille que je t'ai apportée ?

— Seulement si elle est bien fraîche, minauda Roxanne. Si elle est tiède, je porte plainte !

— Elle est bien fraîche, lui garantit Ralph gentiment. Je l'ai mise au frigo en arrivant.

— Y a intérêt ! »

Roxanne se redressa et passa ses bras autour de ses genoux tandis que Ralph retournait en cuisine. Une minute plus tard, il revint avec deux verres pleins.

« Au fait, pourquoi tu n'étais pas au bureau, aujourd'hui ? demanda Roxanne. Santé ! »

Elle leva son verre et ils trinquèrent.

« À la tienne », dit Ralph.

Il but une grande gorgée de vin puis releva les yeux et lui dit posément :

« J'avais rendez-vous avec mon comptable toute la matinée, et ç'a débordé sur l'heure du déjeuner. Je ne voyais pas l'intérêt de repasser pour quelques heures.

— On ne s'embête pas ! Tire-au-flanc », le taquina Roxanne entre deux gorgées.

Ralph eut un étrange rictus et se tassa un peu dans son fauteuil. Roxanne haussa un sourcil.

« Ça va ? Tu as l'air claqué.

— Je me suis couché tard hier soir », dit-il en fermant les paupières.

Roxanne rit, soulagée.

« C'est ça, de trop faire la fête... Ça t'apprendra ! »

Candice reprit une gorgée de vin et promena son regard dans le restaurant bondé.

« Quel monde ! Je n'en reviens pas. Je ne savais pas que le shopping en nocturne comptait autant d'adeptes. »

Heather pouffa :

« Ne me dis pas que c'est une première ?

— Non, bien sûr, mais je ne m'étais pas rendu compte du côté festif de la chose. »

Elle but à nouveau et refit un tour d'horizon.

« Je proposerai peut-être à Justin d'écrire un article sur le sujet. On pourrait revenir et faire quelques interviews, prendre des photos...

— Bonne idée. »

Devant elle se trouvaient un menu en carton et un stylo que leur serveur avait oublié. Heather s'en saisit et se mit à griffonner machinalement, dessinant des étoiles aux branches étirées comme des rayons scintillants. Candice l'observait, fascinée et passablement éméchée. Elles avaient dû attendre une demi-heure qu'une table se libère et avaient patienté devant un gin-tonic. Puis elles avaient partagé une bouteille de vin. Bizarrement, Candice semblait boire plus vite que Heather, et elle était à jeun. L'alcool lui montait à la tête.

« C'est étrange, dit Heather sans crier gare. On est très proches mais on ne se connaît quasiment pas.

— Pas encore, c'est vrai... Qu'est-ce que tu veux savoir sur moi ? »

Heather réfléchit avant de répondre :

« Parle-moi de Justin. Tu tiens toujours à lui ? »

Candice éclata carrément de rire.

« Pas du tout ! En tant que rédacteur en chef... je le tolère. Mais je n'ai plus aucun sentiment pour lui. On n'aurait jamais dû sortir ensemble, de toute façon.

— Ah bon ?

— Il m'impressionnait beaucoup, au début. Je le trouvais brillant, éloquent, élégant... Il n'est rien de tout cela. Ses propos sont tellement creux ! En fait, il aime s'écouter parler. »

Elle reprit une gorgée, et Heather la relança :

« Et sinon, tu as quelqu'un en vue ?

— Pas en ce moment. Et ça me va très bien comme ça ! »

Un serveur s'approcha, alluma leur bougie, disposa leurs couverts et partit. Le visage éclairé par la flamme, Heather posa une nouvelle question.

« Alors, les hommes ne comptent pas beaucoup pour toi ?

— Oh, je ne dirai pas ça... J'imagine que quand je rencontrerai le bon, il comptera énormément. »

Candice laissa son amie remplir son verre. Ses yeux brillaient d'une intense lueur.

« Alors... à quoi tiens-tu vraiment ? Qu'est-ce que tu aimes plus que tout au monde ? chuchota-t-elle.

— Ce que j'aime ? »

Candice fixa le fond de son verre et réfléchit.

« Je dirai... ma famille. Enfin... Je ne suis pas très proche de ma mère, à vrai dire. Mes amis, alors. »

Elle leva la tête et répéta avec plus d'assurance :

« C'est cela : mes amis sont ce que j'ai de plus précieux. Surtout Roxanne et Maggie.

— Oui, fit Heather en hochant la tête. C'est important, l'amitié.

— Et mon travail. J'adore mon travail.

— Mais... Pas pour l'argent, je me trompe ?

— Non ! L'argent, je m'en fiche ! »

Elle se mordit aussitôt la langue et porta son verre à ses lèvres.

« Je déteste le matérialisme, reprit-elle plus calmement. Et la cupidité. Et la malhonnêteté.

— Tu veux être quelqu'un de bien.

— J'essaie… »

Candice rit doucement, gênée, et reposa son verre.

« Et toi ? Qu'est-ce que tu aimes ? »

Il y eut un silence. Heather affichait une expression insondable.

« J'ai appris à ne pas m'attacher aux choses, répondit-elle enfin, avec un sourire fugace. Parce que la vie peut te les reprendre sans crier gare, du jour au lendemain. Un jour tu as tout, et puis… » Elle claqua des doigts. « Plus rien. »

Candice la regardait piteusement. Elle avait envie d'approfondir le sujet et, qui sait ? De soulager sa conscience, peut-être.

« Tu sais, Heather, je… je n'en ai jamais…

— Ah ! s'exclama Heather ragaillardie. Voici nos plats ! »

Roxanne finit son assiette de pâtes et reposa sa fourchette avec un soupir d'aise. Ralph et elle étaient assis à sa minuscule table pliante, baignés d'une lumière tamisée, bercés par la voix chaude d'Ella Fitzgerald.

« Tu t'es surpassé ! dit-elle en se frottant le ventre. Tu n'as plus faim ? Je peux ?

— Je t'en prie. »

Ralph désigna son assiette d'un geste vague et Roxanne accepta, un peu préoccupée.

« C'est ta gueule de bois qui te coupe l'appétit ?

— Ça doit être ça.

— Autant que ça profite à quelqu'un, dit Roxanne en attaquant ses restes à grands coups de fourchette. Tu sais, ta cuisine me manque atrocement quand je voyage…

— Et tous ces chefs cinq étoiles dont tu te fais un devoir de goûter les plats, alors ? »

Roxanne fit la moue :

« Y en a pas un pour rattraper l'autre ! Personne ne cuisine les pâtes comme toi. »

Elle se balança sur sa chaise et cala son dossier contre celui du canapé. Les jambes ballantes, elle reprit un peu de vin et ferma les yeux.

« D'ailleurs, tu es bien égoïste de ne pas venir m'en cuisiner tous les soirs. »

Elle but une nouvelle gorgée, puis une autre. Comme Ralph restait muet, elle rouvrit les yeux. Il la regardait fixement, visiblement perturbé.

« Tu as raison. Je ne pense qu'à moi. C'est effroyable ce que j'ai pu être égoïste.

— Mais non, qu'est-ce que tu me chantes ! Je blaguais. »

Roxanne tendit la main vers la bouteille et remplit leurs verres.

« Excellent choix de vin », déclara-t-elle en le goûtant de nouveau.

Silence.

Puis Ralph leva les yeux et, d'un ton presque désinvolte, demanda :

« Où te vois-tu dans un an ? Si tu pouvais faire n'importe quoi, être n'importe où ?

— Dans un an ? demanda Roxanne, dont le rythme cardiaque s'accélérait. Pourquoi, dans un an ?

— Ou dans trois, si tu préfères, concéda Ralph en agitant son verre.

— C'est un entretien d'embauche ?

— Simple curiosité. » Ralph haussa les épaules. « Pour passer le temps.

— Eh bien… Je ne sais pas trop… »

Elle vida son verre, histoire de se calmer les nerfs. Qu'est-ce qu'il mijotait ? Par un accord tacite, Ralph et elle ne parlaient jamais d'avenir. Ils évitaient soigneusement les sujets sensibles. Ensemble, ils discutaient boulot, gastronomie, tourisme, cinéma. Ils cassaient du sucre sur le dos des collègues, spéculaient sur la voisine louche de Roxanne, suivaient d'un œil les séries télévisées et critiquaient, hilares, le jeu des acteurs. Mais, même lorsque ces derniers interprétaient des personnages adultères, Ralph et Roxanne n'abordaient jamais leur propre situation.

Au début, elle avait eu des crises de larmes, exigé qu'il lui décrive sa femme, ses enfants, déterminée à lui tirer les vers du nez, restant éplorée chaque fois qu'il la quittait pour les rejoindre. Elle avait multiplié menaces et ultimatums – en vain. Désormais, elle savourait chaque nuit dans ses bras comme un événement unique – comme une bulle en dehors du temps. Il le fallait pour garder sa déception à distance. Se préserver. Dans ces conditions, elle parvenait presque à se persuader qu'elle maîtrisait la situation, que c'était elle qui posait les termes de leur relation, et que celle-ci la satisfaisait pleinement.

Ralph attendait sa réponse. Il la dévisageait, l'air grave. Roxanne se figea : à l'évidence, la question lui importait vraiment. Elle but de nouveau, histoire de gagner du temps, puis repoussa ses cheveux derrière ses oreilles et lui décocha un sourire innocent.

« Dans un an ? Si j'avais le choix, je me verrais bien allongée sur une plage de sable blanc, quelque part dans les Caraïbes. Avec toi…

— Ravi de l'apprendre !

— Toi et une armée de serveurs en tabliers blancs pour exaucer tous nos souhaits. Nous mitonner de bons petits plats. Nous préparer des cocktails. Nous raconter des histoires. Puis ils disparaîtraient comme par magie et on resterait seuls, tous les deux, dans le soleil couchant. »

Elle se tut, prit une dernière gorgée de vin. Son cœur battait à se rompre. Ralph se rendait certainement compte qu'elle venait de lui dépeindre une lune de miel. Enfin, elle osa lever les yeux.

Elle ne lui avait encore jamais vu une telle expression. Tout à coup, il prit ses mains et les porta à ses lèvres.

« Tu le mérites, dit-il d'une voix cassée. Tu mérites tout ça, Roxanne. »

Elle soutint son regard, soudain envahie par une grande chaleur.

« Je suis désolé pour tout, marmonna-t-il. Quand je pense à tout ce que je t'ai fait endurer...

— Ne t'excuse pas. »

Roxanne ravala les larmes qui commençaient à lui brûler les paupières, l'attira à elle par-dessus la table et embrassa ses tempes, ses joues, ses lèvres.

« Je t'aime, chuchota-t-elle, submergée d'un bonheur dévorant et possessif. Je t'aime, et on est ensemble. C'est tout ce qui compte. »

9

Aménagée dans un bel édifice victorien, la clinique possédait une aire de jeux et des jardins fleuris. Roxanne et Candice descendirent de voiture et s'engagèrent dans l'allée centrale. Devant ce cadre idyllique, Roxanne se mit à rire.

« Sacrée Maggie ! Même sa clinique ressemble à une carte postale. Mme Drakeford ne s'abaisserait pas à accoucher n'importe où.

— On cherche quel service ? » demanda Candice, face à une pancarte où des flèches multicolores pointaient dans toutes les directions.

Elle plissa les yeux.

« Gynécologie ? Obstétrique ? Salles de travail – non, ce n'est pas ça...

— Si tu as envie d'y jeter un coup d'œil, fais-toi plaisir... » Roxanne frissonna. « Moi, je préfère éviter !

— Néo-natal... Prénatal... Maternité... Je n'y comprends rien !

— Et zut ! Viens, on va bien réussir à la trouver. »

Elles s'avancèrent d'un pas décidé dans le hall, localisèrent une réceptionniste derrière un ordinateur et lui dictèrent le nom de Maggie.

« C'est la salle Bleue, au cinquième étage. Les ascenseurs se trouvent au bout du couloir. »

En traversant l'enfilade de corridors, le regard de Candice s'attarda sur les murs taupe.

« Beurk ! Je déteste les hôpitaux. Cette odeur... Quand viendra mon tour, j'accoucherai chez moi.

— Je vois ça d'ici ! Ambiance encens et flûtes de Pan, bougies parfumées partout...

— Très drôle. N'empêche. Je préférerais faire ça chez moi.

— Pas moi ! fit Roxanne, cassante. Moi, je veux la césarienne – non, mieux : l'anesthésie générale ! Qu'on me ranime quand le môme sera majeur. »

En attendant l'ascenseur, Candice scruta du coin de l'œil le visage de son amie.

« Je suis nerveuse, dit-elle. C'est drôle, non ?

— Moi aussi, je suis un peu perturbée, dit Roxanne après un silence. Notre Maggie fait officiellement partie du monde des adultes, et donc, nous aussi... et... je me demande si je suis prête. »

Candice la dévisageait toujours.

« Tu as l'air fatiguée, Roxanne. Tout va bien ?

— Super ! répliqua-t-elle en repoussant ses cheveux en arrière. Tout roule. »

Mais une fois dans l'ascenseur, elle surprit son reflet, déformé, dans les portes de métal et comprit la réflexion de Candice. Depuis ce fameux soir avec Ralph, elle ne dormait plus. Elle se repassait en boucle dans sa tête leur conversation – et cette promesse qu'elle contenait. Malgré elle, elle espérait.

Ralph ne s'était engagé à rien, bien sûr. Il n'avait rien signé. Plus jamais, depuis, il n'avait refait allusion à l'avenir. Mais Roxanne ne rêvait pas. Quelque chose se tramait. D'ailleurs, avec le recul, Ralph s'était comporté bizarrement toute la soirée, dès le moment où il avait franchi la porte. Sa façon de la regarder, de lui parler avait changé. Quand ils s'étaient dit au revoir, il l'avait fixée en silence plusieurs secondes, comme s'il rassemblait ses forces pour prendre la décision la plus difficile de sa vie.

Il ne fallait surtout pas le presser. Les choses ne se régleraient pas d'un coup de baguette magique, Roxanne le savait. Mais l'attente, l'incertitude commençaient à lui peser. Ils en souffraient tous les deux : ces derniers temps, Ralph avait les traits tirés, les yeux cernés – elle ne l'avait jamais vu aussi à bout. Un jour où elle l'observait à son insu, au bureau, elle avait constaté à sa stupéfaction qu'il avait maigri. Il devait vraiment en baver. Si seulement il la prenait, sa décision ! Un peu de courage, et leur calvaire prendrait fin.

Roxanne s'agrippa à son sac à main : elle devait refouler ces pensées. Rester forte et rationnelle. Mais il était trop tard. Pendant six ans, elle s'était interdit d'espérer, et voilà qu'à présent ses rêves prenaient possession d'elle, la rongeaient. Ralph allait quitter sa femme. Ils seraient enfin heureux, tous les deux ; vivraient leur amour au grand jour. Ils s'installeraient ensemble. Peut-être même qu'il la demanderait en…

Mais non. Elle allait trop loin. Elle devait se contrôler. Après tout, il n'avait rien promis. Absolument rien.

Tout de même… Cette conversation n'avait pas été anodine. Il devait au moins y songer – non ?

Oui, elle le méritait. Plus que quiconque. Après tout ce qu'elle avait supporté ! Elle enrageait, tout à coup – ce qui ne lui arrivait jamais. Elle compta jusqu'à dix pour se calmer. Ces derniers jours, en redescendant de son petit nuage, entre deux bouffées de joie, elle avait découvert le revers de la médaille : une colère trop longtemps contenue sourdait en elle. Six ans ! Elle avait passé six ans à attendre, à douter, à grappiller çà et là de pauvres miettes de bonheur. Cela n'avait que trop duré. Elle avait purgé sa peine.

Les portes s'ouvrirent, et Candice se tourna vers Roxanne :

« On y est, dit-elle, un peu crispée.

— C'est pas trop tôt ! »

Une porte affichait l'inscription : SALLE BLEUE. Candice hésita, interrogea Roxanne du regard, puis poussa le battant.

La pièce était vaste mais divisée en alcôves individuelles par des rideaux à motifs floraux. Où était Maggie ? Candice se tourna de nouveau vers Roxanne, qui haussa les épaules. Une femme en uniforme bleu marine finit par s'avancer, un bébé dans les bras.

« C'est pour une visite ?

— Oui, dit Roxanne en mangeant des yeux le nourrisson. On cherche Maggie Phillips…

— Drakeford, la corrigea Candice. Maggie Drakeford.

— Par ici, je vous prie. »

Candice et Roxanne traversèrent la salle sur ses talons et, lentement, Candice tira le rideau. C'était bien Maggie, assise dans son lit, un nouveau-né contre son sein. La même – et pourtant changée. Pendant un moment, aucune d'elles ne parla. Puis le visage de Maggie s'illumina. Elle souleva l'enfant, le tourna vers ses amies et fit les présentations : « Lucia, je te présente mes amies du Cocktail Club ! »

Maggie avait bien dormi. En découvrant Roxanne et Candice émues, maladroites, fascinées par le visage de sa petite fille, elle se pâmait d'aise. Décidément, on voyait le monde différemment à tête reposée.

Les trois premières nuits, elle avait vécu un enfer. Incapable de se détendre, elle avait veillé dans le noir, terrifiée à l'idée que Lucia se mette à pleurer. Au moindre reniflement en provenance du berceau, elle sursautait. Des cris traversaient ses rêves et elle bondissait, en nage, pour trouver le bébé dormant à poings fermés : c'était un autre enfant qui pleurait. Du coup, elle craignait qu'il ne réveille sa fille et en perdait le sommeil.

La quatrième nuit, à deux heures du matin, Maggie n'était pas parvenue à rendormir Lucia. Quand elle l'avait couchée dans son berceau, elle s'était mise à hurler. Elle avait tenté de lui donner le sein mais les cris avaient redoublé. En désespoir de cause, elle avait essayé de lui chanter une berceuse – ce qui avait porté à leur comble ses hurlements. Au bout de quelques minutes, une sage-femme d'âge mûr avait passé la tête par le rideau. Maggie ne l'avait encore jamais vue. Les poings sur les hanches, elle avait secoué la tête :

« Jeune fille, ta maman a besoin de repos ! »

Maggie n'en avait pas cru ses oreilles. Elle s'était attendue à ce qu'on lui fasse la leçon, à ce qu'on lui rappelle le b.a.-ba de l'allaitement et du lien mère-fille. Au lieu de quoi, la sage-femme avait soupiré :

« Ma parole, vous êtes éreintée ! Ça ne va pas du tout !

— Je suis un peu fatiguée, avait admis Maggie d'une voix chevrotante.

— J'amène la petite à la nursery pour la nuit.

— La nursery ? »

Quelle nursery ?

« Je veillerai sur elle. Vous, vous allez me faire le plaisir de récupérer. Je vous la rapporterai quand elle aura faim. »

Maggie l'avait dévisagée, bouche bée, balbutiante de gratitude.

« Merci ! Merci… Joan, avait-elle ajouté en déchiffrant dans la pénombre le badge de son ange gardien. Je… Elle sera entre de bonnes mains ?

— Promis, juré ! Et maintenant, dodo ! »

La sage-femme était sortie en poussant le lit à roulettes et, pour la première fois depuis l'accouchement, Maggie avait sombré dans un sommeil profond et réparateur. Ç'avait été la nuit la plus douce et la plus paisible de sa vie. Elle s'était réveillée presque reposée et avait trouvé Lucia à ses côtés, prête pour son petit déjeuner.

Depuis, Joan lui avait proposé chaque nuit les services de la nursery et, réprimant sa culpabilité, Maggie avait systématiquement accepté.

« Il ne faut pas vous en vouloir, lui avait dit Joan une nuit. Il faut dormir pour produire du lait. Ça ne servirait à rien de vous épuiser. Vous savez, dans le temps, on gardait les mères deux semaines. Aujourd'hui, on les met à la porte au bout de deux jours. Il y a longtemps qu'ils vous auraient fichue dehors, vous aussi, sans la jaunisse de votre fille. »

Malgré ces paroles réconfortantes, Maggie s'en voulait. Son guide était formel : elle aurait dû rester auprès de sa fille vingt-quatre heures sur vingt-quatre, faute de quoi, elle était une mère indigne. Elle n'avait donc parlé de Joan ni à Giles, ni à Paddy – ni à personne.

Elle sourit à Roxanne et Candice.

« Asseyez-vous, qu'est-ce que vous attendez ! Ça me fait plaisir de vous voir.

— Maggie, tu es resplendissante ! » s'exclama Roxanne.

Elle l'embrassa et s'assit sur le bord de son lit. Maggie la trouva plus mince et belle que jamais. Avec ses airs glamour et son parfum musqué, elle détonnait dans la maternité comme un oiseau de paradis dans un poulailler. Maggie la jalousait presque. Elle s'était imaginé qu'il lui suffirait d'accoucher pour retrouver la ligne et rentrer dans son 38. Mais son ventre, dissimulé sous les draps, restait affreusement flasque et elle n'avait pas la force de faire des abdominaux.

« Alors, dis-moi, demanda Roxanne. Ça fait quoi, d'être maman ? C'est aussi génial qu'on le prétend ?

— Ce n'est pas mal... Mais j'en suis un peu revenue, depuis le temps », blagua Maggie.

Candice s'émerveillait devant le berceau.

« Qu'est-ce qu'elle est belle... Et elle a l'air en pleine forme !

— Oui, elle va mieux. Son traitement a mis un moment à agir mais elle est guérie. Ça m'aura valu quelques jours supplémentaires de repos forcé !

— Je peux ? » demanda Candice en tendant les bras.

Maggie hésita, puis lui confia Lucia.

« Elle est légère comme une plume !

— Ça donnerait presque envie », plaisanta Roxanne.

Maggie éclata de rire.

« Toi ? Tu feras des enfants quand les poules auront des dents !

— Tu veux la porter ? » proposa Candice.

Roxanne leva les yeux au ciel et soupira comiquement :

« Si ça peut vous faire plaisir ! »

Elle en avait porté, des bébés. Des petites choses roses sans intérêt. Les enfants des autres n'éveillaient en elle aucun instinct maternel. Face à un bébé, Roxanne Miller ne gâtifiait pas – elle bayait aux corneilles. Elle était d'ailleurs connue pour ça. La laissaient-ils réellement de marbre, ou son attitude n'était-elle qu'une parade, savamment cultivée depuis des années ? Elle évitait scrupuleusement de se le demander.

Mais en regardant le visage endormi de Lucia, elle se sentit fléchir. Une envie taboue germait dans son esprit. Elle aussi, elle en voulait un. Un bébé. À elle. Cette épiphanie la catastrophait autant qu'elle la grisait. Elle ferma les yeux et, contre son gré, s'imagina que l'enfant était le sien – le leur, à elle et à Ralph. Ralph… Il se tiendrait juste derrière elle, la couvant d'un regard protecteur. Roxanne en était malade de désir. Et de peur. Elle divaguait ! Et tout ça à cause de quoi ? D'une bribe de conversation. C'était ridicule, et dangereux. Mais à présent qu'elle avait goûté à cette douce rêverie, impossible de faire marche arrière.

« Alors, Roxanne ? Ton verdict ? » demanda Maggie, amusée.

Son amie contempla encore quelques instants Lucia, puis rendit son jugement, sceptique :

« Pas mal – pour un bébé. Mais je te préviens, elle n'a pas intérêt à me pisser dessus !

— Je vais la reprendre », dit Maggie.

À regret, Roxanne la lui tendit.

« Allez, hop ! Retourne voir maman.

— Tiens, Maggie, je t'ai apporté des fleurs, dit Candice en ramassant le petit bouquet qu'elle avait posé par terre. Je sais que tu en as déjà des tas mais...

— Ne t'en fais pas : elles ont toutes fané ! Elles ne tiennent pas cinq minutes, ici.

— Ah, chouette ! Enfin, non ! Je veux dire...

— Je sais, la rassura Maggie. Elles sont superbes. Merci ! »

Candice inspecta l'alcôve.

« Tu n'as pas de vase ?

— Peut-être dans le couloir..., hasarda Maggie. Ou dans une autre salle...

— Je vais voir ce que je trouve », dit Candice en posant les fleurs sur le lit.

Quand elle eut quitté la pièce, Maggie et Roxanne échangèrent un sourire.

« Alors, comment vas-tu ? demanda Maggie en caressant du bout du doigt la joue de sa fille.

— Bien. La vie suit son cours.

— Et... ton homme marié ? reprit prudemment Maggie.

— Toujours marié. »

Elles rirent, et Lucia remua un peu dans son sommeil.

« Quoique..., ajouta Roxanne, cédant à la tentation. Peut-être plus pour longtemps.

— Quoi ? Tu es sérieuse ?

— Qui sait ? » Le visage de Roxanne s'éclaira. « Affaire à suivre !

— Alors, on va enfin le rencontrer ?

— Hum, pas sûr, dit Roxanne, le regard pétillant. C'est qu'on y prend goût, au secret... »

Maggie la regarda, puis chercha sa montre.

« Quelle heure est-il ? Je vous proposerais bien une tasse de thé... Il y a un distributeur, dans la salle commune...

— Euh, sans façon, déclina Roxanne, qui frémit à la seule pensée de ce breuvage instantané. Je nous ai apporté une boisson digne de ce nom. Mais attendons le retour de Candice. »

Elle promena son regard dans la pièce et se creusa la tête pour trouver un commentaire poli à son propos, mais le décor chichiteux et la température excessive ne lui inspiraient que de l'aversion. Et Maggie qui était là depuis plus d'une semaine ! Comment pouvait-elle le supporter ?

« Tu restes encore combien de temps ?

— Jusqu'à demain. Le pédiatre doit encore examiner Lucia, mais après... retour au bercail !

— Tu dois être soulagée.

— Euh... Oui. Oui, bien sûr. Mais assez parlé d'hôpital ! Parle-moi du monde extérieur. Qu'est-ce que j'ai raté ?

— Tu me demandes des ragots, à moi ! Qu'est-ce que j'en sais ? Je suis toujours en vadrouille quand il se passe des trucs croustillants.

— Et la protégée de Candice ? demanda Maggie, soudain sérieuse. Heather Machin-Chose. Qu'est-ce qu'elle devient ?

— Je l'ai revue au bureau. Je l'ai un peu prise en grippe. Elle est d'un mielleux !

— Je me suis complètement monté la tête à son sujet – la faute aux hormones, sans doute. Je parie qu'elle est charmante.

— Je n'irai pas jusque-là. Mais, à sa décharge, elle sait écrire.

— Vraiment ? »

Roxanne attrapa son sac et en sortit une feuille A4 :

« Lis ça. Janet me l'a passé. C'est bourré d'humour ! »

Maggie lut les deux premières lignes de l'article, fronça les sourcils, puis parcourut rapidement le reste du texte.

« Je ne le crois pas ! Et tu dis que c'est grâce à cet article qu'elle a décroché le poste ?

— Je ne sais pas… Mais avoue qu'il est bon !

— Tu m'étonnes, fit Maggie, grinçante. Il est excellent. Comme tout ce qu'écrit Candice.

— Qu'est-ce que tu veux dire ?

— Cet article, c'est Candice qui l'a rédigé. » Elle frappa la page du plat de la main. « Je m'en souviens. Mot pour mot. Tu ne reconnais pas son style ? Son humour ?

— Tu me fais marcher ?

— Pas étonnant que Ralph ait été impressionné ! poursuivait Maggie, excédée. Bon sang, ce que Candice peut être sotte, par moments ! »

Il avait fallu à Candice plus de temps que prévu pour dénicher un vase. Elle avait fini par demander l'assistance d'une sage-femme, avec qui elle s'était mise à bavarder. Elle chantonnait gaiement en regagnant la salle mais s'arrêta net devant la mine sévère de ses amies.

« Qu'as-tu à dire pour ta défense ? lança Roxanne à son approche.

— Je… Quoi ?

— Voilà quoi ! » tonna Maggie en lui collant l'article sous le nez.

Candice le saisit, déconcertée, puis le reconnut et rougit jusqu'à la racine des cheveux. Elle détourna le regard.

« Ah, ça… Eh bien… Heather n'avait pas d'article à montrer, alors j'ai… Je me suis dit…

— Tu t'es dit que tu lui fournirais un portfolio ?

— Non ! Je ne lui ai donné que cet article ! Pour la dépanner. Il n'y a pas de quoi en faire un fromage. »

Elle haussa les épaules mais Maggie secoua la tête :

« Candice, ce n'est pas juste, et tu le sais. Ni pour Ralph, ni pour les autres candidats au poste…

— Ni même pour Heather ! intervint Roxanne. De quoi elle aura l'air quand Justin lui demandera de rédiger quelque chose dans la même veine ?

— Ça n'arrivera pas ! Et de toute façon elle en est tout à fait capable ! Elle a du talent, vous savez. Tout ce qu'il lui fallait, c'était un petit coup de pouce. »

Candice regarda successivement Roxanne et Maggie, irritée par leur intolérance. Ne comprenaient-elles donc pas que parfois, la fin justifiait les moyens ?

« Mince, alors ! Vous connaissez la place du piston et du népotisme sur le marché du travail ! C'est comme ça que ça marche – par contacts et copinage. Quant à maquiller son CV, tout le monde le fait. »

Un ange passa. Puis Maggie dit doucement :

« Et… Heather habite chez toi ?

— Oui, répondit Candice, naïve. Où est le problème ?

— Elle te verse un loyer ?

— Euh… » Candice déglutit. « Ça ne vous regarde pas. »

Elle n'en avait pas encore parlé à Heather – qui s'était bien gardée d'aborder la question. Au fond, Candice était persuadée que Heather finirait par lui proposer de payer sa part. Mais même dans le cas contraire, où était le problème ? Certaines personnes payaient un loyer à leurs amis, d'autres non. Et Candice n'était pas dans le besoin.

« Tu as raison, ça ne nous regarde pas, dit gentiment Roxanne. Tant que Heather ne t'exploite pas.

— Quoi ! éructa Candice, stupéfaite. Elle, m'exploiter ? C'est la meilleure ! Après ce que mon père a fait subir à sa famille !

— Candice…

— Non, j'en ai assez entendu ! Je lui dois bien ça ! D'accord, j'ai un peu triché pour lui obtenir ce poste. D'accord, je me montre un peu plus généreuse que de raison. Mais elle le mérite. Après ce qu'elle a vécu, elle le mérite ! Et je sais que tu ne l'aimes pas, Roxanne, mais...

— Quoi ? s'indigna Roxanne. On a à peine échangé deux mots !

— Eh bien, elle est persuadée que sa tête ne te revient pas.

— Peut-être que c'est elle qui ne m'aime pas, tu y as pensé, à ça ?

— Pourquoi est-ce qu'elle ne t'aimerait pas ?

— Qu'est-ce que j'en sais ! Et moi, pourquoi je ne l'aimerais pas ?

— Silence, toutes les deux ! Vous êtes ridicules ! » cria Maggie.

Lucia se mit à se tortiller, geignit plaintivement, puis s'égosilla.

« Bravo, bien joué, râla sa mère.

— Pardon..., dit Candice en se mordant la lèvre. Je ne voulais pas m'énerver. »

Roxanne lui prit la main.

« Moi non plus. Tu sais, je suis sûre que Heather est une chic fille. Simplement, on se fait du souci pour toi.

— Comme c'est touchant », railla Maggie.

Elle donna le sein à sa fille et son visage se tordit de douleur.

« Ça fait mal ? s'étonna Candice, effarée.

— Un peu... Au début. »

Quand le bébé se mit à téter, ses traits se détendirent.

« Là, ça va mieux.

— Eh ben, mon cochon ! Je n'aimerais pas être à ta place », lâcha Roxanne, qui ne faisait aucun effort pour masquer son dégoût.

Candice éclata de rire.

« En tout cas, elle a une bonne descente, la petite gloutonne !

— Comme sa mère, fit remarquer Roxanne. Ce qui me fait penser... »

Elle se pencha, fouilla dans son sac et en sortit un grand shaker en argent.

« Non, c'est pas vrai ! s'esclaffa Maggie.

— Je t'avais prévenue qu'on trinquerait à la santé du bébé !

— Mais on ne peut pas ! Si on nous surprend, on va se faire éjecter du club ultra-sélect des Bonnes Mères !

— Te bile pas, j'ai pensé à tout. »

Impassible, elle se pencha de nouveau et sortit trois biberons de son sac.

« Qu'est-ce que... ?

— Patience ! »

Elle dévissa les tétines, aligna les biberons sur la table de nuit, empoigna le shaker et l'agita énergiquement, sous l'œil médusé de ses amies. Puis elle retira le couvercle d'un geste solennel et versa dans les biberons un épais liquide blanc.

« C'est quoi ? l'interrogea Candice.

— Pas du lait, tout de même ? demanda à son tour Maggie.

— Piña colada ! » annonça fièrement Roxanne.

Elles partirent toutes trois d'un fou rire incontrôlable. La piña colada constituait pour elles une source d'amusement sans fin, depuis cette première soirée inoubliable, au Manhattan Bar, où Roxanne avait décrété qu'elle snoberait sans scrupules quiconque commanderait une des ces boissons trop sucrées sans originalité.

« Il faut que je me calme ! dit Maggie entre deux hoquets. Je vais encore réveiller Lucia.

— Santé ! fit Roxanne en lui tendant un biberon.

— À Lucia, renchérit Candice.

— À notre nouveau membre du club, ajouta Roxanne.

— Et à vous », dit Maggie, tout sourires.

Elles trinquèrent. Maggie porta le biberon à ses lèvres et ferma les yeux de plaisir.

« Divin. Ça fait des semaines que je me passais d'alcool, j'étais en manque !

— Mince alors, mais c'est délicieux ! s'exclama Candice.

— Pas dégueu, concéda Roxanne. Si seulement ça faisait moins cheap !

— À propos, Ralph Allsopp nous a fait livrer un magnum de champagne. J'ai trouvé ça très généreux de sa part. Mais on ne l'a pas encore ouvert.

— De l'alcool ? Les grands esprits se rencontrent…, commenta Roxanne.

— Madame Drakeford ? » demanda une voix d'homme, derrière le rideau.

Les trois jeunes femmes se turent, leurs biberons coupables à la main. Un médecin passa la tête dans l'alcôve :

« Madame Drakeford, je suis le pédiatre. Je viens examiner la petite.

— Ah, euh… entrez, bredouilla Maggie.

— Tiens, donne-moi ton… *lait*, dit Roxanne en lui reprenant le biberon. Je te le laisse sur ta table de nuit… Pour plus tard.

— Merci, répondit Maggie, serrant les dents de toutes ses forces pour ne pas pouffer.

— On va y aller, dit Candice.

— D'accord.

— À bientôt, ma belle ! » conclut Roxanne en vidant d'une traite son biberon, qu'elle fourra aussitôt dans son sac. « Le lait, il n'y a que ça de vrai », dit-elle au pédiatre qui hocha la tête, un peu surpris.

« Lucia est un amour, dit Candice en se penchant pour embrasser Maggie. À très bientôt.

— Rendez-vous au Manhattan Bar, le premier du mois, rappela Roxanne. Tu y seras, pas vrai ? »

Le visage de Maggie se fendit d'un énorme sourire.

« Comptez sur moi ! »

10

En rentrant chez elle ce soir-là, Candice rayonnait. Elle gloussait encore en repensant aux biberons de piña colada. L'après-midi avait été émouvant, plus qu'elle ne s'y était attendue. La vue de Maggie avec son bébé – si petit, si frêle ! – l'avait secouée. Elle débordait d'amour pour ses amies.

Seule la mention de Heather avait failli rompre le charme. Elles ne comprenaient pas. Normal : elles n'avaient pas, elles, vécu des années sous le poids du secret et de la culpabilité. Elles ne pouvaient donc imaginer son soulagement, ces dernières semaines, ni le plaisir qu'elle trouvait à voir la vie de Heather rentrer dans l'ordre.

De plus, ni Roxanne ni Maggie n'avaient vraiment eu l'occasion de faire connaissance avec sa protégée. Elles ne se doutaient pas de la générosité, de la gentillesse dont elle pouvait faire preuve. Elles s'étaient si vite liées d'amitié ! Au début, Candice considérait Heather comme une victime et l'avait aidée pour soulager sa conscience. Mais entre-temps, il s'était tissé entre elles un lien beaucoup plus solide. Contrairement à ce qu'insinuaient Roxanne et Maggie, héberger Heather ne la dérangeait en rien. Maintenant qu'elle avait une colocataire, Candice se demandait comment elle avait pu s'en passer. À quoi occupait-elle ses soirées avant son arrivée ? À boire du chocolat toute seule devant la télé. À présent, tous les soirs revêtaient des allures de fête : recroquevillées sur le canapé, elles se lisaient leur horoscope en gloussant comme deux ados. Heather n'abusait pas de sa gentillesse. C'était plutôt le contraire !

En refermant la porte d'entrée, elle entendit son amie téléphoner dans la cuisine. Candice s'avança doucement dans le couloir, craignant d'interrompre une conversation privée. Soudain, un cri retentit :

« Va te faire voir, Hamish ! »

Candice n'en revenait pas : la voix de Heather, d'habitude si mélodieuse, était grave, menaçante – méconnaissable.

« Qu'est-ce que ça peut te faire ? » poursuivait-elle.

Un silence suivit.

« Rien à foutre ! »

Puis Heather éleva la voix :

« Si tu crois que ça va m'arrêter, tu te fourres le doigt dans l'œil ! »

Enfin résonna le claquement d'un portable que l'on referme.

Dans le couloir, Candice se figea, prise de panique, priant pour que Heather ne sorte pas. Mais non : elle remplissait la bouilloire. C'était le moment d'agir. Candice revint sur ses pas sur la pointe des pieds – à la façon d'une coupable, rouvrit la porte et la claqua ostensiblement.

« Coucou ! lança-t-elle, l'air joyeux. Il y a quelqu'un ? »

Heather sortit de la cuisine, l'air sombre, et lui décocha un regard pénétrant.

« Salut, Candice. C'était bien, à la clinique ?

— Génial ! s'enthousiasma Candice. Lucia est magnifique. Et Maggie en pleine forme… »

Heather ne se déridait toujours pas. Elle s'appuya contre le chambranle.

« J'étais au téléphone. Tu as dû entendre.

— Moi ? Non ! Je viens de rentrer... »

Mais son expression devait la trahir. Candice détourna la tête et tripota la manche de sa veste pour se donner une contenance.

« Les mecs, je te jure ! pesta Heather au bout d'un moment. Pas un pour rattraper l'autre ! »

Candice lâcha sa manche, interloquée :

« Tu as un copain ?

— Un ex. Un vrai salaud. Je préfère ne pas en parler.

— Ah. D'accord, proposa Candice, gênée. Euh... Si on prenait le thé ?

— Bonne idée », dit Heather, et elles passèrent à la cuisine. « Au fait, reprit-elle pendant que Candice cherchait les sachets dans le placard. J'étais à court de timbres, alors je me suis permis d'en prendre un dans ta coiffeuse. J'ai bien fait, j'espère ? Je te rembourserai, évidemment...

— Ne dis pas de sottises ! Sers-toi. Ce qui est à moi est à toi.

— Ah ? C'est noté. Merci. »

Frigorifiée, affamée, Roxanne arriva enfin chez elle. Sur le pas de sa porte l'attendait une grosse boîte en carton. Intriguée, elle ouvrit et poussa le colis à l'intérieur du bout du pied, puis alluma et s'accroupit pour l'inspecter de plus près. Les timbres venaient de Chypre, et elle reconnut l'écriture de Nico. Quel amour ! Que lui avait-il envoyé, cette fois ?

Un sourire aux lèvres, Roxanne déchira le carton. Dedans s'alignaient des rangées et des rangées de mandarines, tiges et feuilles comprises. Elle en choisit une, ferma les yeux et en inhala le parfum doux et acidulé. Elle ramassa ensuite la lettre manuscrite posée au-dessus des fruits.

Très chère Roxanne,
Pour toi, un petit souvenir des bienfaits de Chypre.
Notre proposition, à Andreas et moi, tient toujours.
J'espère que tu changeras d'avis.
Bien à toi,
Nico.

Roxanne resta un instant immobile. Elle examina sa mandarine, la lança en l'air et rattrapa d'une main le fruit sucré, juteux, gorgé de soleil, symbole d'un autre monde qu'elle avait presque déjà oublié.

Mais son monde à elle était ici. Sous la douce pluie de Londres. Près de Ralph.

Les visiteurs étaient repartis, on avait éteint les lumières et Lucia dormait comme une souche. Pourtant, Maggie ne trouvait pas le sommeil. Elle fixait le plafond blanc et impersonnel et tentait de calmer ses angoisses.

Le pédiatre s'était montré très encourageant : Lucia était complètement rétablie, elle grossissait bien, tout se passait à merveille.

« Vous pourrez rentrer chez vous demain, avait-il dit en remplissant un formulaire. Vous devez en avoir plein le dos, de cette clinique !

— Je ne vous le fais pas dire, avait menti Maggie. J'ai hâte de rentrer ! »

Giles avait sauté de joie en apprenant la bonne nouvelle :

« Enfin ! Ce n'est pas trop tôt. Tu dois mourir d'impatience ! Tu ne peux pas savoir ce que je me réjouis de t'avoir de nouveau à la maison, ma chérie ! »

Il l'avait serrée si fort dans ses bras qu'elle en avait eu le souffle coupé et, l'espace d'un instant, s'était sentie euphorique.

Mais à présent, allongée dans l'obscurité, la peur reprenait le dessus. En dix jours, elle s'était accoutumée au rythme de l'hôpital. Aux trois repas qu'on lui préparait quotidiennement, aux bavardages avec les sages-femmes, au thé qu'on lui servait à seize heures pile. Elle s'était habituée à ce sentiment de sécurité, à la certitude qu'en cas de problème elle n'avait qu'à appuyer sur un bouton pour qu'une infirmière vole à son secours. Surtout, ici, elle pouvait confier sa fille à Joan chaque nuit de deux à six heures du matin.

À sa grande honte, elle avait ressenti un soulagement inavouable lorsqu'on lui avait annoncé que la jaunisse de Lucia résistait à la photothérapie et qu'il faudrait prolonger le traitement. Elle appréhendait le moment où il lui faudrait quitter l'enceinte chaleureuse et familière de la maternité pour regagner sa grande maison vide pleine de courants d'air. Elle ne concevait aucune affection pour le domaine des Pins. Au mieux, il lui inspirait une vague fierté – et encore, de moins en moins. À quoi bon, toutes ces pièces spacieuses et froides ? Dans son alcôve fleurie, il faisait chaud et elle avait tout à portée de main.

Giles n'aurait pas compris. Sa maison, il en était gaga. Elle craignait de ne jamais partager son engouement.

« Tu me manques, tu sais, lui avait-il confié cet après-midi-là en lui tenant la main. J'ai hâte de vous avoir auprès de moi, toi et la petite. On va être bien, au domaine des Pins ! Tout sera exactement tel que je l'ai toujours imaginé. »

Maggie en était restée pantoise. Et envieuse, aussi. Giles avait une vision si claire de l'avenir, de la vie à trois. Pour elle, cet avenir lui semblait encore flotter dans un rêve.

Pendant toute sa grossesse, elle avait été incapable de s'imaginer avec un enfant. Bien sûr, elle savait que c'était l'issue logique de la procédure. Aussi s'efforçait-elle de se visualiser derrière sa poussette Maclaren dernier cri ou en train de balancer son berceau, passait en revue ses piles de layette blanche en se disant que, bientôt, elle enfilerait ces vêtements à un être vivant. En vain : cela paraissait irréel.

De même, l'idée de ramener Lucia aux Pins lui semblait relever du fantasme. Elle étouffa un soupir et alluma sa lampe de chevet, jeta un coup d'œil à sa fille endormie et se versa un verre d'eau.

« Insomnie ? s'enquit une jeune sage-femme en passant la tête par le rideau. C'est la perspective de rentrer chez vous qui vous travaille ? Vous devez être tout excitée ! »

Maggie sourit tant bien que mal. Elle avait la bouche sèche.

« Et comment ! Vivement demain. »

La sage-femme disparut, et Maggie resta seule avec son verre d'eau, terriblement malheureuse. Elle ne pouvait parler à personne de ce qu'elle traversait. Si elle avouait sa peur de rentrer chez elle, dans sa propre maison, avec son nouveau-né, on la prendrait pour une folle. À raison, peut-être.

Candice se réveilla en sursaut au milieu de la nuit. Il faisait noir comme dans un four. Qu'est-ce qui avait bien pu la tirer de son sommeil ? Un bruit retentit dans la cuisine. Un cambrioleur ! pensa-t-elle, paralysée de peur. Avec mille précautions, elle se leva, enfila une robe de chambre et entrouvrit la porte.

Il y avait de la lumière dans la cuisine. Les cambrioleurs allumaient donc les lampes, maintenant ? Elle hésita, puis sortit à pas de loup dans le couloir. Arrivée devant la porte de la cuisine, elle poussa un cri : une tasse de café à la main, des piles d'épreuves éparpillées tout autour d'elle, Heather était assise à la table, l'air hagard – et affolé.

« Tiens, salut, dit-elle avant de se replonger dans ses papiers.

— Euh, salut, tu fais quoi ? Tu n'es pas en train de travailler, quand même ?

— J'avais oublié, gémit Heather en fixant ses épreuves, atterrée. Ça m'était complètement sorti de la tête. »

Elle se frotta les yeux. Candice remarqua, un peu alarmée, qu'ils étaient très rouges.

« Je devais bosser sur ces pages ce week-end et j'ai oublié. Quelle idiote !

— Mais non, ne t'inquiète pas, c'est pas la fin du monde.

— Je dois refaire cinq pages pour demain ! répondit Heather, une note de désespoir dans la voix. Et ensuite, il faudra que j'entre toutes les corrections dans l'ordinateur avant l'arrivée d'Alicia ! J'ai promis que tout serait prêt !

— Je ne comprends pas... Comment se fait-il que tu aies autant de travail ? s'étonna Candice en s'asseyant.

— J'ai pris du retard, murmura Heather. » Elle but une gorgée de café. « Alicia m'a donné des tonnes de trucs à faire et... Je ne sais pas. Peut-être que je suis lente. Peut-être que je ne suis pas assez intelligente !

— N'importe quoi ! trancha Candice. Je vais parler à Alicia. »

Elle appréciait beaucoup la correctrice, toujours pleine de bonne volonté. À une époque, elles avaient même envisagé de partager un appartement.

« Oh, non ! protesta Heather. Elle va dire que... »

Elle se tut. Seul le tic-tac de l'horloge électrique troublait le silence.

« Quoi ? la relança Candice. Elle va dire quoi ?

— Que je ne méritais pas le poste, de toute façon, dit Heather, piteusement.

— Hein ? Alicia ne sortirait jamais une chose pareille.

— Ce ne serait pourtant pas la première fois...

— Tu plaisantes ? »

Candice la fixa, bouche bée. Heather semblait hésiter entre poursuivre sur sa lancée et clore le sujet. Enfin, elle soupira :

« Une amie à elle briguait le poste. Elle avait deux ans d'expérience à la rédaction d'un grand magazine. Et c'est ma candidature qui a été retenue. Alicia m'en veut.

— Oh... » Candice se frotta le nez, confuse. « J'étais loin de me douter...

— Alors je ne peux vraiment pas me permettre de demander un délai supplémentaire. Il faut que j'y arrive ! »

Heather s'attacha les cheveux et se versa du café.

« Retourne te coucher, Candice. Je vais m'en sortir.

— Je ne peux pas te laisser comme ça... » Elle examina une page d'épreuve barbouillée de corrections. « Je n'imaginais pas qu'on te surchargeait autant !

— Oh, non, ça va ! Si j'arrive à finir ça pour demain... » Sa voix tressaillit. « Tout ira bien.

— C'est idiot. Laisse-moi t'aider. Ça me prendra moins de temps qu'à toi.

— Tu es sûre ? Tu ferais ça pour moi ?

— J'arriverai au bureau tôt demain matin et je ferai les modifications directement sur l'ordinateur.

— Mais alors, Alicia saura que tu m'as aidée...

— J'enverrai les pages sur ton poste dès que j'aurai fini. Tu n'auras qu'à les imprimer. Personne n'en saura rien !

— Candice, tu me sauves la vie ! s'exclama Heather en s'affalant contre le dossier de sa chaise. Je te jure que ça ne se reproduira plus !

— Pas de problème, dit Candice avec un grand sourire. Ça sert à ça, les amis. »

Le lendemain matin, elle arriva la première dans les locaux et corrigea patiemment les pages de Heather. Cela lui prit plus longtemps que prévu : il était onze heures quand elle eut fini. Elle regarda Heather et leva le pouce pour le lui signifier, puis elle lui envoya les documents. Quelques instants plus tard, Alicia se penchait par-dessus l'épaule de sa complice et la félicitait : « Encore une page impeccable – bon travail, Heather ! »

Candice jubilait comme une écolière ayant déjoué la surveillance de la maîtresse.

« Candice ! » tonna soudain Justin.

Debout devant la porte de son bureau, tiré à quatre épingles comme toujours, il affichait une mine songeuse. Sans doute l'avait-il longuement travaillée devant le miroir de sa salle de bains. En vivant avec lui, Candice avait eu tout le loisir d'étudier de près ses manies, de sorte que ses mimiques théâtrales n'avaient plus de secret pour elle. D'ailleurs, sa crédibilité de rédacteur en chef était déjà largement entamée à ses yeux. Il pouvait bien se pavaner comme un coq en réunion et multiplier les phrases ampoulées, il n'arriverait jamais à la cheville de Maggie. Du vocabulaire, il en avait à revendre. Des contacts, aussi – on le disait à tu et à toi avec les maîtres d'hôtel des plus grands *gentlemen's clubs* de Londres. Mais les êtres humains, il n'y connaissait rien.

Comment diable avait-elle bien pu se laisser éblouir ? s'imaginer qu'elle l'aimait ? Décidément, un physique avantageux faussait vraiment le jugement. S'il avait été moins beau, elle se serait intéressée plus tôt à sa person-nalité, et aurait vite remarqué son égoïsme sous le vernis de charme et d'éloquence.

« Oui, Justin ? » répondit-elle en se levant à contrecœur.

Encore une chose qui la hérissait. Quand Maggie avait quelque chose à lui dire, elle venait la voir. Justin se plaisait à convoquer ses sujets dans son petit bureau, à les faire défiler dans ses quartiers comme autant de laquais. Maggie : 1 – Justin : 0, songea Candice avec nostalgie.

« Candice, j'attends toujours la liste de profils que tu m'as promise », dit sèchement Justin tandis qu'elle s'asseyait en face de lui.

Il trônait derrière son bureau, le regard perdu au-delà de la fenêtre, l'air ténébreux, comme s'il posait pour une revue de mode.

« Oh… »

Candice perdit ses moyens. Justin avait le chic pour la prendre en tort. Elle devait taper la liste dans la matinée, mais aider Heather avait constitué sa priorité.

« J'y travaille, dit-elle.

— Hum. » Il pivota dans son fauteuil pour lui faire face. « Tu deviens coutumière de la procrastination, à ce que je constate…

— Quoi ? s'indigna Candice. Pas du tout ! C'est la première fois que je prends un peu de retard ! Et il ne s'agit que d'une liste, pas d'un édito.

— Hum », répéta Justin en lui lançant un regard pénétrant.

Candice se raidit, excédée. Elle décida de changer de sujet.

« Alors, tu te plais dans tes nouvelles fonctions de rédacteur en chef ?

— Beaucoup », dit-il en hochant gravement la tête.

Posant les coudes sur son bureau, il plaça délicatement ses mains l'une contre l'autre, les doigts écartés.

« Vois-tu, je joue désormais le rôle de…

— Daniel Barenboïm ? railla Candice, avant de se mordre la langue. Pardon, c'était déplacé.

— … de redresseur de torts, poursuivit Justin, agacé. J'entends mettre en œuvre des mesures de contrôle impromptu afin d'identifier les failles de nos processus.

— Ah ? Il y a des failles dans nos processus ?

— Je m'attache à analyser la gestion de ce magazine depuis que j'ai accédé à mon poste… »

… Et pourquoi pas au pouvoir, songea Candice, écœurée. Il ne lui reste plus qu'à se proclamer empereur !

« … Et j'ai décelé de nombreuses imperfections qui ont échappé à la vigilance de Maggie.

— Vraiment ? »

Candice croisa les bras. Son expression trahissait clairement tout le mépris qu'il lui inspirait.

« Comme ça, au bout de quelques semaines, tu te figures déjà être meilleur qu'elle ?

— Ne déforme pas mes propos. » Il marqua une pause. « Il ne fait pas l'ombre d'un doute que Maggie est pétrie de talent et de compétence...

— Ralph semble partager cette opinion, fit Candice, loyale. Il lui a fait expédier un magnum de champagne.

— Ce n'est que justice. »

Justin s'enfonça confortablement dans son fauteuil, et poursuivit :

« Tu sais qu'il prend sa retraite anticipée dans quelques semaines ?

— Hein ?

— J'ai eu la nouvelle ce matin. Il souhaite passer plus de temps avec sa famille, à ce que j'ai compris. Nous allons donc changer de direction. Le fils de Ralph va vraisemblablement lui succéder. Il doit venir la semaine prochaine.

— Mince alors ! s'exclama Candice, abasourdie. Je ne savais pas... Maggie est au courant ?

— J'en doute. Comment le saurait-elle ? Par ailleurs, elle a d'autres chats à fouetter. »

Parfaitement indifférent, il but une gorgée de café puis jeta un coup d'œil par-dessus son épaule en direction du plateau.

« À propos, elle se débrouille bien, ta copine.

— Qui, Heather ? demanda Candice, toute fière. Tu vois ! Je te l'avais bien dit, qu'elle serait parfaite pour le poste. »

Suivant le regard de Justin, elle croisa celui de Heather et lui sourit.

« Elle m'a soumis une excellente idée d'article, l'autre jour, continuait Justin. Cette petite a du flair.

— Ah ? demanda Candice, curieuse. Quoi donc ?

— Le shopping en nocturne. Elle proposait d'y consacrer une page ou deux...

149

— Pardon ?

— Dans la rubrique "Arts de vivre". On organiserait un shooting dans un grand magasin ou un centre commercial, on interviewerait quelques clients... »

Devant l'air consterné de Candice, Justin fronça les sourcils :

« Eh bien, quoi ? Tu désapprouves ?

— Non ! Pas du tout, bredouilla Candice, les joues en feu. Mais... »

Elle s'interrompit. Que pouvait-elle dire sans compromettre Heather ?

« Mais quoi ?

— Rien. C'est une très bonne idée. »

Elle se retourna vers la vitre mais Heather avait quitté le plateau.

Près de la machine à café, Heather s'entretenait avec Kelly, la secrétaire éditoriale. Elle avait seize ans, de longues jambes maigrichonnes, un visage émacié et un regard de fouine. Son but dans la vie : colporter des bruits de couloirs.

« T'avais l'air de travailler dur, ce matin, dit-elle en appuyant sur le bouton "chocolat chaud". Je t'ai vue, tu tapais à une de ces vitesses ! »

Heather sourit et s'appuya contre la machine. Kelly ne lâchait pas le morceau :

« T'as envoyé des tas de trucs à Candice, aussi – pas vrai ?

— Oui, admit Heather, méfiante. Comment tu le sais ?

— Par les accusés de réception de vos boîtes e-mail : ils ont sonné toute la matinée ! »

Elle pouffa et prit son gobelet en polystyrène rempli d'une boisson chocolatée brûlante.

« Tu n'as pas les yeux dans ta poche », observa Heather.

Elle sélectionna « café crème », et se mit à chuchoter :

« Et tu sais ce que c'était, ces e-mails ?

— Non, quoi ? demanda Kelly, tout excitée.

— Candice tient absolument à contrôler tout ce que je produis. Elle m'oblige à lui faire relire tout mon travail.

— Non ? Mais pourquoi ?

— Je ne sais pas... Elle doit trouver que je ne suis pas à la hauteur...

— Elle manque pas d'air ! À ta place, je me laisserais pas faire ! » Elle souffla sur son chocolat. « Je vais te dire, cette Candice, elle me revient pas.

— Vraiment ? »

Heather se rapprocha insidieusement de Kelly, et ajouta :

« Dis-moi, tu es libre à déjeuner ? »

Installée à sa petite table pliante devant une copieuse portion de bœuf Strogonoff, Roxanne lança à Ralph un regard accusateur.

« Ça ne peut plus durer, ces dîners ! Je vais bientôt ressembler à une baleine !

— N'importe quoi, dit Ralph en caressant la cuisse de Roxanne. Tu es parfaite.

— Mouais, tu ne m'as pas vue en bikini...

— Je t'ai vue sans bikini !

— Je voulais dire sur la plage. Entourée de minettes de quinze ans. À Chypre, c'était l'invasion : partout, des ados anorexiques, tout en jambes, avec leurs grands yeux de biche marron...

— Je déteste les yeux marron, dit Ralph poliment.

— Mais tu as les yeux marron ! lui fit remarquer Roxanne.

— Je sais. Je les déteste. »

Roxanne éclata de rire. Elle s'appuya contre le dossier de sa chaise et posa les pieds sur les genoux de Ralph. Il entreprit de les masser et elle sentit à nouveau palpiter en elle cette étrange sensation – l'espoir. Ralph s'était libéré exceptionnellement pour dîner avec elle ; quelques jours plus tôt il lui avait offert des fleurs. Elle ne rêvait pas : quelque chose avait changé. Depuis qu'elle était rentrée de Chypre, il se comportait différemment. L'espoir... Il pétillait en elle comme une boule de sorbet dans une coupe de champagne. Elle n'essayait même plus de cacher son bonheur.

« Au fait, comment s'est passé ton voyage ? Je ne te l'ai même pas demandé, dit-il en lui caressant les orteils. Comme d'habitude ?

— C'est ça, la routine. »

Elle se pencha pour attraper son verre et en but une longue gorgée, puis reprit la parole :

« Enfin, à un détail près. Tu ne devineras jamais. Nico Georgiou veut m'embaucher !

— Il t'a offert du travail ? À Chypre ?

— Oui. Pour assurer la promotion de son nouveau complexe hôtelier. Un poste de responsable marketing ou quelque chose dans le genre. »

Roxanne secoua sa crinière et lança à Ralph un regard de défi.

« Le salaire est alléchant... Qu'est-ce que tu en dis ? J'accepte ? »

Au fil des ans, elle l'avait souvent taquiné ainsi. Elle mentionnait des offres d'emploi en Écosse, en Espagne, aux États-Unis – certaines réelles, d'autres inventées de toutes pièces. C'était un jeu entre eux, mais pas uniquement : elle s'en servait aussi pour lui rappeler qu'elle restait avec lui par choix, et non par défaut. Et, pour être complètement honnête, elle en jouait aussi pour le blesser. Elle avait besoin de le voir se décomposer, éprouver pendant une fraction de seconde le sentiment d'abandon qui s'emparait d'elle chaque fois qu'il la quittait.

Aujourd'hui, c'était un test. Un défi. Une manière de le forcer à reparler d'avenir.

152

« Il m'a envoyé une caisse de clémentines, ajouta-t-elle en pointant du doigt le saladier. Ça a l'air sérieux. Alors ? Je dis oui ? »

Il allait s'emporter, comme d'habitude, la sommer d'envoyer paître Nico. Ou peut-être que cette fois il lui prendrait les mains et lui redemanderait où elle se voyait dans un an. Mais non. Ralph se contenta de la dévisager. Enfin, il se racla la gorge et demanda :

« Tu envisages d'accepter ?

— Bon sang, Ralph, je plaisantais ! se récria Roxanne, déçue. C'est hors de question.

— Pourquoi ? » Ralph se pencha vers elle. Une expression mystérieuse creusait ses traits. « Le poste n'est pas intéressant ? insista-t-il.

— Très, au contraire, répliqua Roxanne en cherchant ses cigarettes. Pour ta gouverne, c'est un job en or. Et ils sont prêts à tout pour me convaincre. Même à m'offrir une maison ! » Elle alluma sa cigarette et le toisa à travers l'écran de fumée. « Les Publications Allsopp ne m'ont encore jamais fait miroiter de biens immobiliers...

— Alors... Qu'est-ce que tu as répondu à Nico ? »

Ralph avait les doigts entrelacés, comme s'il priait.

« La même chose qu'aux autres : merci, sans façon.

— Tu as refusé ?...

— Évidemment ! Pourquoi ? Je n'aurais pas dû ? »

Il ne répondit pas. Remarquant son air lugubre, Roxanne blêmit. Elle eut un rictus.

« Tu penses que j'aurais dû dire oui ? Tu te paies ma tête !

— Peut-être qu'il est temps pour toi d'évoluer vers de nouveaux horizons, dit Ralph en tendant une main tremblante vers son verre. D'explorer de nouvelles opportunités. Je t'ai retenue trop longtemps. J'ai freiné ta carrière.

— Ralph, arrête de dire n'importe quoi.

— Est-ce qu'il est trop tard ? Tu pourrais rappeler Nico et lui dire que tu as changé d'avis. »

Ce fut comme une gifle. Roxanne en resta médusée.

« Je pourrais, en effet, dit-elle enfin, toujours sous le choc. En théorie. »

Elle repoussa nerveusement une mèche de cheveux. Comment en étaient-ils arrivés à avoir cette conversation ?

« C'est ce que tu veux ? Tu... Tu as envie que j'accepte l'offre ? » Sa voix se brisa. « Ralph ? »

Après une pause, il la regarda dans les yeux et lui dit : « Oui. Je pense que tu devrais accepter. »

Un silence pesant s'installa. C'est un cauchemar, pensa Roxanne. Je vais me réveiller !

« Je... Je ne comprends pas, articula-t-elle enfin, s'efforçant de garder son sang-froid. Ralph, qu'est-ce qui se passe ? Tu parlais d'avenir. De plages de sable blanc !

— C'est toi qui parlais de plages...

— Parce que tu avais lancé le sujet ! s'écria Roxanne, furieuse. Merde !

— C'est vrai, c'est moi qui t'ai posé la question. Mais... Je rêvais tout haut. Ce n'était qu'un fantasme. Là, je te parle de ta vie. Une occasion se présente pour toi... Tu devrais la saisir.

— Je m'en contrefiche, de cette occasion ! » Elle sentait monter les larmes, et serra les dents. « Et nous ? Qu'est-ce qu'on devient, nous ?

— Il faut que je te dise quelque chose, déclara soudain Ralph. Quelque chose qui va... changer la donne, pour toi et moi. »

Il se leva, s'approcha de la fenêtre, puis se retourna vers elle.

« Je prends ma retraite, Roxanne, annonça-t-il, austère. Je pars vivre à la campagne. J'ai envie de passer plus de temps avec ma famille. »

Roxanne le fixait, assommée. Il lui fallut un certain temps pour comprendre ce qu'il venait de dire. Quand enfin le jour se fit dans son esprit, une douleur foudroyante lui transperça la poitrine.

« Alors, c'est fini, murmura-t-elle, la gorge sèche. Tu t'es bien amusé mais tu t'es lassé et tu rentres chez bobonne ? »

Ils se turent tous les deux.

« On peut voir ça comme ça », concéda-t-il enfin.

Il croisa son regard et se détourna prestement.

« Non, dit Roxanne, dont le corps tout entier commençait à trembler. Non ! Je ne te laisserai pas. Tu n'as pas le droit ! »

Avec un sourire désespéré, elle ajouta :

« Tu ne peux pas me quitter, pas comme ça !

— Va à Chypre, dit Ralph d'une voix rauque. Tu t'y construiras une nouvelle vie – une vie heureuse. Loin... Loin de tout ça. » Il porta une main à son front, se frotta les tempes. « C'est ce qu'il y a de mieux, Roxanne.

— Ce n'est pas ce que tu veux. Pas pour de vrai. Dis-moi que c'est une blague ! »

Elle perdait le contrôle, la tête lui tournait. Un peu plus et elle se traînerait à ses pieds.

« Tu plaisantes, dit-elle en hoquetant. Hein ?

— Non, Roxanne. Je ne plaisante pas.

— Mais tu m'aimes ! » Son sourire s'étira en une grimace et les larmes commencèrent à rouler sur ses joues. « Tu m'aimes, Ralph !

— Oui, répondit Ralph d'une voix étranglée. Je t'aime. Je t'aime, Roxanne. Ne l'oublie jamais. »

Il s'approcha d'elle, prit ses mains entre les siennes et les embrassa passionnément. Puis, sans un mot, il prit son manteau et sortit.

Anéantie, elle le regarda s'éloigner, entendit la porte se refermer. Elle resta un instant immobile, livide, grelottante, comme si elle allait vomir. Puis elle attrapa un coussin, le plaqua contre son visage et poussa un long cri muet.

11

Maggie s'adossa à la barrière, ferma les yeux et respira l'air pur de la campagne. La matinée touchait à sa fin, le soleil approchait du zénith dans l'azur immaculé et un doux parfum d'été flottait sur la brise. Dans une autre vie, cette embellie l'aurait enchantée – mieux : revigorée. Ce jour-là, cependant, seule dans son pré avec son landau et son bébé, elle tombait d'épuisement.

Le teint cireux, les traits tirés par le manque de sommeil, Maggie avait en permanence les nerfs à vif et les larmes aux yeux. Lucia se réveillait affamée toutes les deux heures. Elle ne l'allaitait pas au lit, de peur de déranger Giles, qui travaillait dur et avait besoin de récupérer. Elle passait donc ses nuits dans la nursery, à somnoler dans le fauteuil à bascule pendant que la petite tétait, à sursauter violemment lorsqu'elle se remettait à pleurer. À l'aube, Lucia dans les bras, elle regagnait d'un pas lourd la chambre à coucher où Giles était étendu dans leur lit king-size.

« Bonjour, disait-il alors, un peu vaseux mais heureux. Comment vont mes petites femmes ?

— Très bien », répondait-elle chaque matin.

À quoi bon lui confier sa lassitude ? Giles ne pouvait ni nourrir la petite à sa place, ni lui faire faire ses nuits. De plus, Maggie trouvait dans son stoïcisme un certain plaisir. Elle s'obstinait à sourire, à raconter à Giles que tout allait pour le mieux dans le meilleur des mondes et triomphait de le duper si facilement. Lui téléphonait à ses amis pour leur vanter les mérites de son épouse, mère parfaite gérant la situation de main de maître, et lorsqu'il l'appelait il ne manquait jamais en raccrochant de l'embrasser tendrement et de lui transmettre leurs félicitations. « Maman de l'année ! l'avait-il flattée, un soir. Je le savais ! » Il était si fier d'elle... Maggie n'avait pas le cœur de le détromper.

Alors, elle se contentait de lui tendre sa fille et de se glisser sous la couette chaude, retenant des larmes de soulagement. Son salut résidait dans cette demi-heure quotidienne. Giles jouait avec Lucia, et Maggie croisait son regard au-dessus du petit crâne duveteux. Alors s'emparait d'elle un amour dévorant, presque douloureux.

Puis Giles s'habillait, les embrassait toutes les deux, partait travailler, et Maggie restait seule pour le restant de la journée. Des heures et des heures sans rien d'autre à faire que s'occuper d'un tout petit bébé. Ça n'avait pas l'air sorcier.

Alors, d'où provenait son accablement ? Pourquoi la moindre tâche devenait-elle insurmontable ? Exténuée, il lui semblait évoluer dans un épais brouillard qui ne devait plus jamais se dissiper. Et non seulement ses nuits blanches lui pompaient toute son énergie, mais elles la privaient également de son sens de l'humour. Des brou-tilles qui l'auraient autrefois à peine agacée l'horripilaient, des contrariétés dont elle se serait amusée déclenchaient désormais en elle une véritable panique.

La veille, il lui avait fallu toute la matinée pour habiller Lucia, l'installer dans le siège bébé et se mettre en route pour le supermarché. Sur place, elle avait dû s'interrompre pour allaiter dans les toilettes publiques. Plus tard, comme elle faisait la queue à la caisse, Lucia s'était mise à pleurer, attirant tous les regards. Mortifiée, Maggie avait tenté de la calmer, en vain : la petite s'époumonait de plus belle, si bien qu'en un rien de temps tout le magasin avait les yeux braqués sur elles. Enfin, une Mme Je-sais-tout de service s'était retournée pour décréter : « Il a faim, le pauvre loulou ! » À sa grande horreur, Maggie s'était entendue rétorquer : « N'importe quoi, je viens de l'allaiter ! Et d'abord, c'est une fille ! » Pantelante, elle avait empoigné le couffin et détalé, laissant derrière elle un Caddie plein et une foule hébétée.

À présent, elle se repassait les événements dans sa tête et broyait du noir. Fallait-il qu'elle soit incompétente pour se laisser ainsi démonter ! Et par quoi ? Une simple virée au supermarché ! Alors que des milliers de mamans flânaient, insouciantes, dans les rues, bavardaient avec leurs amies aux terrasses de cafés, leurs bébés endormis à leurs côtés. Maggie enviait leur sérénité. Jamais elle n'aurait osé mettre les pieds dans un salon de thé : elle craignait bien trop les vagissements de Lucia et les regards en coin des consommateurs désireux de siroter leur boisson en paix. Des regards irrités, lourds de jugement. Ceux-là mêmes qu'elle avait souvent lancés, récemment encore, aux jeunes mères de garnements trop bruyants.

Qu'il était tentant de se replonger dans le souvenir de sa vie d'avant... Elle n'avait qu'une envie : se tapir dans un coin et s'apitoyer sur son sort. Mais bien sûr, Lucia choisit ce moment pour se manifester par de petits gémissements plaintifs, à peine audibles, par-dessus le bruissement du vent. Maggie rouvrit les yeux, ivre de lassitude. Ce petit cri la harcelait à toute heure du jour et de la nuit, perçant ses rêves, couvrant le bruit de la bouilloire électrique, celui de son bain qui coulait.

« D'accord, chaton, dit-elle à voix haute. On rentre. »

Ce matin-là, Giles lui avait suggéré d'emmener la petite faire un tour et, comme il faisait beau, elle s'était laissé convaincre. À présent, poussant son landau de motte de terre en flaque de boue, elle s'en mordait les doigts : la campagne tenait du parcours du combattant. Et qu'avait-il de si exceptionnel, l'air de la campagne ? Il sentait le crottin !

Maggie secoua le landau, qui s'était pris dans des ronces. Surprise par ces turbulences inhabituelles, Lucia se mit à geindre à fendre l'âme.

« Pardon, chaton ! » dit Maggie, toujours aux prises avec le buisson.

Elle tira d'un coup sec, dégagea enfin la roue et se hâta de rentrer.

« Et voilà. On va changer ta couche et te donner à manger. »

Elle parlait à un nourrisson de quatre semaines. Autant dire qu'elle parlait toute seule. Maggie prit sa fille dans ses bras et monta les marches quatre à quatre. Perdait-elle la raison ? Lucia s'égosillait, tandis que Maggie piquait un sprint jusqu'à la nursery. Elle plaça la petite sur la table à langer, déboutonna sa combinaison et grimaça : elle était trempée.

« Courage, susurra-t-elle. Ça ne sera pas long... »

Elle retira la combinaison et s'attaqua à la grenouillère, maudissant ses doigts malhabiles. Lucia criait de plus en plus fort, de plus en plus vite, haletant, hoquetant, ses petits yeux pleins de larmes. Maggie en perdait tous ses moyens.

« Il faut juste que je te change, Lucia ! »

Elle arracha la couche sale, la jeta par terre et tendit la main pour en attraper une propre : l'étagère était vide. Où étaient les couches ? Soudain, la mémoire lui revint : elle avait pris la dernière avant d'emmener Lucia se promener, en se promettant d'ouvrir une nouvelle boîte et de remplir l'étagère... Mais elle avait oublié.

« N'aie pas peur, poussin, maman revient. »

Maggie transpirait, ses cheveux lui collaient au visage. Elle posa Lucia en sécurité sur le sol, portant ainsi ses hurlements à leur paroxysme. Ils lui fendaient le crâne comme le son d'une perceuse électrique.

« Lucia, pitié, tais-toi ! dit-elle, un peu plus fort qu'elle ne l'aurait voulu. Je vais juste te chercher une couche ! Je me dépêche, promis ! »

Elle courut jusqu'à la chambre où s'entassaient les boîtes de couches et entreprit d'en déchirer le carton. Quand elle en fut enfin venue à bout, elle s'aperçut que chaque couche était emballée dans une poche en plastique individuelle.

« Merde ! » lâcha-t-elle avant d'en attraper une et de s'y attaquer fébrilement avec les ongles.

Victoire ! Elle tenait une couche. D'un bond, elle se releva et refit au pas de course le trajet jusqu'à la nursery, où Lucia braillait toujours.

« J'arrive, j'arrive ! »

Maggie s'agenouilla par terre et la changea en un temps record puis, le bébé sous le bras, se rua vers le fauteuil à bascule – depuis que les feulements de Lucia lui résonnaient directement dans les tympans, chaque seconde comptait. Elle passa une main sous son pull pour dégrafer son soutien-gorge, mais l'attache était coincée. Elle poussa un cri de rage, cala l'enfant sur ses genoux et refit un essai, à deux mains cette fois, tout en s'efforçant de ne pas perdre patience. Les cris de Lucia, plus hachés et stridents que jamais, évoquaient désormais un 33-tours passé à la fréquence d'un 45.

« Oui, ça vient, s'énerva Maggie en entortillant désespérément son soutien-gorge. Je fais ce que je peux ! Lucia, tais-toi ! *Pitié !*

— Baissez le ton, mon petit. Lucia n'y est pour rien », fit une voix à la porte.

Maggie leva le nez, horrifiée, et blêmit. Raide comme la justice, la bouche pincée, Paddy Drakeford l'observait d'un air critique.

Une tasse de café à la main, Candice tentait en vain de suivre les manipulations du technicien qui examinait son ordinateur.

« Hum, fit-il. Vous n'avez pas d'antivirus ?

— Euh… Je ne sais pas, avoua Candice. C'est de là que vient le problème ? C'est un bug ?

— Difficile à dire… »

Il pianota sur le clavier et Candice en profita pour consulter sa montre. Déjà onze heures ! Quand elle avait appelé sa hotline, elle pensait régler le problème en quelques minutes. Mais il avait fallu lui envoyer un dépanneur, qui n'était pas arrivé avant dix heures et quart. Depuis, il s'affairait sur son PC et semblait en avoir pour la journée. Elle avait téléphoné à Justin pour lui signaler son retard et il n'avait pas caché son mécontentement.

« Au fait, Heather aimerait que tu lui apportes son classeur bleu, avait-il ajouté. Tu veux que je te la passe ?

— Euh, non merci, je dois y aller. »

Elle avait raccroché en vitesse et soupiré de soulagement. Aussi ridicule que cela fût, le nom de Heather la mettait mal à l'aise. Elle avait besoin de s'éclaircir les idées.

En apparence, toutes deux étaient toujours les meilleures amies du monde, mais le doute s'était insinué dans l'esprit de Candice. Roxanne et Maggie avaient-elles vu juste ? Se faisait-elle exploiter ? Heather n'avait toujours pas abordé la question du loyer. Elle l'avait à peine remerciée pour son aide au travail. Et puis… Candice tressaillit. Heather lui avait piqué son idée. Celle sur le shopping en nocturne. Elle se l'était purement et simplement appropriée.

Candice en avait l'estomac noué. Il fallait tirer cette affaire au clair. Il aurait suffi pour cela d'aborder le sujet avec elle et d'écouter sa version des faits. Peut-être s'agissait-il d'un malentendu. Peut-être ne mesurait-elle pas la gravité de son acte. Il y avait sûrement une explication.

Mais depuis une semaine, Candice repoussait l'échéance. La perspective d'accuser Heather, de se disputer avec elle, peut-être, l'épouvantait. Tout se passait si bien entre elles, fallait-il vraiment risquer leur amitié pour si peu ?

Aussi essayait-elle de tourner la page. Mais ses soupçons persistaient.

« Vous téléchargez souvent ? demanda l'informaticien.

— Jamais ! Enfin… J'ai essayé une fois mais je n'y suis pas arrivée. Ça compte ? »

Il soupira. Candice se sentait complètement idiote. Soudain, la sonnette retentit – sauvée par le gong !

« Je vous prie de m'excuser… »

Ed se tenait sur le palier en short, vieux tee-shirt et espadrilles avachies.

« Parle-moi de ta coloc, ordonna-t-il sans préambule.

— Ed. Bonjour. Que pourrais-je te dire ? On habite ensemble. Une pratique assez courante chez les colocataires.

— Sans blague. Mais elle sort d'où ? Elle est comment ? » Ed passa sa tête par la porte de l'appartement de Candice et renifla. « T'as fait du café ?

— Oui. Mais il est froid.

— Ça sent toujours bon chez toi. Une vraie pâtisserie. Chez moi, ça pue l'étable.

— Tu fais le ménage de temps en temps ?

— Je paie une dame pour ça… » Il passa un pied dans la porte et renifla avec ostentation. « Allez, Candice, sois cool. File-moi du caoua.

— Bon, tu as gagné. Entre. »

La compagnie d'Ed valait toujours mieux que celle du réparateur.

« Quand ta copine est partie sans toi, ce matin, dit Ed en la suivant à la cuisine, j'ai flairé l'occasion de m'incruster.

— Comment ? Tu n'as donc pas de grands projets pour la journée ? Pas de propriété à visiter ? de jeu télévisé à regarder ?

162

— Ne remue pas le couteau dans la plaie, grogna Ed, qui se mit à jouer avec la salière. Ce fichu congé de jardinage me rend maboul !

— Pourquoi ?

— Je m'ennuie ! » Ed versa un petit tas de sel sur la table et y traça ses initiales. « Comme un rat mort !

— Tu n'as donc aucun hobby ? » Elle lui arracha la salière des mains. « Aucune passion ?

— Que dalle ! Je m'ennuie tellement qu'hier je suis allé au musée. Tu te rends compte ?

— Tiens ? Lequel ?

— Aucune idée. Celui avec de gros fauteuils moelleux. »

Candice le lorgna un moment, puis leva les yeux au ciel et s'éloigna pour remplir la bouilloire. Ed affichait un large sourire. Il se leva, se mit à fureter et tomba sur une photo épinglée à un tableau en liège.

« C'est qui, ce gamin ?

— Un petit Cambodgien que je parraine.

— Il s'appelle comment ?

— Pin Fu. Non, Ju. Pin Ju.

— Tu lui envoies des cadeaux à Noël ?

— L'association s'y oppose, expliqua Candice en dosant le café. De toute façon, il se moque de nos futilités occidentales.

— Tu rigoles ? Je parie qu'il rêve d'un masque de Dark Vador. Tu l'as rencontré ?

— Non.

— Tu lui as parlé au téléphone ?

— Non. Ne dis pas de bêtises.

— Alors comment tu sais qu'il existe ?

— Quoi ? Bien sûr, qu'il existe ! Tu en as la preuve sous le nez. »

Ed lui lança un regard malicieux :

« Dis-moi, tu ne serais pas un peu crédule sur les bords ? Ils envoient sans doute la même photo à tous les pigeons dans ton genre ! En changeant le prénom de temps en temps pour brouiller les pistes. Et ils empochent tout le fric ! À moins que Pin Ju ne t'envoie des factures personnalisées ? »

Candice ne répondit pas : parfois, Ed n'en valait pas la peine. Elle versa l'eau bouillante dans la cafetière et une bonne odeur emplit la pièce.

« Tu ne m'as toujours pas parlé de Heather », lui rappela son voisin en se rasseyant.

À nouveau, Candice se crispa.

« Que veux-tu savoir ?

— Tu la connais comment ?

— C'est une vieille amie.

— Ah, ouais ? Alors pourquoi je ne l'avais jamais vue avant qu'elle emménage ? » Ed s'approcha, curieux. « Tu n'avais jamais parlé d'elle...

— On... On avait perdu le contact, éluda Candice, sur la sellette. En quoi ça t'intéresse ?

— Je ne sais pas... Elle m'intrigue.

— Alors invite-la à dîner ! dit sèchement Candice.

— Ma foi, pourquoi pas ? »

Un silence oppressant s'installa dans la cuisine. Candice tendit son café à Ed, qui se mit à le lamper à grand bruit.

« Si tu n'y vois pas d'inconvénient, ajouta-t-il enfin, l'œil coquin.

— Moi ? Je m'en moque !

— Excusez-moi, les interrompit l'informaticien.

— Ah ! Vous avez trouvé l'origine du problème ? demanda Candice.

— Un virus, annonça-t-il gravement. Il a tout infecté.

— Oh, non ! Vous ne pouvez rien faire ?

— Malheureusement, non. Pas à ce stade. Ils sont bien conçus, ces virus. Indétectables jusqu'à ce qu'il soit trop tard. Je peux essayer de récupérer quelques fichiers, mais... mademoiselle Brewin, la prochaine fois, pensez à vous protéger. »

Mortifiée, Maggie se terrait au bout de la table de la cuisine. Paddy, quant à elle, s'affairait : elle remplit la théière puis se pencha au-dessus du couffin.

« Elle dort, confirma-t-elle. Ça fatigue, de pleurer ! »

Le reproche implicite n'échappa guère à Maggie, qui rougit. Elle évitait le regard de sa belle-mère, de peur d'y retrouver cet air épouvanté. Elle aurait voulu l'y voir ! Privée de sommeil depuis des semaines, elle aurait craqué, elle aussi ! Mais Maggie tenait sa langue. Du bout du doigt, elle suivait les sillons du bois de la table, inlassablement. Et tant que Paddy resterait, elle ne changerait pas d'attitude. Elle serra le poing.

Après son entrée théâtrale, sa belle-mère lui avait laissé un peu d'intimité pour qu'elle allaite et Maggie s'était retrouvée seule et malheureuse comme une enfant punie. En descendant, Lucia dans les bras, elle avait trouvé la cuisine rangée, le lave-vaisselle rempli et le carrelage lavé. Ce qu'elle avait interprété comme une nouvelle critique : seule une mère indigne tolère un tel capharnaüm. Une bonne mère trouve toujours du temps à consacrer aux tâches ménagères.

« Et voilà, dit Paddy en lui apportant une tasse de thé. Prenez-vous du sucre ?

— Non, merci, marmonna Maggie sans lever la tête. Je suis au régime.

— Vraiment ? s'étonna Paddy, la théière à la main. Quand j'allaitais, je mangeais comme quatre, de peur d'affamer mes fils. »

Elle rit doucement et Maggie conçut soudain à son égard une haine farouche. L'accusait-elle à présent de négliger l'alimentation de sa fille ? De produire un lait de qualité inférieure ?

« Comment se passent les nuits ?

— Bien, dit Maggie, qui fulminait, le nez dans sa tasse.

— Et pour l'allaitement ? Vous avez imposé à la petite un rythme régulier ?

— Non. Mais de nos jours, ce n'est plus recommandé. » Elle avança le menton avec défi. « De nos jours, on nourrit les bébés quand ils ont faim. On s'adapte à leur rythme naturel.

— Je vois, dit Paddy avec le même petit rire. Tout a changé depuis mon époque ! »

Maggie ne releva pas sa remarque. Elle buvait son thé en regardant fixement par la fenêtre.

« Quel dommage que vos parents n'aient pas pu prolonger leur séjour », poursuivit Paddy.

Maggie tiqua. Pourquoi cette satanée bonne femme s'obstinait-elle à appuyer là où cela faisait mal ? Ses parents lui avaient rendu visite à la maternité mais avaient dû repartir au bout de deux jours : ils travaillaient et la route était longue, du Derbyshire au Hampshire. Ils avaient prodigué à Maggie une foule d'encouragements et de félicitations, promettant de revenir bientôt, et elle avait fait la fière – mais, en vérité, ils lui manquaient et elle pleurait parfois en pensant au doux et bienveillant visage de sa mère. Sa mère qui se trouvait à des kilomètres de là. Ce que cette maudite Paddy se faisait un malin plaisir de lui rappeler.

« Que voulez-vous que je vous dise ? Ils sont très occupés, répliqua-t-elle sans détacher les yeux de la vitre.

— J'imagine. »

Pendant un moment, Paddy se contenta de siroter son thé et de grignoter son biscuit. Puis elle reprit la parole :

« Maggie... »

À contrecœur, Maggie lui fit face :

« Quoi ?

— Vous n'avez jamais pensé à vous faire aider, pour le bébé ? À prendre une nourrice, par exemple ? »

La jeune femme n'en crut pas ses oreilles. Elle n'aurait pas été plus choquée si Paddy lui avait collé une gifle. Elle la trouvait donc vraiment incompétente, incapable de s'occuper seule de son enfant ? Il lui fallait l'aide d'une professionnelle ?

« Non, répondit-elle avec un rire nerveux, proche de l'hystérie. Pourquoi ? Je devrais ?

— C'est à vous de voir. Mais il est vrai que...

— Je préfère m'occuper moi-même de mon bébé, merci bien, dit Maggie d'une voix blanche. Je ne suis peut-être pas parfaite, comme maman, mais...

— Mon petit, je ne sous-entendais rien de tel ! »

Mais Maggie lui tourna le dos et le silence retomba, à peine troublé par le léger ronflement de Lucia.

« Je vous laisse, dit enfin Paddy. Je ne voudrais pas vous imposer ma présence. »

Maggie haussa les épaules :

« OK. »

Paddy rassembla ses affaires, non sans jeter à sa bru quelques regards inquiets.

« Bon... Vous savez où me trouver. Au revoir, mon petit.

— Au revoir », répondit-elle avec la plus totale indifférence.

Maggie l'écouta ouvrir la portière de sa voiture, démarrer et s'éloigner dans un crissement de gravier. Puis, quand elle eut complètement disparu, dans le silence revenu, elle éclata en sanglots.

12

Assise sur un banc de Kensington Square, le dos voûté, le visage emmitouflé dans un foulard, Roxanne fixait sur le trottoir d'en face une grande maison étroite aux rambardes noires et à la porte bleue. La maison de Ralph. Combien de fois l'avait-elle observée de l'extérieur, pestant et pleurant, sans jamais y pénétrer ? Elle ne les comptait plus.

Au début, elle venait souvent en secret s'installer avec un livre sur ce même banc, sous les arbres. Elle y demeurait des heures d'affilée sans décoller les yeux de cette façade derrière laquelle évoluaient Ralph, sa femme et ses enfants. Elle avait mémorisé les contours de la moindre brique de l'édifice, du moindre pavé de l'allée. Et, toujours, elle espérait le voir. Ou la voir, elle. Ou n'importe quel autre membre de sa famille.

À cette époque, Cynthia habitait encore leur résidence londonienne. Roxanne la voyait régulièrement monter ou descendre les marches du perron avec Sebastian, tous deux vêtus d'élégants trenchs marine assortis. Sans doute de chez Harrods. La camionnette du magasin effectuait chez les Allsopp de fréquentes livraisons.

Quand la porte d'entrée s'ouvrait, Roxanne se figeait et reposait son livre. Cynthia Allsopp, dédaigneuse et racée. Flanquée de son fils, le petit Sebastian, les cheveux sagement coupés au bol. Ils partaient parfois se promener à pied ou prenaient la voiture. Qu'importe : Roxanne n'en

perdait pas une miette. Elle remarquait tout nouveau vêtement, toute nouvelle coiffure. Enregistrait toute parole
surprise. Consignait chaque information glanée. Cynthia
lui inspirait un mélange de dégoût et de fascination. Ainsi
qu'une profonde tristesse. Parce qu'elle était son épouse.
Cette femme distinguée et sans âme était *sa* femme. Elle,
Roxanne Miller, n'était que sa maîtresse. Vile et vulgaire.
Les espionner ainsi à leur insu l'électrisait et lui procurait
même un étrange sentiment de puissance, mais cela ne
durait pas. Très vite, elle n'éprouvait plus qu'un grand
vide intérieur. Elle ressortait de l'expérience éteinte et
désespérée.

Pourtant, elle s'était entêtée. Incapable de résister à
l'attrait de cette porte bleue, à la commodité de son poste
d'observation. Jusqu'à ce jour horrible où Ralph, sur le
perron, un carton de livres dans les bras, avait par hasard
regardé dans sa direction et l'avait aperçue. Elle s'était
instinctivement recroquevillée, le cœur battant, priant pour
qu'il ne trahisse pas sa position. Il fallait le reconnaître, il
avait gardé son sang-froid – sur le moment. Au téléphone,
ce soir-là, ç'avait été une autre histoire. Il était hors de lui.
Roxanne avait dû supplier, négocier, promettre de ne plus
recommencer. Et elle avait tenu sa promesse.

Jusqu'à ce jour. À présent, peu lui importait qu'on la
repère. Au contraire : elle voulait qu'on la voie. Par une
cruelle ironie du sort, désormais, sa présence ne représentait plus une menace pour personne : les fenêtres étaient
sombres, la maison vide. Cynthia n'y habitait plus. Elle
était partie avec le petit s'installer dans leur fichu manoir
à la campagne. Seuls les soldes chez Harrods l'attiraient
encore à Londres deux à trois fois par an. Roxanne sortit
ses cigarettes et fouilla dans sa poche à la recherche d'un
briquet. Le manoir… Sebastian à dos de poney… La belle
vie. Celle qu'il lui préférait.

Roxanne tira une longue bouffée de tabac et expira.
Elle refusait de se remettre à pleurer – elle avait gâché

suffisamment de maquillage comme ça. Pendant deux semaines, elle était restée cloîtrée chez elle à boire de la vodka en jogging informe. Ses activités se résumaient à regarder par la fenêtre, pleurer et se taire. Elle laissait le téléphone sonner et écoutait les messages accumulés sur son répondeur comme des mouches mortes. Des messages creux et insipides de gens sans intérêt. Le soir où Justin l'avait appelée pour l'inviter au pot de départ de Ralph, il lui avait semblé recevoir une décharge électrique. C'était donc vrai. Il partait. Pour de bon. Il se tirait ! Elle s'était remise à pleurer.

Candice lui avait laissé d'innombrables messages, elle aussi. Ainsi que Maggie. Elle avait failli les rappeler. L'idée de discuter la hérissait mais avec elles, peut-être… Elle était allée jusqu'à soulever le combiné et composer le numéro de Candice, mais elle avait eu le trac : que dire ? Par où commencer ? Et comment s'arrêter, une fois les vannes ouvertes ? Elle s'était mise à trembler – il pesait si lourd, son secret ! Mieux valait le garder pour soi. Se taire. Ce serait plus facile. Après tout, elle s'y exerçait depuis six ans.

Bien sûr, ses amies l'avaient crue partie en voyage. « Ou peut-être que tu roucoules avec ton Homme Marié », avait spéculé Maggie dans l'un de ses messages. En l'entendant, Roxanne avait été prise d'un hoquet nerveux, mi-rire, mi-sanglot. Cette chère Maggie. Si elle avait su ! « Mais on te verra le premier du mois, pas vrai ? Tu ne peux pas nous faire faux bond ! »

Et voilà. On était le premier. Sa montre indiquait dix-huit heures. Dans une demi-heure, elles seraient là. Roxanne songea à ses deux amies – ce qu'il lui restait de plus précieux. Elle écrasa son mégot et se leva d'un bond.

« Je t'emmerde ! cria-t-elle en direction de la façade. Tu m'entends ? Je t'emmerde ! »

Puis elle fit volte-face et s'éloigna d'un pas vif, ses talons claquant sur le trottoir mouillé.

Depuis son fauteuil, Ralph Allsopp scrutait par la fenêtre le square d'en face. La nuit tombait, les lampadaires ne tardèrent pas à s'illuminer. La pièce était un peu sombre, et il alluma une lampe.

« Il y a un problème ? s'enquit Neil Cooper en levant le nez de ses papiers.

— J'ai cru entendre quelque chose. J'ai dû rêver. Poursuivez.

— Très bien. »

Maître Cooper était un jeune homme austère et nerveux.

« Comme je vous le disais, l'option la plus simple dans votre cas consiste à ajouter un codicille à votre testament.

— Je vois. »

Ralph fixait les vitres trempées de pluie, songeant qu'un testament s'apparentait au fond à une famille : ça paraissait simple mais ça ne cessait de s'agrandir et de se complexifier au fil des ans, des naissances et des infidélités, des conflits d'allégeance et de la fortune accumulée. En termes d'épaisseur, le sien ressemblait désormais à un petit roman. Ou plutôt à une saga familiale. Mais non – sa vie ne tenait pas de la traditionnelle saga. Lui avait vécu autre chose...

« Une idylle, murmura-t-il.

— Je vous demande pardon ?

— Rien, dit Ralph en secouant la tête pour en chasser toute pensée intrusive. Un codicille, donc. Pouvons-nous le rédiger dès maintenant ?

— Bien entendu. » L'avocat décapuchonna son stylo, prêt à noter. « Le nom du bénéficiaire, je vous prie ? »

Ralph ferma les yeux un instant puis, inspirant profondément, les rouvrit :

« Roxanne, dit-il en refermant le poing sur son accoudoir. La bénéficiaire se nomme Mlle Roxanne Miller. »

171

Maggie buvait un thé en gare de Waterloo. Son train était arrivé une heure plus tôt. Elle avait prévu de mettre à profit ce battement pour faire un peu de shopping, mais avait dû jouer des coudes dans la salle des pas perdus et rechignait à renouveler l'expérience dans des boutiques bondées. Elle s'était donc installée dans ce café et attendait, assise à sa table en plastique, abasourdie par l'effort que lui avait coûté le trajet. Dire qu'à une époque cela représentait son quotidien !

Elle feuilleta distraitement un magazine acheté au kiosque mais le reposa rapidement, incapable de se concentrer. Étourdie de fatigue, il lui semblait sombrer dans un état second, planant presque. Lucia, souffrant de coliques, n'avait pratiquement pas fermé l'œil. Afin de préserver le sommeil de Giles, Maggie l'avait emmenée le plus loin possible de la chambre à coucher et avait fait les cent pas en la berçant, dans l'espoir d'atténuer ses cris, exercice qui relevait pratiquement du somnambulisme : ses yeux se fermaient tout seuls, elle dormait debout. Puis Giles était parti travailler et, au lieu de se recoucher, Maggie avait passé sa journée à organiser sa sortie du soir – événement qui ne nécessitait autrefois aucun préparatif.

Elle s'était lavé les cheveux, espérant que le jet d'eau la réveillerait, mais ce fut Lucia qui se réveilla au son du sèche-cheveux. Maggie avait dû terminer son brushing en balançant le berceau du bout du pied. Sensible, pour une fois, au comique de la situation, elle avait résolu de la raconter le soir même à ses amies. Mais en ouvrant sa penderie, sa bonne humeur était retombée comme un soufflé. Elle ne rentrait toujours pas dans ses anciens vêtements. Devant elle s'étalaient des dizaines de tenues haute couture immettables. Un vrai supplice de Tantale.

Giles lui avait suggéré de s'acheter quelques vêtements dans la taille au-dessus, mais elle avait refusé : elle ne s'avouerait pas si facilement vaincue ! Elle entendait retrouver rapidement sa taille de guêpe. Son guide de

172

grossesse vantait les vertus amincissantes de l'allaitement : en extrapolant un peu, Maggie en avait déduit qu'elle fondrait en un rien de temps.

Mais sept semaines après la naissance, il lui restait du chemin à parcourir. Son ventre restait flasque, ses hanches difformes et ses seins, gonflés de lait, plus lourds encore qu'avant l'accouchement. En inspectant son reflet empâté, pâlot et bouffi de fatigue, elle avait failli se décommander : elle n'oserait jamais se montrer au Manhattan Bar avec cette dégaine, sûre qu'on la pointerait du doigt ! Elle s'était affalée sur le lit, le visage dans les mains, larmoyante.

Mais elle s'était ressaisie. Elle se comportait comme une midinette : il ne s'agissait pas de jouer les élégantes mais de passer du temps avec ses deux meilleures amies, qui se fichaient bien de son apparence. Reprenant courage, elle était retournée affronter la penderie. Sans un regard pour ses jolies robes d'antan, elle avait choisi quelques basiques noirs passe-partout et les avait étendus sur le couvre-lit, prêts à être enfilés à la dernière minute – si elle les passait plus tôt, Lucia risquait de les salir.

À quatorze heures, Paddy sonna et Maggie la salua froidement. Depuis l'épisode de la nursery, leurs relations s'étaient détériorées. Elles se montraient mutuellement courtoises, mais sans plus. Paddy avait proposé de garder la petite en l'absence de Maggie, qui avait accepté mais, sous leur masque de politesse, la tension était palpable.

Quand Paddy était entrée, elle avait examiné sa bru et froncé les sourcils.

« Mon petit, vous tombez de fatigue ! Vous tenez vraiment à vous imposer ce déplacement à Londres, juste pour quelques cocktails ? »

Ulcérée, Maggie avait serré les dents. Respire, s'était-elle dit. Compte jusqu'à dix. Ne lui aboie pas dessus.

« Oui, avait-elle enfin répondu avec un sourire crispé. C'est important pour moi. Mes amies me manquent.

— C'est le sommeil qui vous manque, si vous voulez mon avis », avait répliqué Paddy en riant.

Décidément, ce petit rire avait le don d'horripiler Maggie.

« Je vous remercie de jouer les baby-sitters, avait-elle répondu, les yeux rivés sur la rampe d'escalier. Je vous en suis très reconnaissante.

— C'est tout naturel ! Je ne demande qu'à rendre service. »

Maggie avait fourni un effort surhumain pour rester aimable.

« J'ai tiré quelques biberons de lait, ils sont au frigo. Il faut les réchauffer au bain-marie. Les casseroles sont prêtes dans la cuisine. Lucia a des coliques. Si elle se met à pleurer, ses gouttes se trouvent sur le…

— Maggie, l'avait interrompue Paddy avec un geste de la main. J'ai élevé trois enfants. Je pense pouvoir me débrouiller. »

Maggie en était restée comme deux ronds de flan. Quel toupet ! Elle avait cherché en vain une réponse cinglante pour lui rabattre le caquet.

« D'accord, avait-elle murmuré d'une voix où affleurait une colère à peine contenue. Je vais me préparer. »

Elle avait gravi les marches comme une fusée. Elle ne tenait plus du tout à aller à Londres. Tout ce qu'elle voulait, c'était se débarrasser de Paddy et passer la soirée seule à cajoler son bébé.

Bien sûr, elle n'en avait rien fait. Elle s'était coiffée, avait enfilé son manteau… Déjà, il lui semblait entendre sa fille pleurer.

Elle ne rêvait pas : de retour au rez-de-chaussée, les cris s'étaient amplifiés. Elle avait couru jusqu'à la cuisine pour y trouver son enfant vagissant dans les bras experts de Paddy.

« Que se passe-t-il ? » avait-elle demandé, inquiète et hors d'haleine.

La sonnette avait alors retenti.

« Rien du tout ! avait répondu Paddy. Voici votre taxi. Passez une bonne soirée ! »

Maggie, horrifiée, fixait les traits contorsionnés de son bébé.

« Je devrais peut-être la reprendre une minute…

— Mais non, voyons ! Tout ira bien, mon petit, je vous le garantis. Ne vous attardez pas, vous allez la perturber. Lucia et moi, nous allons nous promener dans la maison et… Regardez, elle se calme déjà ! »

De fait, Lucia s'était tue. Après un gros bâillement elle avait dardé sur Maggie ses petits yeux pleins de larmes.

« Profitez-en pour filer, avait conseillé Paddy.

— Bon, avait répondu Maggie sans conviction. J'y vais. »

Contre toute attente, elle avait réussi à sortir de la cuisine, traverser le hall et franchir la porte d'entrée. Sitôt qu'elle eut refermé la porte derrière elle, les pleurs avaient repris, mais Maggie était restée forte. Sans faire demi-tour, elle était montée dans le taxi. À la gare, elle était parvenue à sourire au guichetier en achetant son ticket. Mais quand le train s'était ébranlé, elle avait craqué et versé sur son magazine de grosses larmes mêlées de mascara.

À présent, la tête dans les paumes, elle écoutait la voix désincarnée du haut-parleur annoncer retards et numéros de quais et songeait, incrédule, aux bouleversements récents de sa vie. Inutile d'essayer d'expliquer à Candice et Roxanne le prix émotionnel et physique de sa présence parmi elles ce soir. Seule une mère pouvait le comprendre. Du coup, elles ne mesureraient jamais pleinement l'importance qu'elle accordait à leur amitié.

Maggie soupira et sortit de son sac un miroir de poche. Elle avait triste mine. Tant pis : elle s'amuserait coûte que coûte. Cette soirée compenserait ses angoisses et ses nuits blanches. Elle s'offrirait une parenthèse de rire et de complicité. Un sursis pour renouer avec elle-même. Se retrouver.

Au *Londoner*, dans les toilettes des femmes, Candice appliquait un soupçon de maquillage d'une main malhabile. La lumière artificielle des néons lui faisait un teint gris. Elle aurait dû se réjouir de sortir et de retrouver ses amies, mais l'affaire Heather continuait de la miner. Une semaine supplémentaire s'était écoulée sans qu'elle trouve le courage de l'affronter, et sa colocataire faisait comme si de rien n'était. Aussi le problème restait-il entier – et le malaise de Candice croissait.

Elle ne laissait pas filtrer ses émotions. Heather ne se doutait probablement de rien. Au bureau, en tout cas, ç'avait été le cas. Mais Maggie et Roxanne lisaient en elle comme dans un livre ouvert : son air soucieux n'échapperait pas à leur vigilance. Elles se rendraient compte que quelque chose clochait et la soumettraient à la question jusqu'à ce qu'elle crache le morceau. Candice se ferait chapitrer pour n'avoir pas suivi leurs conseils. Elle avait presque envie d'inventer un prétexte pour couper aux retrouvailles…

La porte s'ouvrit et Heather la rejoignit, très classe dans son tailleur lilas. Candice lui sourit machinalement.

« Salut, Heather.

— Candice, je suis mortifiée ! déclara Heather tout à trac, visiblement catastrophée. Tu dois m'en vouloir à mort ! Je suis désolée !

— De quoi parles-tu ?

— Mais de ton idée, bien sûr. » Candice écarquilla ses grands yeux gris. « L'article ! Sur le shopping en nocturne ! »

Candice la dévisagea, estomaquée. Elle ajusta une mèche de cheveux et déglutit.

« Je… Qu'est-ce que tu veux dire ?

— Je viens de voir la liste des articles pour le numéro de juillet : Justin a retenu ton idée... Mais il a cru qu'elle venait de moi !

— Ah ?

— C'est ma faute. Je n'aurais pas dû, je sais, mais je la lui ai présentée un jour en prenant le café. Il a adoré, s'excusa Heather. Je lui ai dit que tu en étais l'auteur, bien sûr – mais il n'a pas dû m'écouter...

— Oh. Je vois. »

Candice en rougissait de honte. Comment avait-elle pu tirer des conclusions aussi hâtives ? Comment avait-elle pu soupçonner Heather sans même vérifier les faits ? Elle était rongée de remords. Elle songea avec amertume qu'à sa décharge Maggie et Roxanne avaient semé le doute dans son esprit – elles l'avaient injustement montée contre son amie.

« Je voyais bien qu'il se tramait quelque chose, poursuivait Heather, toujours dans ses petits souliers. Je sentais comme... une tension entre nous. Mais je ne savais pas à quoi l'attribuer. Je me suis demandé si j'avais sauté un tour de ménage ou mis la musique trop fort, ou si tu te lassais tout bonnement de moi... Quand j'ai vu la liste, j'ai compris. » Elle plongea son regard dans celui de Candice. « Tu as cru que je t'avais piqué ton idée ?

— Non ! protesta Candice, mais son rougissement la trahissait. Enfin, peut-être... Je ne savais pas quoi penser. »

Elle se mordit la lèvre.

« Il faut que tu me croies ! Je ne te ferais jamais une chose pareille, jamais », reprit Heather. Elle se jeta au cou de Candice. « Tu as tant fait pour moi. Je te dois tellement ! »

Quand elle relâcha son étreinte, elle avait les yeux humides. Candice s'émut à son tour.

« Je suis confuse, murmura-t-elle. Je n'aurais jamais dû douter de toi. J'aurais dû savoir que c'était la faute de ce crétin de Justin ! »

Elle rit un peu nerveusement, et Heather aussi se dérida :

« Si on sortait ce soir ? On pourrait trinquer à notre réconciliation. »

Candice tamponnait ses joues barbouillées de larmes et de maquillage.

« J'aimerais bien, répondit-elle, mais j'ai rendez-vous avec les filles au Manhattan.

— Tant pis, une autre fois...

— Non, attends ! la coupa Candice, prise d'un élan d'affection pour sa protégée. Joins-toi à nous.

— Tu es sûre ? Je ne voudrais pas m'imposer...

— Mais non, voyons ! Plus on est de fous, plus on rit !

— Hum, je ne sais pas trop. Roxanne...

— Roxanne t'adore ! » Candice lui adressa son plus beau regard de chien battu. « Viens. S'il te plaît. Ça me ferait vraiment plaisir. »

Heather hésitait encore.

« Je ne sais pas...

— Allez ! Elles seront ravies de te voir, l'interrompit Candice en lui prenant les mains.

— Bon, si tu insistes. Rendez-vous en bas dans un quart d'heure ?

— Parfait. À tout de suite ! »

Une fois sortie, Heather inspecta les environs : la voie était libre. Elle fonça tout droit vers le bureau de Justin.

« Oui ?

— Je me demandais si tu aurais une minute à m'accorder...

— Pour toi, Heather : toujours. Tu viens me soumettre une nouvelle idée de génie ?

— Euh... Non, pas cette fois. » Heather fit la moue et entortilla autour de son doigt une de ses boucles blondes. « En fait, c'est... c'est assez délicat.

— Ah ? Eh bien, entre. »

178

Intrigué, il lui fit signe de s'asseoir.

« Je ne veux pas causer d'esclandre. À vrai dire, je suis très gênée d'avoir à t'en parler. Mais je ne peux pas garder ça pour moi. »

Elle se frotta le nez et renifla discrètement.

« Ma pauvre Heather, qu'est-ce qui te tourmente ? » s'apitoya Justin.

Il se leva, contourna la chaise sur laquelle elle était assise et ferma la porte. Sur la vitre derrière lui se réfléchissaient les lumières du bureau, dessinant sur le fond noir un entrelacs de losanges clairs. Justin se rassit.

« Si quelqu'un te fait des misères, je tiens à en être informé. Tu peux tout me dire. » Il saisit un crayon et le tint entre ses index, comme pour mesurer quelque chose. « Je suis là pour ça. »

Silence.

« Je peux compter sur ta discrétion ? demanda enfin Heather.

— Bien entendu. Rien de ce que tu diras ne quittera cette pièce. Cela restera entre nous.

— Bon… Dans ce cas… »

Elle prit une profonde inspiration, rejeta ses cheveux derrière son épaule et, levant sur Justin un regard implorant, elle chuchota :

« C'est à propos de Candice. »

13

Le Manhattan Bar organisait une soirée sur le thème des légendes de Hollywood, et quand elle ouvrit la porte vitrée Maggie tomba nez à nez avec un sosie de Marilyn Monroe souriant de toutes ses dents. Maggie avança avec hésitation, intimidée par le brouhaha de rires, de jazz et de bavardages. Elle ferma les yeux quelques secondes pour s'imprégner de l'atmosphère. Il flottait dans l'air une odeur d'espadon grillé, de tabac et de parfums de luxe ; on discutait à bâtons rompus, les rires fusaient et, à travers ses paupières closes, Maggie percevait des éclats de couleur et des lumières chatoyantes. En rouvrant les yeux, elle exulta : elle avait oublié à quel point tout cela lui manquait. La capitale. La fête. Ce bar chaleureux et familier lui apparaissait comme un refuge après le silence et la boue, après les cris incessants de sa fille.

Au vestiaire, elle troqua son manteau contre un bouton d'argent et brava la foule. Elle crut un instant être arrivée la première puis elle aperçut Roxanne, seule devant un verre entamé. Celle-ci tourna la tête sans la remarquer, et Maggie sursauta : son amie avait une mine épouvantable, la peau terne, les yeux rouges et l'air maussade. Des symptômes imputables à une gueule de bois ou au décalage horaire. Mais son expression trahissait autre chose : ses yeux, habituellement pétillants et pleins de vie, semblaient ce soir vides, presque aveugles. D'ordinaire

pleine de verve et de fougue, Roxanne paraissait étrangement amorphe et effacée. Portant son verre à ses lèvres,
elle en but une longue gorgée. Visiblement, il s'agissait
d'un alcool fort. Maggie s'alarma.

« Roxanne, la héla-t-elle en se faufilant jusqu'à sa table.
Youhou, Roxanne !

— Maggie ! »

Le visage de Roxanne s'éclaira et elle se leva pour
l'accueillir à bras ouverts. Les deux jeunes femmes s'étrei-
gnirent un peu plus longuement qu'à l'accoutumée et,
quand Maggie se dégagea doucement, il lui sembla que
son amie retenait une larme.

« Ça va ?

— Super », répondit Roxanne aussitôt avec un grand
sourire.

Elle dégaina ses cigarettes.

« Et toi, ça va ? Et le bébé ?

— Bien, merci », répondit Maggie.

Roxanne luttait avec son briquet. Ses mains tremblaient.

« Et Giles ? Converti en papa gâteau ?

— Il tient son rôle à la perfection... Dix minutes par
jour, dit Maggie d'un ton un peu sec.

— Tiens ? Il n'appartient donc pas à la classe ultra-
sélecte des Hommes Modernes ? badina Roxanne en
parvenant enfin à allumer sa cigarette.

— Pas vraiment, non. Roxanne...

— Oui ?

— Tu es sûre que ça va ? »

Masquée par un écran de fumée, Roxanne camouflait à
grand-peine son chagrin. Elle se donnait clairement beaucoup de mal pour garder le contrôle d'elle-même.

« J'ai connu mieux... Merci pour tes messages, au fait.
Ils m'ont aidée à tenir le coup.

— Tenir le... Quoi ? Roxanne, explique-toi ! Où
étais-tu passée ?

— Nulle part. » Elle s'efforçait de rester légère, mais son menton frémissait. « Chez moi. À boire de la vodka. Au goulot.

— Raconte-moi, l'encouragea Maggie, inquiète. C'est ton Homme Marié ? »

Roxanne fixa un moment son mégot incandescent puis l'écrasa brusquement dans le cendrier.

« Je t'avais dit que les choses risquaient de changer, tu te souviens ? Je ne croyais pas si bien dire. Fini, l'Homme Marié ! Envolé ! Il m'a quittée.

— Oh, ma pauvre, murmura Maggie en lui prenant les mains. Quel salaud !

— Bonsoir ! Pour vous, ça sera ? les interrompit une voix joviale : un calepin à la main, Scarlett O'Hara s'apprêtait à prendre leur commande.

— Vous pourriez nous laisser quelques minutes ? Nous ne sommes pas prêtes, dit Maggie.

— Non, attendez ! »

Roxanne vida son verre et le tendit à Scarlett :

« Une autre double vodka citron, s'il vous plaît. » Elle se pencha vers Maggie. « La vodka est ma nouvelle meilleure amie !

— Roxanne...

— Te bile pas, je ne suis pas alcoolique. Je suis alcoophile. Nuance. »

Scarlett les laissa seules.

« Les mots me manquent, Roxanne. » Maggie tapa soudain du poing sur la table. « J'ai envie de me pointer chez cet enfoiré et de...

— Laisse tomber. Je... Ça va aller. »

Elle se tut un instant puis demanda avec un sourire en coin :

« Quoique... Par curiosité, tu ferais quoi ?

— Je lui rayerais sa caisse ! cracha Maggie. Il faut frapper là où ça fait mal. »

Roxanne partit d'un grand éclat de rire.

« Maggie, tu m'as manqué !

— Toi aussi. Et Candice aussi », soupira Maggie.

Elle se repaissait du brouhaha ambiant.

« J'ai attendu cette soirée comme un enfant attend Noël ! avoua-t-elle. Je comptais les jours !

— Tiens ? Il reste de la place pour nous dans ta vie de château ? Tu as encore un peu de temps à nous consacrer, entre tes chasses à courre et tes galas de charité ? »

Maggie réagit à peine à ces taquineries, ce qui n'était pas normal.

« Maggie, tu te sens bien ? T'as l'air rétamé.

— Sympa, merci.

— Je t'en prie, c'est gratuit !

— Et voilà ! intervint Scarlett. Une vodka citron, double ! Et pour vous, madame ?

— J'hésite... » Maggie feuilleta la carte des cocktails et la reposa, indécise. « Je vais attendre Candice.

— D'ailleurs, qu'est-ce qu'elle fabrique ? s'impatienta Roxanne en allumant une nouvelle cigarette. Tu es sûre qu'elle vient ?

— Je crois... Bon, tant pis, j'ai trop soif : une jamaican rumba, s'il vous plaît.

— Et pour moi, une margarita, renchérit Roxanne. Ben quoi ? Moi aussi, je veux un cocktail – pour te tenir compagnie ! »

Scarlett partie, Roxanne s'appuya contre son dossier et jaugea Maggie du regard.

« Alors dis-moi, c'est comment, de jouer les mamans au domaine des Pins ?

— Ma foi, je ne sais pas... »

Maggie jouait machinalement avec un dessous-de-verre en argent. Elle brûlait de se confier, de partager sa détresse et sa solitude, de s'épancher sur la détérioration de ses relations avec sa belle-mère, sur son quotidien devenu soudain si pénible, si monotone. Mais elle ne se résolvait pas à reconnaître sa défaite. Si proche de Roxanne qu'elle

183

fût, elle avait honte. Elle s'accrochait donc à son identité passée : Maggie Phillips, rédactrice en chef de talent, brillante, compétente, toujours maîtresse de la situation. Et non Maggie Drakeford, jeune maman blafarde, dépassée par les événements, trop abattue même pour faire les boutiques.

Le pire, c'est que cette profonde lassitude se doublait d'un amour à vous couper le souffle. Mais comment l'expliquer ? Comment mettre des mots sur son émerveillement chaque fois que Lucia la reconnaissait, chaque fois que son petit visage se fendait d'un sourire ? Comment décrire ce curieux mélange de joie et d'épuisement ?

« C'est un sacré changement, dit-elle enfin. Je ne m'attendais pas à ça.

— Mais ça te plaît ? »

Maggie ne répondit pas tout de suite. Elle reposa le dessous-de-verre et en suivit le contour du bout du doigt.

« Si ça me plaît ? Bien sûr. Lucia est épatante, et je l'aime de tout mon cœur. Mais... » Elle soupira. « Personne ne se rend compte de...

— Regarde, voilà Candice ! s'écria Roxanne. Candice ! On est là ! »

Mais Candice s'attardait à l'entrée. Roxanne se leva :

« Bon, c'est pour aujourd'hui ou pour demain ? »

Maggie se contorsionna sur sa chaise pour voir ce qui retenait leur amie :

« On dirait qu'elle parle à quelqu'un... Je ne distingue pas qui... Oh, non ! Je ne le crois pas !

— Pince-moi, je rêve ! s'exclama Roxanne, catastrophée. Elle a ramené la pétasse. »

Tandis que Candice se frayait un passage jusqu'à la table de ses amies, Heather la tira par la manche. Elle semblait soucieuse.

« Quelque chose ne va pas ?

184

— Candice, je ne pense pas que ce soit une bonne idée… Je ne veux pas m'incruster… Je ne suis pas la bienvenue.

— Mais si, voyons ! Vous pourrez enfin faire connaissance. Elles seront ravies !

— Bon… D'accord.

— Allez, viens ! »

Candice la prit par la main et la guida à travers la cohue. Elle se sentait euphorique ce soir-là, et débordait de tendresse – pour Heather, pour Maggie et Roxanne, même pour cette serveuse affublée d'un déguisement de Grace Kelly qui leur barrait la route, interrompant leur lente progression.

« Tu ne trouves pas ça drôle ? Il y a quelques semaines encore, c'est toi qui aurais dû enfiler un de ces costumes ! fit remarquer Candice.

— Mais tu as débarqué sur ton cheval blanc pour m'arracher à mon triste sort. Une vraie princesse charmante ! »

Candice gloussa, et elles se remirent en route.

« Coucou ! fit Candice quand elles arrivèrent à bon port. Ça grouille de monde, ce soir !

— Je dirai même plus : on étouffe, commenta Roxanne, les yeux rivés sur Heather.

— Maggie, tu te souviens de Heather ? Je l'ai invitée…

— On voit ça, maugréa Roxanne.

— Bien sûr, s'empressa de répondre Maggie pour couvrir sa voix. Bonsoir, Heather. Ravie de te revoir. »

Elle hésita un instant, puis se décala pour libérer un peu d'espace à leur petite table.

« Merci, dit Candice en approchant une chaise supplémentaire. Là où il y a de la place pour trois, il y en a pour quatre ! Alors, quoi de neuf ? Roxanne, quelles nouvelles ?

— La routine, marmonna-t-elle en éclusant sa vodka-citron.

— Et toi, Maggie ? Le bébé ?

— Très bien. Tout va très bien. »

Un silence gêné s'installa. Maggie surveillait discrètement Roxanne qui récupérait jusqu'aux dernières gouttes de sa boisson. Candice lançait des signaux d'encouragement à Heather, qui arborait un rictus nerveux. Enfin, dans un coin de la salle, l'orchestre attaqua les premières notes de « Let's Face the Music and Dance », et un faux Fred Astaire en queue-de-pie blanche entraîna sur la piste une pseudo-Ginger Rogers. La foule s'écarta et ils se mirent à danser, sous une salve d'applaudissements. Cette subite animation relança la conversation.

« Alors, Heather, tu te plais au *Londoner* ? s'enquit poliment Maggie.

— Beaucoup ! C'est un environnement de travail très stimulant et j'admire beaucoup Justin. »

Roxanne manqua s'étouffer avec son glaçon.

« Vraiment ?!

— Oh, oui ! Il est formidable, comme rédac'-chef. »

Se rappelant la présence de Maggie, Heather voulut se rattraper :

« Oh ! Pardon. Je n'insinuais pas que...

— Ne t'inquiète pas, fit Maggie avec indulgence. Je suis sûre qu'il fait du bon boulot.

— J'y pense ! Félicitations pour ton bébé, ajouta Heather. Il paraît qu'elle est à croquer. Elle a quel âge ?

— Sept semaines, l'informa Maggie, attendrie.

— Ah... Et... tu l'as laissée à la maison ?

— Oui. Avec ma belle-mère.

— Mmm... Elle n'est pas un peu jeune pour être séparée de sa mère ? » Heather ouvrit les mains, paumes vers le haut, comme pour s'excuser. « Je n'y connais pas grand-chose, mais j'ai vu un documentaire qui déconseillait aux jeunes mamans de quitter leurs bébés pendant les trois premiers mois.

— Ah, vraiment ? » La politesse de Maggie se voilait d'agacement. « Je suis sûre que tout se passera bien.

— Oh, je n'en doute pas ! s'exclama Heather en battant des cils. Je disais ça comme ça. On commande ? »

Elle étudia le menu un instant, puis s'adressa à Roxanne de sa voix la plus sucrée :

« Et toi ? Tu comptes avoir des enfants, un jour ? »

Roxanne en était à son cinquième verre quand les autres commandèrent une deuxième tournée. Elle n'avait rien avalé depuis le déjeuner et le mélange de vodka et de margaritas lui montait à la tête. Mais elle n'avait pas le choix. Seule l'ingestion continue d'alcool fort la retenait de hurler sa fureur. Chaque fois qu'elle croisait les yeux de Bambi de cette maudite blondasse, la haine lui tordait les tripes à la façon d'un jet d'acide. Comment Candice avait-elle pu se laisser embobiner par ses belles paroles ? Candice, l'une des personnes les plus sensées, les plus observatrices de son entourage. C'était à n'y rien comprendre.

Par-dessus son verre, elle leva les yeux au ciel à l'intention de Maggie, qui tirait elle aussi une tête de six pieds. La soirée tournait au vinaigre.

« Je n'aime pas beaucoup le Manhattan, lâcha Heather au détour d'une phrase. Il y a un super-bar à Covent Garden, vous devriez l'essayer !

— Oui, pourquoi pas ? répondit Candice.

— Mmm, fit Maggie, tout à son cocktail.

— Covent Garden... Ça me rappelle notre sortie scolaire, pouffa tout à coup Heather. Tu te souviens, Candice ? On s'était tous perdus et Anna Staples en avait profité pour se faire tatouer !

— Non ?

— Je te jure ! Sur l'épaule, une fleur. Un truc très mignon, mais les profs enrageaient. Mme Lacey l'avait convoquée pour lui passer un savon, alors Anna avait planqué le tatouage sous un pansement. Et la vieille qui insistait : "Tu t'es blessée à l'épaule, Anna ?" »

Heather et Candice rivalisaient d'hilarité, à la consternation des deux autres.

« On vous ennuie avec nos vieilles histoires, s'excusa Candice en retrouvant son sérieux.

— Penses-tu », grogna Roxanne.

Elle prit une cigarette et en proposa une à Heather, qui déclina son offre :

« Il paraît que ça donne des rides. Mais chacun fait ce qui lui plaît ! »

Dans un silence de mort, Roxanne alluma sa cigarette, en tira une bouffée et, foudroyant Heather du regard, recracha la fumée droit sur elle.

« Je vais prendre des nouvelles de Lucia, annonça Maggie. Je reviens tout de suite. »

Elle se réfugia dans le vestibule, un peu abrité du bruit. Dans la rue défilaient des groupes de jeunes sur leur trente et un. Elle était fébrile, excitée par sa sortie mais éreintée. Après toute la préparation qu'avait nécessitée cette soirée, elle n'en profitait même pas. En partie à cause de l'abominable Heather, mais surtout à cause de son insurmontable léthargie. Maggie perdait le fil des conversations les plus simples, butait sur les mots et se voyait souvent contrainte de renoncer à exprimer sa pensée. Elle, si éloquente et cultivée ! Elle s'adossa au mur et sortit son portable. Apercevant son reflet dans la vitre, elle grimaça : malgré ses efforts vestimentaires et son maquillage, elle restait énorme, livide et cernée. Son reflet la fixait, hagard. À cet instant, elle aurait donné cher pour se trouver chez elle. Loin de la mesquine Heather et de ses piques cruelles, loin des lumières crues de la ville et de l'obligation tacite de s'amuser et de briller.

« Allô ?

— Paddy ? C'est Maggie. »

Un groupe s'engouffra dans le vestibule et Maggie se tourna face au mur, se couvrant l'oreille de sa main libre.

« Je voulais m'assurer que tout se passait bien.

— Très bien », rétorqua Paddy. Sa voix semblait frêle et métallique, comme si elle se trouvait à des kilomètres.

Ce qui, réflexion faite, était bien le cas.

« Lucia tousse un peu, mais ce n'est rien, reprit Paddy.

— Elle tousse ?

— Ne vous affolez pas ! Giles ne va pas tarder et s'il y a le moindre problème, nous appellerons le médecin. »

Maggie perçut un petit cri. Un instant plus tard, une humidité caractéristique se répandit à l'intérieur de son soutien-gorge. Zut ! pesta-t-elle en son for intérieur. Il ne manquait plus que ça.

« Elle va quand même bien ? insista-t-elle, d'une voix qui vacillait dangereusement.

— Mais oui, mon petit ! Vous pouvez vous amuser en toute quiétude.

— D'accord. Merci. Je vous rappelle plus tard. »

Maggie raccrocha, au bord des larmes, et se rappuya contre le mur, tâchant de relativiser. Une petite toux. Il n'y avait pas de quoi fouetter un chat. Lucia était entre de bonnes mains. Maggie pouvait bien souffler le temps d'une soirée – la première qu'elle s'autorisait depuis l'accouchement –, s'occuper un peu d'elle-même et oublier, ne fût-ce que quelques heures, ses responsabilités.

Mais elle n'en avait plus envie. Elle ne désirait plus qu'une chose : rejoindre Lucia. Une larme roula le long de sa joue et elle l'essuya d'un geste sec. Il fallait qu'elle se reprenne. Qu'elle retourne dans l'arène débiter des anecdotes et multiplier les bons mots.

Sans l'intrusion de Heather, peut-être aurait-elle pu ouvrir son cœur. Mais Heather était là, avec son teint de pêche, ses grands yeux clairs, ses commentaires désobligeants et sa méchanceté. À côté d'elle, Maggie se sentait vieille et sotte – le faire-valoir d'une clique de filles branchées. Une voix la détourna de ses pensées :

« Coucou ! »

Maggie leva la tête : justement, c'était Heather. Elle semblait s'amuser au plus haut point.

« Le bébé va bien ?

— Ouais, grommela Maggie.

— Ouf ! » dit Heather, condescendante, avant de disparaître dans les toilettes.

Je te déteste, Heather Trelawney, pensa Maggie. Je te hais du fond du cœur.

Bizarrement, formuler cette pensée la requinqua.

Pendant ce temps, Roxanne pivotait sur son siège et aboyait :

« Qu'est-ce qui t'a pris de l'inviter ?

— Je... J'ai pensé que ça serait sympa...

— Tu trouves ça sympa d'écouter les remarques de cette garce ?

— Hein ? Roxanne, tu es soûle.

— Et alors ? rétorqua celle-ci en écrasant son mégot. Ça reste une garce ! Non mais, tu l'as entendue ? » Roxanne prit une voix stridente pour mieux l'imiter : « "Le tabac, ça donne des rides." Pouffiasse !

— Elle ne pensait pas à mal...

— Mon œil ! Merde, Candice, tu ne peux pas être aveugle à ce point ! »

Candice se frotta le visage, s'efforçant de ne pas perdre patience, et décida de crever l'abcès.

« Tu as une dent contre elle depuis le début, avoue.

— Pas du tout !

— Tu voulais m'empêcher de me mêler de sa vie, tu lui parles sèchement au boulot...

— N'importe quoi !

— Qu'est-ce qu'elle t'a fait ? s'emporta Candice. Tu n'as même pas pris la peine d'apprendre à la connaître !

— Il y a un problème ? intervint Maggie, surprenant leur dispute.

— Oui : il s'appelle Heather, dit Roxanne.

190

— Ah, fit Maggie avec une moue écœurée.

— Quoi ? Toi non plus, elle ne te revient pas ? éclata Candice.

— Je n'ai pas dit ça. Et là n'est pas la question. Je me réjouissais de passer un moment avec vous deux... »

Roxanne toussa ostensiblement pour la faire taire.

« Salut, Heather, dit piteusement Candice.

— J'ai raté quelque chose ? s'inquiéta-t-elle en se glissant sur sa chaise.

— Rien ! fit Candice, écarlate. Je... Je vais me refaire une beauté. À tout de suite. »

Candice partie, la tablée retomba dans le silence. Au fond de la salle, Marilyn Monroe entonnait un « Joyeux anniversaire » sensuel en l'honneur d'un chauve bedonnant, ravi. Quand elle prononça le nom de l'heureux consommateur, il fit le V de la victoire et la salle applaudit à tout rompre.

« On reprend quelque chose ? hasarda Maggie.

— Bonne idée, dit Roxanne. À moins que ça ne donne des rides ? Heather, un avis sur la question ?

— Je ne sais pas, répondit-elle humblement.

— Quelle surprise, poursuivit Roxanne, qui commençait à zozoter. Toi qui sais tout sur tout.

— Je te demande pardon ? »

Maggie tenta une diversion :

« Tiens, qui n'a pas bu son cocktail ? »

Il restait sur la table un grand verre rempli de glace pilée et d'un liquide ambré agrémenté de grains de raisin givrés.

« Moi, dit Heather. Je n'ai plus soif. Roxanne, fais-toi plaisir.

— Pas si tes lèvres ont touché le verre. »

Heather la dévisagea, interdite, puis secoua la tête et s'esclaffa.

« Tu ne m'aimes vraiment pas.

191

— Je n'aime pas les manipulatrices.

— Moi, je n'aime ni les vieilles peaux, ni les alcoolos. Ça ne m'empêche pas de rester polie. »

Maggie retint son souffle. Roxanne répondit lentement, pesant chacun de ses mots :

« Répète ça.

— Quoi ? "Vieilles peaux" ? demanda posément Heather en inspectant son vernis à ongles. Ou "alcoolos" ? »

Défiant Roxanne du regard, elle répéta en détachant bien chaque syllabe :

« Vieille alcoolo ! Tu fais pitié. »

Pendant quelques secondes, Roxanne ne réagit pas. Elle tremblait de tous ses membres. Puis, calmement, délibérément, elle saisit le verre plein et se leva. Au bout de son bras, le liquide ambré scintillait à la lumière.

« Tu n'oserais pas, cracha Heather, hargneuse – mais déjà, elle perdait de sa superbe.

— C'est mal la connaître », commenta Maggie en croisant les bras.

Heather arborait toujours son air supérieur. Le temps semblait suspendu. La tension était à son comble. Soudain, d'un brusque mouvement du poignet, Roxanne déversa le contenu du verre sur la tête de son adversaire. Au contact du liquide glacé contre son visage, elle piailla, avant de recracher furieusement des morceaux de glace pilée et de s'essuyer le visage des deux mains.

« Merde ! mugit-elle en sautant sur ses pieds. Espèce de... Espèce de tarée ! »

Maggie et Roxanne pouffaient. Aux tables voisines, on se donnait des coups de coude, et on se montrait le spectacle.

« Pourvu que ça ne te donne pas de rides », railla encore Roxanne tandis que Heather détalait, écumante.

Elle disparut, et les deux amies éclatèrent de rire.

« Roxanne, si tu n'existais pas il faudrait t'inventer ! déclara Maggie, qui se tenait les côtes.

— J'aurais dû faire ça plus tôt. »

Elle contempla l'état de leur table : verres vides, mares de liquides divers, tas de glace pilée...

« On dirait que la fête est finie. Je demande l'addition ? »

Candice se lavait les mains quand Heather débadoula dans les toilettes, dégoulinante et hors d'elle, les cheveux trempés et la veste tachée.

« Heather ! s'exclama-t-elle. Que s'est-il passé ?

— Demande à Roxanne !

— Comment ça ? Qu'est-ce que tu veux dire ?

— Cette salope m'a renversé un cocktail sur la tête ! Elle a pété les plombs ! »

Elle se planta devant le miroir, sous les néons, arracha quelques essuie-mains en papier pour éponger les dégâts.

« Quoi ! glapit Candice. Mais pourquoi ?

— Aucune idée ! Je me suis permis de lui signaler qu'elle avait beaucoup bu. Tu as compté le nombre de verres qu'elle s'est enfilés ? Il était temps de passer aux soft. Mais quand je le lui ai suggéré, elle est sortie de ses gonds. » Heather cessa un instant de se sécher les cheveux pour planter son regard dans celui de Candice. « Tu sais, je la soupçonne d'être alcoolique.

— Quelle histoire ! Je me demande quelle mouche l'a piquée. Heather, je m'en veux ! Ta veste est abîmée...

— Oui. Il faut que je rentre me changer. Je dois retrouver Ed dans une demi-heure.

— Ah ? s'étonna Candice, oubliant soudain l'incartade de Roxanne. Vous avez rencard ?

— Oui », répondit Heather en jetant une poignée de serviettes détrempées dans la corbeille.

Elle étudia son reflet. Ruisselante et ébouriffée, elle avait piètre allure.

« Regarde un peu la dégaine que je me paie – c'est la cata ! » Elle soupira. « J'ai dû manquer de tact. J'aurais dû me taire.

— Non ! se récria Candice, encore révoltée. Tu n'as rien à te reprocher. Tu t'es démenée pour que Roxanne t'apprécie, et elle...

— Elle m'a prise en grippe dès le début, se lamenta Heather. J'ai essayé, pourtant...

— Je sais, dit Candice avec fermeté. Je vais m'expliquer avec elle.

— Oh, non, ne vous disputez pas ! supplia Heather au moment où Candice s'élançait hors des toilettes. Ne vous battez pas à cause de moi ! »

Mais la porte se refermait déjà.

De retour dans la salle, Candice vit au loin Roxanne et Maggie se lever pour partir. Quel culot ! Elles ne comptaient donc même pas s'excuser ! Elles n'allaient pas s'en tirer comme ça. Elle fonça à leur rencontre.

« Qu'est-ce que j'apprends ? Je tourne le dos cinq minutes et vous torturez Heather ?

— Elle l'a bien cherché, dit Maggie. C'est une belle garce.

— Ouais, confirma Roxanne. Elle m'a fait gâcher un cocktail. »

Elle désigna le carnet de cuir vert sur la table.

« J'ai payé pour nous trois. Elle, qu'elle se démerde.

— Roxanne, tu me déçois beaucoup ! Tu ne t'en veux même pas ? Tu ne vas même pas lui présenter tes excuses ?

— Ce serait plutôt à elle de le faire !

— Hein ? Et pour quel crime ? C'est toi qui lui as jeté un verre au visage ! Tu es devenue folle, ou quoi ?

— Laisse tomber, dit Roxanne. Tu la prends pour une sainte...

— Peut-être que si tu lui avais donné une chance, au lieu de l'attaquer sans raison...

— Sans raison ? s'échauffa Roxanne. Tu veux que je te les énumère une par une ? OK, je commence ! Raison numéro un...

194

— Laisse tomber, lui glissa Maggie. Ça ne sert à rien. »
Elle soupira et attrapa son sac à main. « Candice, c'est toi
qu'on venait voir. Toi, tu comprends ?

— Je comprends surtout que pour vous, on forme une
secte ! Un club fermé aux non-initiés !

— Mais non… »

Elle ne décolérait pas :

« Vous vous liguez contre elle ! Je ne suis pas venue ici
ce soir pour que vous agressiez mon amie.

— Ni moi pour écouter tes souvenirs d'enfance avec
une illustre inconnue ! répliqua Maggie avec une soudaine
animosité. J'ai fait d'énormes sacrifices pour être ici ce
soir, Candice, et tu m'as à peine adressé la parole !

— On a plein d'autres occasions de discuter…

— Tu te fiches de moi ? C'était ma seule occasion ! Je
n'ai jamais de temps pour moi ! *Jamais !*

— Peut-être que j'aurais envie de te parler si tu arrêtais
de faire la tête ! la rembarra Candice. Quand je sors, c'est
pour m'amuser – pas pour t'écouter geindre toute la
soirée ! »

Elles se turent toutes trois, horrifiées.

« Bonne nuit, Candice, conclut Roxanne, laconique. Tu
viens, Maggie ? »

Sans lui accorder un regard de plus, elles se dirigèrent,
bras dessus, bras dessous, vers la sortie.

Candice grelottait, d'un seul coup. Elle regrettait déjà
ses paroles. Comment avait-elle pu insulter Maggie de la
sorte ? Comment en étaient-elles arrivées là ?

Les genoux flageolants, elle se laissa tomber sur une
chaise, face à la table trempée où traînaient encore leurs
verres vides et, comme un reproche, l'addition réglée par
Roxanne.

« Bonsoir ! » pépia une jeune femme accoutrée en
Dorothy du *Magicien d'Oz*.

Elle débarrassa la table, l'essuya et sourit à Candice.

« Je vous ressers quelque chose, ou c'est terminé ?

— C'est terminé », dit-elle, morose.

Elle se souvint que Roxanne n'avait pas payé les consommations de Heather :

« Attendez ! » Elle ouvrit son sac, fouilla dans son porte-monnaie et en sortit trois billets. « Tenez. Ça devrait suffire.

— Candice ? » l'appela Heather.

Séchée, recoiffée et remaquillée, elle était redevenue jolie comme un cœur.

« Les autres sont parties ?

— Oui… Elles… Elles avaient à faire.

— Vous vous êtes fâchées, pas vrai ?

— Un peu…

— Quel dommage… » Heather passa son bras autour des épaules de Candice, puis consulta sa montre. « Oh ! Il faut que je file.

— Ah… Amuse-toi bien. Passe le bonjour à Ed. »

Mais Heather, déjà loin, ne l'entendit pas.

« Votre reçu, dit Dorothy.

— Merci. »

Elle empocha le bout de papier et se leva, d'humeur chagrine. La soirée avait viré au fiasco. Qu'est-ce qui avait mal tourné ?

« À bientôt ! gazouilla la serveuse.

— Je n'y compterais pas trop », soupira Candice.

14

Le lendemain, Candice se réveilla avec une boule dans l'estomac. Elle resta un moment au lit, essayant de refouler son malaise, en vain : elle avait beau se tourner et se retourner sous sa couette, enfouir le visage dans son oreiller, rien n'y faisait. Elle ressassait malgré elle sa brouille avec Roxanne et Maggie. Ses meilleures amies lui avaient tourné le dos. L'avaient abandonnée. Quand elle y repensait, des frissons lui parcouraient l'échine. Si seulement elle avait pu rester terrée dans son lit à jamais !

Les souvenirs de la veille défilaient dans sa tête. Elle ferma les yeux de toutes ses forces et se boucha les oreilles, sans parvenir à chasser de son esprit le regard glacial de Roxanne et l'air outré de Maggie. Comment avait-elle pu leur manquer ainsi de respect ? Elle n'aurait pas dû laisser les choses s'envenimer ainsi, et désamorcer la situation immédiatement après leur querelle.

En même temps, elle ne pouvait s'empêcher de leur en vouloir, de se justifier. Car enfin, que lui reprochait-on ? Elle avait invité une amie au bar, rien de plus ! Qu'y pouvait-elle, si Maggie et Roxanne n'avaient pas accroché avec Heather ? Maggie n'avait qu'à pas se montrer si possessive. Et puis, elles auraient très bien pu, au contraire, se prendre d'affection pour la nouvelle venue, l'adopter et, au lieu de lui battre froid, multiplier les remerciements pour cette belle amitié naissante. Pouvait-elle prévoir que la soirée se déroulerait autrement ? Certes, elle n'aurait pas dû balancer de vacheries à Maggie. D'un autre côté, Maggie avait bien traité Heather de garce, elle.

Irritée, Candice s'assit sur le rebord de son lit, se demandant si sa colocataire s'était déjà douchée. Elle fut alors frappée par le silence inhabituel qui régnait dans l'appartement. Fronçant les sourcils, elle sortit de sa petite chambre. Dans le couloir, elle tendit l'oreille – pas un son. La porte de la chambre de Heather était entrouverte. En se rendant dans la cuisine, elle y jeta un coup d'œil : vide. Le lit : fait. Personne dans la salle de bains. Elle était seule.

L'horloge de la cuisine indiquait sept heures vingt. Heather s'était levée très tôt. Perplexe, Candice alluma la bouilloire. Peut-être souffrait-elle d'insomnies. Peut-être avait-elle adopté de nouveaux horaires de travail stakhanovistes.

À moins qu'elle ait passé la nuit avec Ed...

Pour une raison inconnue, cette pensée lui déplut. Elle secoua la tête, en colère contre elle-même. La vie privée de Heather ne la regardait pas. Ed semblait s'intéresser à elle : grand bien lui fasse. Si Heather était désespérée au point d'accepter de dîner avec un type qui considérait la pizza surgelée comme le summum de la gastronomie, tant pis pour elle.

Dans la salle de bains, elle ôta sa chemise de nuit et entra dans la cabine de douche – qui, constata-t-elle, n'avait pas servi ce matin. Elle se frictionna avec un gel à la rose prétendument énergisant et se rinça à l'eau chaude. Elle aurait voulu chasser son malaise avec la mousse, et émerger de là sereine et ragaillardie.

Quand elle ouvrit la porte d'entrée, enveloppée dans son peignoir, une pile de lettres l'attendait sur le paillasson et l'eau bouillait. Suivant scrupuleusement les conseils « ligne et vitalité » du dernier numéro du *Londoner*, elle se prépara une tisane. Puis, calmement, entreprit d'ouvrir son courrier.

Au bas de la pile, elle reconnut une enveloppe mauve. Elle l'ouvrirait en dernier. Pour commencer, elle étudia son relevé de carte de crédit : que de frais, ce mois-ci ! Depuis l'arrivée de Heather, elle multipliait les sorties, donc les dépenses. Pourtant, en ouvrant l'enveloppe suivante, elle trouva son compte étonnamment bien provisionné. Elle s'interrogea un moment sur la provenance de cet argent puis, haussant les épaules, replaça le relevé dans son enveloppe avant de s'attaquer à la suite : un catalogue d'ameublement sous cellophane, une invitation à retirer un prix d'une valeur exceptionnelle et, enfin, la lettre mauve à l'adresse manuscrite. Elle inspecta un instant les caractères tarabiscotés puis déchira l'enveloppe. Elle en connaissait déjà le contenu.

Chère Candice, lui écrivait sa mère. *J'espère que tu te portes bien. Ici, il fait assez beau. Kenneth et moi sommes retournés en Cornouailles. Sa fille attend un heureux événement...*

Candice finit sa lecture tranquillement et replaça la feuille dans l'enveloppe. Toujours les mêmes termes neutres, les mêmes propos creux, l'éternelle distance... Cette lettre était l'œuvre d'une femme tétanisée par le passé. Trop lâche pour se confier à sa propre fille.

Candice éprouva de la douleur mais cela ne dura pas. Ces lettres vides, elle en avait tant lu ! Sans compter que, ce matin-là, elle se sentait amorphe – presque anesthésiée. Je m'en moque, se dit-elle en rangeant son courrier en une pile bien nette sur le guéridon. Ça ne m'atteint pas.

Elle se concentra sur sa tisane. Soudain, on sonna, et elle sursauta si fort qu'elle en renversa sa tasse. Serrant les pans de son peignoir autour de sa poitrine, elle alla ouvrir.

« Alors comme ça, dit Ed comme s'il poursuivait une conversation entamée trois minutes plus tôt, ta copine a vidé son verre sur Heather ? » Il siffla d'admiration. « Tu traînes avec des loubards, Candice ! Qui l'eût cru ?

— Qu'est-ce que tu veux ?

— Rencontrer Roxanne. À part ça, un café.

— Tu ne peux pas t'en faire un toi-même ? Assisté, va ! Et d'abord, où est Heather ? »

Elle se mordit la langue.

« Question intéressante, commenta Ed en s'appuyant contre le chambranle de la porte. Tu sous-entends que c'est elle qui devrait préparer mon café ?

— Mais non ! Oh, laisse tomber.

— Simple curiosité de ta part, alors ? Eh bien... Aucune idée ! » Il jeta un coup d'œil à sa montre. « En route pour le bureau, j'imagine ? »

Il jouait l'innocent... Candice sonda un moment son regard, puis tourna les talons et regagna la cuisine. Elle essuya la table trempée de tisane et se rassit.

« Merci, au fait, ajouta Ed, qui la suivait comme un petit chien. Pour tes précieux conseils. »

Il empoigna la cafetière et y jeta quelques cuillerées de poudre.

« Tu en prendras ? demanda-t-il.

— Non, merci. Je purifie mon organisme. Quels conseils ?

— C'est toi qui m'as suggéré d'inviter Heather à dîner.

— Ah. Ça. »

Elle se tut. Ed versa de l'eau dans la cafetière et Candice examina son fond de tisane tiède sans grande inspiration. Il ne fallait surtout pas qu'elle lui pose la question. Ed cherchait un prétexte pour fanfaronner, et elle ne devait pas le lui fournir.

« Alors... C'était comment ? lui demanda-t-elle malgré tout.

— Quoi donc ? » demanda Ed, amusé.

Candice rougit.

« Votre soirée, précisa-t-elle, excédée.

— Ah ! Très sympa, merci.

— OK. »

Candice haussa les épaules.

« Heather est ravissante. Elle a de beaux cheveux, elle s'habille avec goût, elle est bien élevée…

— Rien que ça ?

— Dommage qu'elle soit toc-toc.

— Hein ? Qu'est-ce que tu veux dire par là ? »

Décidément, Ed lui tapait sur les nerfs.

« Elle disjoncte. Tu as bien dû t'en rendre compte.

— Ne raconte pas de sottises.

— Comment ? Tu l'ignorais ? Toi qui es si proche d'elle ? »

Il sirota bruyamment son café.

« C'est toi qui disjonctes ! fit Candice avec humeur.

— Si tu le dis. Tu la connais mieux que moi. Mais à mon avis…

— Je me contrefiche de ton avis ! Qu'est-ce que tu connais aux gens, de toute façon ? Tout ce qui t'importe, c'est le fric et les fast-foods !

— Sympa, ton analyse. Alors, dis-moi : quelle est ma priorité, entre les deux ? Le fric ? Le fast-food ? Ex aequo ?

— Très drôle, bougonna Candice. Tu m'as très bien comprise.

— Je n'en suis pas si sûr, dit Ed après un temps de réflexion.

— Oublie ce que j'ai dit.

— C'est ça », fit Ed, d'un air indéchiffrable.

Il reposa sa tasse et se leva.

« Mais si je puis me permettre, Candice… Tu me connais à peu près aussi bien que ta chère amie Heather. »

Sur quoi il sortit. Candice, désemparée, ouvrit la bouche pour le retenir – trop tard. Il avait déjà claqué la porte.

Arrivée au bureau, Candice s'arrêta devant le poste de Heather : personne. Son bureau était tel que les femmes de ménage l'avaient laissé la veille.

« Bonjour, Candice. »

C'était Justin.

« Salut…, répondit-elle, distraite. Dis-moi, tu n'aurais pas vu Heather ?

— Non. Pourquoi ?

— Oh, comme ça. »

Elle lui adressa un sourire mais, au lieu de le lui rendre ou de poursuivre la conversation, il se renfrogna et changea de ton.

« Tu la surveilles de près.

— Je te demande pardon ?

— Tu contrôles étroitement son travail, si je ne m'abuse.

— Euh… Il m'arrive de… lui servir de relectrice, oui.

— Ça se limite à ça ? Tu es bien sûre ? »

Candice se troubla. Le secret était donc éventé ? Justin savait qu'elle effectuait le gros du travail de Heather à sa place ? Il avait pu reconnaître son style. Ou la prendre en flagrant délit, un jour qu'elle planchait sur un article confié à sa protégée. À moins que leurs incessants échanges d'e-mails ne les aient trahies.

« Il m'arrive de la dépanner, avoua-t-elle. Je lui file un coup de main, à l'occasion.

— Je vois. »

Il la toisa d'un regard inquisiteur, comme s'il cherchait à déceler sur son visage une faute de frappe ou de typographie.

« À l'avenir, abstiens-toi. Heather se débrouille très bien sans tes prétendus coups de main.

— Je… D'accord, dit Candice, décontenancée par la dureté de son ton.

— Bien. »

Justin la scruta encore un long moment avant de conclure :

« Je t'ai à l'œil.

— Ça va, j'ai compris ! » s'indigna-t-elle.

Le téléphone de Justin se mit à sonner et il partit répondre, non sans avoir décoché à Candice un ultime regard assassin. Elle resta plantée comme un piquet, abasourdie. Et confuse : comment avait-il découvert le pot aux roses ? Et pourquoi se montrait-il si hostile ? Elle ne nuisait à personne en aidant Heather. Songeuse, elle s'installa à son poste. Face à l'écran de son ordinateur éteint, une pensée germa dans son esprit : ses propres performances auraient-elles pâti de la charge de travail supplémentaire qu'elle s'était imposée ? Consacrait-elle réellement trop de temps et d'énergie à assister son amie ?

« Puis-je avoir votre attention ? »

Candice interrompit ses réflexions : debout devant son bureau, Justin s'adressait à toute l'équipe. Il semblait consterné.

« Ce que je vais vous apprendre risque de vous fiche un coup », commença-t-il.

Il marqua une pause, s'assura que tous les employés interrompaient leurs activités et reprit :

« Ralph Allsopp est très malade. Il souffre d'un cancer. »

Sur le plateau, on aurait entendu une mouche voler. Quelqu'un murmura :

« Mon Dieu, quelle horreur ! »

— Je ne vous le fais pas dire, renchérit Justin. C'est proprement bouleversant. Il semble que Ralph ait été au courant depuis longtemps mais n'ait informé personne. Aujourd'hui, le cancer est à un stade très avancé. » Il se racla la gorge. « Métastasé, pour tout vous dire. »

Le silence se fit.

« C'est pour ça qu'il a pris sa retraite, murmura Candice. Il se savait malade... »

Elle se rappela alors le message de l'hôpital de Charing Cross qu'elle avait intercepté dans le bureau de Ralph et frissonna.

« Ralph est actuellement hospitalisé, poursuivit Justin. Tous les organes sont atteints. Les médecins font tout leur possible mais... »

Les mots lui manquaient. Il balaya du regard son auditoire. Pour une fois, son émotion ne semblait pas feinte. Candice compatit.

« Une carte lui ferait sans doute plaisir. Quelque chose de gai. Signé par toute l'équipe...

— Il lui reste combien de temps à vivre ? » demanda Candice, gênée.

Elle se mordit la lèvre.

« Pas beaucoup. Il est en phase terminale...

— On parle de mois ? De semaines ?

— Je... D'après Janet, c'est une question de semaines. Voire de... »

Il n'eut pas la force de finir sa phrase.

« Mon Dieu ! s'écria Alicia, visiblement très secouée. Mais il paraissait en pleine santé ! »

Sa voix se brisa et elle enfouit son visage dans ses mains.

« Je vais téléphoner à Maggie pour lui apprendre la triste nouvelle, reprit Justin, s'efforçant de garder la tête sur les épaules. Je compte sur vous pour communiquer l'information à nos clients et partenaires. Ainsi qu'à nos journalistes free-lance. David Gettins, par exemple.

— Et Roxanne, dit quelqu'un.

— Tout à fait. Prévenez Roxanne. »

Sur son transat, Roxanne se retourna et étira ses jambes. Le soleil couchant la réchauffait comme un sourire amical. Son avion avait atterri à l'aéroport de Nice à dix heures le matin même et elle avait sauté dans un taxi, direction l'hôtel Paradis. Gérard, son directeur, était un vieil ami à elle et il lui avait suffi d'un coup de fil au service relations publiques de l'établissement pour qu'on lui déniche une chambre à prix cassé. Elle ne demandait que le strict minimum : un lit à une place, une douche et une chaise longue au bord de la piscine. Un endroit où s'allonger, les yeux fermés, à la chaleur réparatrice du soleil. Où tout oublier.

Toute la journée elle était restée ainsi, ne remuant par intermittence que pour s'enduire de crème solaire et boire une gorgée d'eau. En consultant sa montre à dix-huit heures trente, elle avait calculé, stupéfaite, que vingt-quatre heures plus tôt elle s'apprêtait à vivre au Manhattan une vraie descente aux enfers.

Elle ferma les yeux et sentit le même frisson de plaisir qui l'avait parcourue en voyant les premiers glaçons s'écraser sur le crâne de la peste. Mais cette pâle satisfaction commençait à s'affadir. L'excitation du moment retombée, elle n'éprouvait plus que de la déception. Elle s'était brouillée avec Candice. Et elle avait fini la nuit seule, soûle et triste à pleurer.

Maggie l'avait lâchée. Quand elles eurent quitté le bar après l'esclandre, très remontées, l'adrénaline coulait encore dans leurs veines. Mais son amie avait regardé l'heure et murmuré à regret :

« Roxanne...

— Ne pars pas, avait-elle supplié, au bord de la crise de nerfs. Maggie, s'il te plaît. On ne va pas se quitter là-dessus ! La nuit est encore à nous !

— Je dois rentrer. Il est tard...

— Mais non !

— Je dois rentrer dans le Hampshire, avait protesté Maggie, une note d'urgence dans la voix. Tu le sais bien. Et si je ne n'allaite pas bientôt Lucia, mes seins vont éclater. »

Elle avait pris la main de Roxanne et ajouté :

« Si je pouvais, je resterais...

— Tu pourrais si tu voulais », avait rétorqué Roxanne, puérile, le menton tremblant.

Elle avait eu peur de se retrouver seule. D'abord Ralph, ensuite Candice. Et Maggie qui s'y mettait. Tout le monde l'abandonnait. Leurs nouveaux amis, leur famille comptaient plus qu'elle à leurs yeux. Rongée de jalousie, elle avait lorgné la main de Maggie où brillait sa grosse bague de fiançailles ornée d'un énorme saphir.

« Eh bien, va-t'en, alors ! avait-elle craché. Rentre chez ton chéri d'amour. Je m'en fous !

— Roxanne. Roxanne, ne le prends pas comme ça... »

Mais elle avait retiré sa main d'un coup sec et s'était enfuie dans la rue, zigzaguant et jurant dans sa barbe. Maggie n'essaya pas de lui courir après. Au fond, Roxanne savait qu'elle n'avait pas le choix.

Elle s'était réveillée aux aurores après quelques heures de sommeil et, sur un coup de tête, avait décidé de quitter le pays. Sa destination ? Qu'importe, pourvu qu'il y ait du soleil. Elle avait perdu Ralph et peut-être même ses amies. Mais il lui restait ses contacts, sa liberté, sa plastique et son bikini. Elle prolongerait son séjour aussi longtemps qu'elle le voudrait. Puis elle s'envolerait pour de nouveaux horizons. Sur le continent, peut-être. N'importe où, tant que cela lui permettait d'oublier l'Angleterre et tout ce qui s'y rattachait ! Elle n'écouterait pas ses messages. Et elle cesserait de rédiger sa chronique mensuelle. Ça ferait les pieds à Justin. Ça leur ferait les pieds à tous !

Roxanne se redressa et attira l'attention d'un serveur en veston blanc qui se rua auprès d'elle. Quel service ! Parfois, elle aurait voulu passer sa vie dans un cinq-étoiles.

« Un club sandwich, s'il vous plaît. Et une orange pressée. »

Le serveur nota scrupuleusement sa commande et disparut aussitôt. Roxanne se renfonça dans le confort de son transat.

Deux semaines s'écoulèrent ainsi. Chaque jour, le soleil brillait, l'eau de la piscine étincelait et Roxanne commandait le même sandwich généreux et croustillant. Sa routine ne variait pas d'un iota. Elle n'adressait pas la parole aux autres clients et ne s'aventurait jamais au-delà des limites de l'hôtel. Les heures se suivaient comme des perles sur un sautoir. Elle vivait déconnectée, coupée du monde, consciente seulement des rayons du soleil sur sa peau et de la saveur de son premier cocktail vespéral. Quelque part en Angleterre, ses amis et connaissances poursuivaient le cours de leur vie, mais ils s'effaçaient de sa mémoire, telles des ombres – des fantômes du passé.

Parfois, sans crier gare, le chagrin la terrassait. Alors, elle fermait les yeux et attendait. Un soir qu'elle était assise à sa table habituelle, dans un coin sombre du bar, l'orchestre avait entonné leur chanson. Bouleversée, Roxanne avait laissé couler ses larmes jusqu'à la fin de la mélodie. Sa margarita était alors arrivée et le temps qu'elle la finisse, l'incident était oublié.

Après deux semaines à ce régime, elle se réveilla un matin revigorée et, regardant par la fenêtre de sa chambre, s'aperçut qu'elle s'ennuyait. L'hôtel lui parut soudain étriqué. Il lui avait procuré la sécurité qu'elle recherchait, mais désormais elle étouffait. Il était temps de s'en aller. Elle partirait loin – très loin. Sans plus tarder, elle fit sa valise. À quoi bon perdre son temps en réflexions ? Réfléchir ne lui causait que de la souffrance. Mais voyager ! Voyager lui apportait joie et espérance.

Avant de prendre congé de Gérard, elle réserva une place sur un vol pour Nairobi et prévint ses amis du Hilton local de son arrivée. Après quelques négociations, on lui accorda à tarif préférentiel une chambre pour une semaine ainsi qu'un safari de quinze jours – l'occasion de réaliser un reportage pour le *Londoner*, ainsi que plusieurs articles pour d'autres revues. Elle s'y voyait déjà, photographiant les éléphants en admirant le soleil levant à l'horizon ; noyant son regard dans les profondeurs des plaines africaines.

L'avion était à moitié vide et, grâce à un habile marchandage avec l'hôtesse au comptoir d'enregistrement,

Roxanne obtint une place en classe affaires. Elle embarqua très contente d'elle et s'installa dans son fauteuil moelleux. Tandis que les stewards expliquaient la procédure de sécurité, elle ouvrit un exemplaire du *Daily Telegraph* et parcourut les gros titres. Les noms d'hommes politiques et de célébrités arrosaient d'une douce pluie son esprit asséché. Il lui semblait avoir quitté l'Angleterre depuis des années. Elle feuilleta le journal puis s'absorba dans un article sur les destinations de voyage à la mode.

Sur le tarmac, l'avion prenait de la vitesse. Les réacteurs vrombissaient, assourdissants. L'appareil accéléra puis, avec une secousse à peine perceptible, décolla. Alors, Roxanne tourna la page et poussa un petit cri de surprise. Ralph ! C'était bien son portrait, en noir et blanc, sur la page. Roxanne se creusa la cervelle : laquelle de ses acquisitions, de ses affaires en cours méritait de figurer dans un grand journal national ?

Puis elle remarqua autre chose, et ses traits se durcirent. La rubrique nécrologique ? Impossible !

Ralph Allsopp, indiquait la légende, *l'éditeur qui a redonné vie au* Londoner.

« Non, dit tout haut Roxanne d'une voix méconnaissable. Non. »

Ses mains tremblaient si fort qu'elle parvenait à peine à déchiffrer l'article.

Ralph Allsopp est décédé lundi...

« Non », chuchota-t-elle en lisant à toute vitesse, cherchant une explication, une chute à cette mauvaise plaisanterie.

Il laisse derrière lui une femme, Cynthia, et trois enfants.

La douleur la frappa de plein fouet. Les yeux rivés sur la photo, elle se mit à trembler violemment, à s'étrangler, tirant frénétiquement sur sa ceinture de sécurité.

« Non ! Il faut que je sorte ! s'entendit-elle crier.

— Madame, est-ce que tout va bien ? s'enquit une hôtesse au sourire glacial.

— Arrêtez l'avion ! Faites demi-tour ! Il faut que je sorte ! Il le faut !

— Madame...

— Non ! Vous ne comprenez pas ! Je dois rentrer chez moi ! C'est une urgence ! »

Elle avala sa salive et essaya de se calmer, mais on aurait dit qu'une force surnaturelle avait pris possession de son corps. L'hôtesse toussota.

« Je crains que...

— Je vous en supplie. Faites demi-tour !

— C'est impossible, madame, dit l'hôtesse, amusée.

— Ne vous moquez pas de moi ! hurla Roxanne, ne se contrôlant plus. Vous m'entendez ? Je vous interdis de vous moquer de moi ! »

Elle fondit en larmes.

« Je ne me moque pas de vous », lui assura l'hôtesse, apeurée.

Son regard tomba alors sur l'article chiffonné dans la main de Roxanne et elle changea d'expression.

« Je ne me moque pas de vous, madame. »

Elle s'accroupit et posa gentiment la main sur son avant-bras.

« Vous prendrez le premier vol pour Londres au départ de Nairobi. On vous trouvera un billet », lui murmura-t-elle.

L'avion s'élevait toujours dans les nuages. De violents spasmes agitaient Roxanne. Sans plus se soucier des autres passagers, l'hôtesse s'agenouilla dans l'allée et passa un bras autour de ses épaules.

15

La messe de funérailles eut lieu neuf jours plus tard à l'église Saint-Bride, dans Fleet Street. Candice était en avance. Sur le parvis, on échangeait les mêmes regards hébétés, incrédules qu'on lisait sur tous les visages depuis une semaine. Au bureau, la nouvelle de la mort de Ralph, deux semaines à peine après son hospitalisation, avait fait l'effet d'une bombe : les employés s'étaient figés à leurs postes, abasourdis, muets, le regard vide. Puis étaient venus les pleurs. Une jeune femme aux nerfs fragiles avait même été prise d'un fou rire – qui s'était vite changé en sanglots mortifiés. Alors qu'ils accusaient le coup, les premières couronnes étaient arrivées. Les téléphones s'étaient mis à sonner sans discontinuer. Il avait bien fallu se ressaisir pour gérer l'afflux de messages de condoléances et rassurer les clients qui, sous un vernis de sympathie, s'inquiétaient de l'avenir de l'entreprise.

À plusieurs reprises on avait aperçu Charles, le fils de Ralph, dans les couloirs, la mine sévère, qui venait de prendre la succession. Nul ne savait à quoi s'attendre de sa part. Quel genre d'homme se cachait derrière ces beaux traits et ces costumes coûteux ? Mystère. Tous avaient vu son visage sur les clichés qui ornaient le bureau de Ralph, mais l'homme restait un inconnu. Quand il avait fait le tour de l'immeuble, juste après la mort de son père, quelques employés l'avaient abordé timidement, par petits groupes, pour lui exprimer leur compassion et rendre hommage à son père. Mais nul n'osait l'approcher seul ou lui demander quel avenir il réservait au magazine. Pas avant l'enterrement. Aussi chacun avait-il poursuivi ses activités, la tête basse et le cœur lourd. Tout cela paraissait tellement absurde !

Candice fourra ses mains dans ses poches et alla s'asseoir sur un banc. Depuis ce jour, il lui semblait revivre le décès de son père dans toute son horreur. Elle se rappelait parfaitement l'incrédulité, le choc, le chagrin éprouvés alors. L'espoir, chaque matin, de se réveiller d'un cauchemar. La prise de conscience, en voyant sa mère, un jour, qu'elles n'étaient plus que toutes les deux – que leur famille, au lieu de s'agrandir, s'étiolait prématurément. Elle s'était ce jour-là rendu pleinement compte de sa vulnérabilité : s'il arrivait quelque chose à sa mère, elle se retrouverait seule au monde.

Puis, comme elle commençait tout juste à se remettre, la spirale infernale des révélations et de l'humiliation s'était mise en branle. La découverte, sous le bon père et le mari aimant, de l'escroc ! Candice essuya vivement une larme et cligna les yeux. Ces souvenirs, ces émotions, elle ne pouvait les partager avec personne. Sa mère pratiquait la politique de l'autruche ; quant à Roxanne et Maggie, les deux seules à connaître son secret, autant se résigner : Roxanne avait disparu de la circulation et Maggie... Candice soupira : à la mort de Ralph, elle avait tenté de lui téléphoner pour s'excuser. Avec un peu de chance, elles se seraient réconciliées puis épaulées en ces jours pénibles. Mais à son bonjour hésitant, Maggie avait répliqué, sarcastique :

« Tiens, tu m'adresses la parole, maintenant ? Mes geignements te manquent ?

— Je ne voulais pas..., avait bafouillé Candice, impuissante. Maggie, je t'en prie...

— Voici ce que je te propose. Patiente sagement jusqu'aux dix-huit ans de Lucia, et puis rappelle-moi. Je devrais être plus dispo à ce moment-là. » Et son amie lui avait raccroché au nez.

Le souvenir de cette conversation la mettait encore dans tous ses états. Elle se força à lever la tête. Assez larmoyé ! Il était temps de se consacrer à Ralph. Elle scruta la foule en quête de têtes connues : Alicia était seule dans un coin, l'air accablé ; Heather réconfortait Kelly, qui pleurait à gros bouillons. Les autres visages, Candice les reconnaissait vaguement – il se trouvait même sur le parvis quelques célébrités. Au fil des ans, Ralph s'était fait beaucoup d'amis, et en avait perdu peu.

Candice se leva, épousseta sa veste. Elle s'apprêtait à rejoindre Heather quand elle vit Roxanne franchir le portail : plus bronzée que jamais, ses boucles blond cuivré tombant en cascade sur son blouson noir ! Elle portait des lunettes de soleil et marchait d'un pas lent de convalescente. Le cœur de Candice fit un bond : Maggie l'avait rejetée mais Roxanne lui pardonnerait, assurément.

« Roxanne, cria-t-elle en courant à sa rencontre, manquant trébucher dans sa hâte. Roxanne ! Je suis désolée pour l'autre soir. On peut passer l'éponge ? »

Au lieu d'accepter, de la serrer dans ses bras, voire, qui sait, de verser une larme sur leur amitié retrouvée, Roxanne se taisait. Enfin, comme au prix d'un immense effort, elle demanda d'une voix cassée :

« De quoi tu parles ?

— L'autre soir, au Manhattan Bar. On a eu des mots…

— Candice, je me fous du Manhattan Bar. Tu crois vraiment que ça m'importe en un moment pareil ?

— Je… Non, tu as raison. Mais je pensais… Au fait, où étais-tu ?

— Ailleurs. D'autres questions ? »

Ses lunettes noires lui donnaient un air impénétrable, presque hostile. Candice la dévisagea, déconcertée.

« Comment as-tu appris la nouvelle ?

— Je l'ai lue à la rubrique nécrologique. Dans l'avion. »
Les gestes saccadés, elle ouvrit son sac et en sortit ses
cigarettes. « Dans l'avion, putain !

— Oh, ma pauvre ! Ç'a dû te faire un choc. »

Roxanne la toisa un long moment en silence avant de
répondre :

« Oui. Un sacré choc. »

D'une main tremblante, elle essayait en vain d'allumer
sa cigarette. Son briquet était bloqué.

« Saloperie, jura Roxanne, dont la respiration s'accélérait. Bordel de...

— Laisse-moi t'aider », dit Candice en lui prenant des
mains cigarette et briquet.

Roxanne, qui encaissait d'habitude les coups durs avec
humour et philosophie, semblait aujourd'hui particulièrement affligée. Plus que les autres. Bizarre. Elle connaissait Ralph depuis longtemps, certes, mais cette affirmation
valait pour toutes les personnes présentes. Intriguée,
Candice alluma la cigarette de son amie et la lui rendit.

Roxanne fixait une quinquagénaire blonde au manteau
sombre et au brushing impeccable qui descendait d'une
des voitures du convoi funèbre, un petit garçon d'une
dizaine d'années sur ses talons. Une jeune femme les rejoignit sur le trottoir, suivie enfin de Charles Allsopp.

« Ce doit être sa femme, commenta Candice. Oui, c'est
bien elle. Je la reconnais.

— Cynthia, confirma Roxanne. Et Charles. Et Fiona. Et
le petit Sebastian. »

Elle tira longuement sur sa cigarette.

Sur le trottoir, Cynthia lissait le manteau du petit
dernier et lui passait un mouchoir sur le visage.

« Quel âge a-t-il ? demanda Candice, qui ne les quittait
pas du regard. Le plus jeune ?

— Je ne sais pas, dit Roxanne avec un drôle de rire. Je
ne compte plus.

— Le pauvre. Perdre son père à cet âge… Déjà, pour moi… »

Elle se mordit la lèvre et étouffa un soupir.

Cynthia et Charles en tête, les Allsopp se dirigeaient vers l'église. Quand ils croisèrent Roxanne, Cynthia lui jeta un bref coup d'œil, et Roxanne serra les dents.

« Tu la connais ? s'enquit Candice, curieuse.

— Je ne lui ai jamais adressé la parole. »

Candice se tut, perplexe. Le parvis se vidait, la messe allait commencer.

« On y va ? suggéra Candice.

— Je ne peux pas. Je ne peux pas entrer.

— Ah… Pourquoi ?

— Je n'en ai pas la force, dit-elle dans un souffle, le menton tremblant. Je ne peux pas m'asseoir avec eux… Avec *elle*.

— Qui, Heather ?

— Je m'en fous, de ton idiote de copine ! explosa-t-elle. Mets-toi ça dans le crâne une bonne fois pour toutes ! »

Roxanne arracha ses lunettes noires, et Candice en resta bouche bée. Tout le maquillage du monde n'aurait pas suffi à camoufler ses cernes noirs et ses yeux injectés de sang.

« Roxanne, dis-moi ce qui ne va pas, l'implora Candice. De qui parles-tu ? »

Elle tourna la tête dans la même direction que son amie et vit Cynthia Allsopp s'engouffrer dans l'église.

« Elle ? » Candice plissa le front. « Tu refuses de te trouver dans la même pièce que sa femme ? Mais enfin… Pourquoi ? Attends. Tu veux dire que… Non ! »

Elle scruta le visage exsangue de Roxanne et recula d'un pas. Impossible. Elle tirait des conclusions hâtives. Elle nageait en plein délire ! Pourtant…

« Roxanne… »

Elle croisa son regard et déglutit.

« C'était… Ralph ?

— Oui. C'était Ralph », répéta-t-elle sans ciller.

Sur le divan de son salon, Maggie patientait tandis que l'infirmière visiteuse noircissait les pages du carnet de santé de Lucia. Les autres doivent être à l'enterrement de Ralph, songea-t-elle. L'enterrement de Ralph. Elle avait peine à le croire. Décidément, elle traversait une bien mauvaise passe, se disait-elle en regardant, apathique, l'infirmière tracer la courbe de poids de sa fille. Ralph était mort, et elle s'était fâchée avec ses meilleures amies.

Malgré elle, elle repensa à leur dernière rencontre, au bar. Quel fiasco ! Dire qu'elle s'était fait une telle joie de cette soirée ! Les remarques de Candice l'avaient cruellement blessée. Après tous ses efforts, tous ses sacrifices, Candice l'avait congédiée : pas assez drôle à son goût. Dans le train qui la ramenait dans le Hampshire, Maggie avait craqué. Mais devant sa fille hystérique et son mari dépassé, elle avait dû se maîtriser, calmer la petite, la nourrir, rongée de culpabilité. Elle manquait à tous ses devoirs. Envers sa famille – envers le monde entier.

« Alors, c'était comment ? lui avait demandé Giles tandis que Lucia tétait. Maman m'a dit que tu semblais t'amuser. »

Maggie l'avait regardé un moment, comme engourdie. Elle n'avait pas eu le courage de lui dire la vérité, de lui avouer que cette soirée dont elle se faisait une telle fête avait viré au désastre.

« Super ! » avait-elle répondu avant de s'enfoncer dans son fauteuil, soulagée d'être de retour chez elle.

Depuis, elle évitait de sortir, s'habituait à la solitude, regardait de plus en plus de feuilletons télévisés. Quand elle avait appris pour Ralph, elle s'était assise dans la cuisine et avait laissé libre sours à son chagrin. Puis elle avait tenté de joindre Roxanne. En vain. Le lendemain, Candice lui avait téléphoné et elle l'avait rembarrée. Ses piques résonnaient encore à ses oreilles et elle avait voulu se venger, la peiner à son tour. Puisque Candice ne voyait en elle qu'une pleurnicheuse et une rabat-joie et lui préférait la pétillante Heather, elle lui avait raccroché au nez et avait savouré quelques secondes une puissante montée d'adrénaline. Puis elle s'était remise à pleurer. Pauvre Lucia, avait-elle pensé. Élevée dans un torrent d'eau salée !

« Passez aux solides à partir de quatre mois, disait l'infirmière. On trouve du riz pour bébés dans toutes les grandes surfaces. Même du bio. Ensuite, progressivement, introduisez les pommes, les poires et les autres fruits simples. Bien cuits et en purée.

— En purée », répéta mécaniquement Maggie.

Sagement assise sur son canapé, elle hochait la tête et souriait à intervalles réguliers, tel un automate.

« Et vous ? demanda l'infirmière en reposant le carnet de santé. Comment ça va ? »

Maggie sentit ses joues se colorer. Elle ne s'était pas attendue à ce qu'on la questionne sur son propre état.

« Bien, merci.

— Votre mari vous aide ? Il vous soutient ?

— Comme il peut. Il... Son travail est très prenant. Mais il fait au mieux.

— Parfait. Et vous prenez le temps de sortir ?

— Euh... Oui, pas mal, se défendit Maggie. Enfin... ce n'est pas évident, avec le bébé.

— Je comprends », compatit l'infirmière.

Elle prit une gorgée de thé et poursuivit :

« Et vos amies ? »

Ce mot lui fit l'effet d'une claque. Horrifiée, elle sentit les larmes lui monter aux yeux.

« Maggie ? demanda l'infirmière en se rapprochant, inquiète. Tout va bien ?

— Oui..., affirma-t-elle en pleurant. Non. Ça ne va pas. »

Un pâle soleil printanier inondait le parvis. Sur un banc, Roxanne et Candice écoutaient le refrain étouffé de « Plus près de toi, mon Dieu ». Roxanne regardait dans le vide. Candice contemplait les nuages et s'interrogeait. Soit Roxanne et Ralph avaient brillé par leur discrétion, soit Maggie et elle manquaient gravement de sens de l'observation. Six ans de secret... Elle n'en revenait pas.

En écoutant Roxanne lui raconter toute l'histoire, elle s'était surtout étonnée de les découvrir si amoureux. Qui aurait pu se douter de la profondeur de leur relation ? Tout ce temps, Roxanne avait feint le détachement, voire l'indifférence. « Mais... Et tes aventures ? » avait demandé Candice, perdue.

Lasse, Roxanne avait posé sur elle ses yeux bleus :

« Inventées de toutes pièces. »

À présent, elle tirait sur sa cigarette. Elle souffla un nuage de fumée.

« J'ai cru qu'il ne voulait plus de moi, dit-elle sans bouger la tête. Il m'a dit de partir pour Chypre. De changer de vie. Il m'a sorti tout un baratin – retraite anticipée, famille... Je me suis effondrée. Il pensait sans doute me rendre service. Il devait savoir qu'il était condamné.

— Oui, il le savait », lâcha Candice sans réfléchir.

Roxanne tourna la tête :

« Qu'est-ce qui te fait dire ça ?

— Rien... », dit Candice.

Trop tard : Roxanne ne la quittait plus des yeux.

« Candice, explique-toi ! Tu savais que Ralph était malade ?

— Non, répondit Candice après une hésitation. Je... J'ai intercepté un message en provenance de l'hôpital, un jour. Un message insignifiant. Il aurait pu s'agit d'examens de routine !

— Un jour, quand ? » demanda Roxanne, blême.

Dans l'église, le chant s'achevait.

« Réponds-moi ! Quand ?

« — Je ne sais plus…, bredouilla-t-elle, mal à l'aise. Ça fait un moment. Quelques mois, peut-être. »

Elle leva la tête et sursauta : Roxanne affichait une expression menaçante.

« Et tu ne m'as rien dit, gronda-t-elle. Tu ne m'en as même pas parlé !

— Je n'avais pas saisi l'importance du message…

— Ça tombait sous le sens, pourtant ! s'emporta Roxanne, intransigeante. Tu ne t'es même pas posé de questions ?

— Si… Ça m'a intriguée… »

Candice se gratta la tête. On entendait maintenant les fidèles prier en chœur. Roxanne secoua la tête, écœurée.

« Tu savais que Ralph était mourant, et moi pas.

— Mais non ! Roxanne…

— Si ! Tu savais ! Et sa femme savait ! Tout le monde savait ! Et moi, j'étais où, à sa mort ? Sur la Côte d'Azur ! En train de me dorer au soleil ! Merde ! »

Roxanne hoqueta. Ses épaules frémissaient.

« J'aurais dû deviner, susurra-t-elle. J'aurais dû remarquer que sa santé se dégradait. Il perdait du poids, c'est vrai, mais… » Elle s'essuya les yeux avec sa manche. « Tu sais ce que je me suis imaginé ? J'ai attribué ça au stress. J'ai cru qu'il allait quitter sa femme. Pour s'installer avec moi. Alors qu'il était mourant ! Et tu étais au courant. »

Médusée, Candice tenta de la prendre dans ses bras, mais Roxanne la repoussa.

« Ce n'est pas juste ! poursuivit-elle, désespérée, d'une voix stridente. Tout le monde savait, sauf moi ! Pourquoi m'as-tu caché sa maladie ? Tu aurais dû m'en parler, Candice !

— Mais j'ignorais tout de votre relation ! Je ne pouvais pas deviner ! »

Elle tendit la main mais Roxanne se levait.

« Je m'en vais. Je ne veux plus te voir. C'est trop dur. Tu savais, et moi pas.

— Roxanne, voyons, ce n'est pas ma faute ! cria Candice, en pleurs. Ce n'est pas ma faute !

— Je sais, marmonna son amie en évitant son regard. Il n'empêche. »

Et elle partit sans se retourner.

Maggie sécha ses larmes et but une gorgée de thé chaud.

« Allons, ne vous tracassez pas, la consolait l'infirmière. Beaucoup de jeunes mamans souffrent de baby blues. C'est normal !

— Vous trouvez normal que je déprime ? Alors que j'ai un mari qui m'aime, une belle maison, un congé maternité ? Je devrais être comblée. »

Elle contempla son vaste salon, son imposant piano à queue couvert de photos encadrées, les bûches empilées dans l'âtre de sa cheminée en pierre de taille, ses portes vitrées ouvertes sur la pelouse. L'infirmière suivit son regard.

« C'est un peu isolé, ici. Vous avez de la famille dans le coin ?

— Mes parents habitent le Derbyshire, répondit Maggie les yeux clos, le visage immergé dans les vapeurs du thé. Mais ma belle-mère vit à quelques minutes d'ici.

— Cela vous aide ? »

Maggie ouvrait la bouche pour dire « oui » mais elle s'entendit répondre :

« Pas vraiment.

— Je vois, fit l'infirmière avec tact. Vous ne vous entendez pas ?

— Si, mais... Mais elle me donne l'impression d'être une mère indigne. »

Le simple fait de formuler cette pensée l'avait soulagée.

« Elle réussit toujours tout, alors que moi... » Ses yeux s'embuèrent. « Je fais tout de travers.

— Allons, je suis sûre que vous exagérez.

« — Mais non ! Je rate tout ! Le jour de l'accouchement, c'est Paddy qui a dû me dire que j'étais en travail : comme une idiote, je ne m'en étais même pas rendu compte ! Et la maison est sens dessus dessous, et je suis nulle en pâtisserie, et je me suis énervée en changeant Lucia, et Paddy m'a surprise en train de crier et… et… »

Maggie renifla bruyamment, s'essuya les yeux et reprit :

« Elle pense que je suis une mauvaise mère.

— Vous en êtes sûre ?

— Oui ! Je le vois dans ses yeux : elle me trouve lamentable !

— C'est faux ! »

Maggie et l'infirmière firent volte-face : au bout du salon se tenait Paddy, cramoisie.

« Maggie, mon petit, où êtes-vous allée chercher une idée pareille ? »

Paddy était passé voir si Maggie ne manquait de rien. Trouvant la porte ouverte, elle était entrée et avait surpris des éclats de voix. Soudain, sa bru avait prononcé son prénom. Au lieu de repartir, elle avait cédé à la tentation et s'était approchée à pas feutrés. Elle n'en avait pas cru ses oreilles.

« Maggie, vous êtes une mère formidable ! affirmait-elle à présent, peinée. Comment pouvez-vous en douter ?

— Vous voyez ? Ce n'est qu'un malentendu, intervint l'infirmière, s'évertuant à remonter le moral de la jeune mère.

— Personne ne me comprend, poursuivait Maggie. Tout le monde me prend pour Super-Maman mais Lucia ne dort jamais…

— Ah ? Vous disiez qu'elle faisait ses nuits…, l'interrompit l'infirmière en relisant ses notes.

— Oui, je sais ! cria Maggie, frénétique. Je prétends avoir la situation bien en main parce que c'est ce que tout le monde attend de moi ! Giles ne se rend pas compte... Personne ne se rend compte !

— J'ai essayé de me rendre utile, se défendit Paddy. J'ai proposé de garder la petite, j'ai nettoyé la cuisine...

— ... et vous me donnez mauvaise conscience ! À chacune de vos visites, vous m'accablez de reproches. Vous avez désapprouvé ma sortie, l'autre soir. Vous m'avez exhortée à rester chez moi et à me coucher tôt ! » Elle étouffa un sanglot. « C'était ma toute première sortie ! La seule !

— Je m'inquiétais pour vous, expliqua Paddy, démunie. En vous voyant si fatiguée, j'ai craint que vous ne vous surmeniez...

— Eh bien, il fallait le dire ! Au lieu de m'accuser d'abandonner ma fille. Je me suis sentie comme une criminelle ! »

Paddy la dévisageait, les yeux écarquillés. Impuissante, elle s'assit doucement sur l'accoudoir du fauteuil.

« Vous avez raison, soupira-t-elle. J'ai dû mal m'exprimer.

— Je vous suis reconnaissante pour votre aide, marmonna Maggie. Vraiment. Mais...

— On dirait que vous avez besoin de soutien affectif, commenta l'infirmière. Votre mari travaille beaucoup ?

— Il est tellement occupé... » Maggie se moucha. « Je ne peux pas décemment lui demander de...

— Sornettes ! piailla Paddy. Giles est bien le père, que je sache ? Alors, qu'il s'investisse ! » Elle plissa les yeux. « Ce n'est pas ce que vous recherchez, vous, les femmes d'aujourd'hui ? Des hommes qui assument leur côté féminin... et leur part du ménage ? »

Maggie eut un petit rire.

« Oui, c'est vrai, mais il est débordé...

— Tout comme vous ! Maggie, ne placez pas la barre trop haut.

— Les autres femmes gèrent tout de front. Moi, je ne suis bonne à rien...

— Les autres femmes se font aider ! Leurs mères viennent les voir. Leurs maris prennent un congé parental. Leurs amis se relaient. » Elle se tourna vers l'infirmière. « Donnez-moi votre avis de professionnelle : une nuit blanche a-t-elle déjà tué un jeune père ?

— Pas à ma connaissance.

— Maggie, vous n'avez pas à tout faire toute seule. Bien que vous vous débrouilliez à merveille. Bien mieux que moi à votre âge.

— Vraiment ? Même si je ne sais pas faire les scones ? »

Paddy admira un instant la petite Lucia, endormie dans son couffin, puis releva la tête :

« La pâtisserie, c'est bon pour les vieilles dames qui s'ennuient. Vous avez mieux à faire, non ? »

La messe était finie, et l'église commençait à se vider. Candice se redressa, ankylosée, la peau desséchée par les larmes, mais surtout meurtrie par la hargne de Roxanne. Ne voulant voir personne, elle se leva pour rentrer chez elle. C'est alors que Justin se matérialisa subitement à ses côtés et lui tapota l'épaule.

« Candice, dit-il, glacial. Un mot, je te prie.

— Euh… Ça peut attendre ?

— Sois dans mon bureau, demain, à neuf heures trente. Tapantes.

— D'accord. C'est à quel sujet ? »

Justin la dévisagea longuement avant de répondre :

« On en parlera demain.

— Bien. »

Il lui adressa un salut guindé et s'enfonça dans la foule. Candice resta figée, interloquée. De quoi diable tenait-il tant à lui parler ? Elle n'eut pas le loisir de s'interroger plus longtemps : Heather l'avait rejointe.

« Qu'est-ce qu'il te voulait ?

— Me convoquer dans son bureau demain pour une raison obscure. Ça paraissait sérieux… Mais va savoir, avec lui ! » Candice leva les yeux au ciel. « Il faut toujours qu'il fasse des mystères. Il veut sans doute me soumettre sa dernière idée de génie.

— Sans doute... »

Heather considéra son amie, songeuse, puis elle lui sourit et la prit par la taille.

« Et si on sortait, ce soir ? On se fait un restau sympa ? Histoire de se changer les idées ?

— Avec joie. Je suis à cran, pour ne rien te cacher.

— Tiens ? Je t'ai vue avec Roxanne tout à l'heure. Vous vous êtes encore disputées ?

— Plus ou moins... »

La fureur de Roxanne résonnait encore à ses oreilles, et elle grimaça. Mais Heather la regardait avec tant de bienveillance qu'elle se sentit soudain réconfortée.

« C'est sans importance », ajouta-t-elle, ragaillardie.

16

Le lendemain, Candice se leva la première. Elle sourit en préparant son café : Heather et elle avaient veillé tard dans un charmant petit restaurant à déguster du risotto et du vin rouge léger et, surtout, à refaire le monde. Il s'était tissé entre elles de solides liens affectifs. Elles partageaient le même point de vue sur la vie, les mêmes valeurs, elles avaient le même sens de l'humour. Candice chérissait leur amitié.

Heather avait beaucoup bu et, au moment de régler, elle s'était répandue en remerciements avant de lever les yeux au ciel et de rire de ses épanchements : « Je ne tiens vraiment pas l'alcool ! Rends-moi service. Si tu ne me vois pas émerger, demain matin, laisse-moi cuver ! » Replongeant dans son café, elle avait regardé Candice par-dessus le rebord de sa tasse et ajouté : « Bonne chance pour ton rendez-vous avec Justin. Je croise les doigts ! »

Après l'émoi suscité par l'enterrement de Ralph, cette soirée entre filles avait été salutaire. Elle avait permis à Candice de digérer les événements, d'en dresser le bilan pour repartir du bon pied. Elle restait sous le choc de sa dispute avec Roxanne et de ce qu'elle avait découvert à son sujet mais, ce matin, elle se sentait forte, tournée vers l'avenir, appelée par d'autres priorités. Comme son amitié avec Heather. Ou encore son travail.

Quand elle eut fini son café, elle s'avança sur la pointe des pieds vers la chambre de sa colocataire et tendit l'oreille : pas un bruit. Elle sourit, attrapa son sac à main et sortit dans la rue. Il faisait doux, et l'air avait un avant-goût d'été. Elle pressa le pas, aiguillonnée par la curiosité. Que lui voulait Justin ?

Il n'était pas dans son bureau, aussi gagna-t-elle son poste. Une fois son ordinateur allumé, elle se retourna pour bavarder un peu. Mais le plateau était vide, à l'exception de Kelly, qui, recroquevillée derrière son écran, tapait à toute allure sans relever la tête. Candice l'aborda tout de même :

« Salut, Kelly. Je t'ai vue à l'enterrement. »

Kelly lui lança un regard étrange et répondit, lapidaire :

« Ouais.

— Je n'ai pas pu assister à la messe, mais je vous y ai vues, Heather et toi. »

Étonnamment, Kelly se mit à rougir.

« Ouais », répéta-t-elle.

Elle se remit à pianoter furieusement sur son clavier puis se leva soudain :

« Excuse-moi, il faut que je… »

Elle se mordit la lèvre et quitta la pièce. Candice la regarda filer, intriguée, et regagna sa place. Elle commença à travailler sans grand entrain mais s'interrompit bientôt : à quoi bon entreprendre une tâche que viendrait interrompre son entretien avec Justin ?

Quant au sujet de l'entretien en question : mystère et boule de gomme. À une époque pas si lointaine, Justin lui aurait demandé conseil, ou du moins l'aurait consultée pour avoir son avis, mais depuis qu'il remplaçait Maggie, il prenait tout le monde de haut. Ce que Candice trouvait tellement risible qu'elle lui pardonnait.

À neuf heures vingt-cinq, elle aperçut Justin près des ascenseurs, derrière les portes vitrées, en grande discussion avec un interlocuteur qu'elle ne distinguait pas.

« Tout à fait, Charles, disait-il. Je vous remercie du fond du cœur. Je vous tiens au courant. »

Il fit un signe de la main, entra dans l'open space et croisa le regard de Candice.

« Ah. Suis-moi », dit-il.

Il la fit asseoir, referma la porte de son bureau et tira les stores. Puis, lentement, il s'installa dans son fauteuil et la toisa.

« Candice… » Il soupira. « Depuis quand travailles-tu au *Londoner* ?

— Cinq ans – tu le sais très bien.

— Tout juste. Cinq ans. Et tu as été heureuse, ici, durant ces cinq années ? Tu as été bien traitée ?

— Euh, oui, bien sûr. Justin…

— Un climat de confiance aurait donc dû s'établir. » Il secoua la tête, solennel. « Un employé satisfait ne recourt pas à des pratiques… malhonnêtes. »

Candice le fixait, amusée par son cinéma mais effrayée par ses sous-entendus. Quelqu'un s'était-il introduit dans les bureaux ? Avait-on déploré de menus larcins sur le plateau ?

« Justin, qu'est-ce que tu racontes ?

— Bon sang, Candice, ne me complique pas la tâche, c'est assez pénible comme ça !

— Hein ? Mais, de quoi tu parles ? »

Justin la considéra un instant avec dégoût avant de répondre, acerbe :

« Je te parle des notes de frais, Candice. Des fausses notes de frais.

— Mais qui a pu faire une chose pareille ?

— Toi ! »

Elle éclata de rire.

« Tu plaisantes ?

— Parce que tu trouves ça drôle ?

— Non, ridicule. Tu n'es pas sérieux. Tu ne peux pas penser ça !

— Arrête ta comédie, Candice. Tu es démasquée.

— Mais... Je n'ai rien fait ! protesta-t-elle d'une voix plus aiguë qu'elle ne l'aurait souhaité. Je ne sais même pas de quoi tu m'accuses !

— Permets-moi de te rafraîchir la mémoire. »

Il sortit d'un tiroir une liasse de formulaires de notes de frais où avaient été soigneusement agrafés reçus et tickets de caisse. Horrifiée, Candice y vit son nom. Justin brandit le premier formulaire et lut à voix haute :

« "Shampoing-coupe-brushing" chez Toni & Guy. C'est une dépense éditoriale, peut-être ?

— Quoi ? Mais... Je n'ai pas déclaré cette dépense ! Je n'aurais jamais fait ça ! »

Justin tournait les pages, imperturbable.

« "Soin et massage" au Manor Graves Hotel... Déjeuner pour trois au Ritz...

— C'était pour l'interview de sir Derek, avec son agent. Ils avaient exigé le Ritz !

— Et le Manor Graves ?

— Je n'y ai jamais mis les pieds ! s'indigna Candice en réprimant un rire nerveux. Tout ceci est absurde...

— Tu nies avoir signé ce reçu de l'hôtel et fait passer la dépense en note de frais ?

— Et comment ! Montre-moi ça... »

Elle lui arracha le papier, l'inspecta et sentit une boule se former dans sa gorge. C'était sa signature. Sur un reçu qu'elle voyait pour la première fois de sa vie. Le formulaire avait été soigneusement rempli, et on aurait juré son écriture. Ses mains se mirent à trembler.

« Tu as détourné ainsi en un mois un total de cent quatre-vingt-seize livres. Joli butin ! »

Soudain, avec une sueur froide, Candice se rappela son dernier relevé bancaire : elle s'était effectivement étonnée au passage de trouver son compte aussi bien provisionné, mais n'y avait plus songé. Elle examina le reçu sous toutes les coutures : il datait d'un samedi, six semaines plus tôt.

Quant à la signature, elle était remarquablement imitée, mais ce n'était pas la sienne. Non, ce n'était pas sa signature !

« Tu trouves peut-être cette somme insignifiante », poursuivait Justin.

Candice releva la tête : il se dressait face à elle, devant la fenêtre. Le contre-jour masquait ses traits mais, à en juger par son ton, il ne plaisantait pas.

« Tu te dis que ce n'est pas grave de falsifier quelques chiffres. » Il eut un geste de dédain. « Tu vois ça comme un petit délit sans importance. Mais c'est très grave. C'est un crime.

— Épargne-moi ta condescendance ! Je sais que c'est grave ! Je sais que c'est un crime ! Mais je n'ai rien fait, compris ? »

Elle s'efforçait de réfléchir – impossible : elle paniquait, aussi impuissante qu'un poisson sur le pont d'un bateau.

« Alors, d'où sortent ces formulaires ? » Justin écrasa son index sur la pile de documents. « Tu peux me l'expliquer ?

— Quelqu'un a dû les remplir... en imitant ma signature.

— Je vois. Et pourquoi ferait-on une chose pareille ?

— Je l'ignore ! Mais, Justin, tu vois bien que ce n'est pas mon écriture. Ça y ressemble de loin, mais regarde ! Compare ce formulaire à... celui-ci !

— Tu voudrais me faire avaler qu'un mystérieux inconnu aurait, pour une raison obscure, imité ta signature ?

— Mais oui !

— Et que tu tombes des nues ?

— Bien sûr !

— Je vois. »

Justin soupira, visiblement déçu, et reprit patiemment :

« Donc, quand ces notes de frais ont été traitées, la semaine dernière, et que les sommes escroquées t'ont été versées, tu t'es empressée de signaler l'erreur et de rembourser l'argent ? »

Il la regarda, impassible, et Candice se sentit stupide. Pourquoi, mais pourquoi n'avait-elle pas cherché la provenance de cet argent ? Comment avait-elle pu être aussi bête ?

« Allons, Candice. Avoue, dit Justin avec lassitude. Tu as essayé de plumer la boîte, et tu t'es fait prendre.

— C'est faux ! s'offusqua-t-elle, la gorge sèche. Justin, j'en serais incapable ! Tu me connais !

— Sincèrement, Candice, je n'en suis plus si sûr.

— Pardon ?

— Heather m'a raconté le harcèlement moral auquel tu la soumettais, dit Justin, ouvertement hostile à présent. Je m'étonne même qu'elle n'ait pas porté plainte.

— Hein ? Justin, de quoi tu parles ?

— Tu plaides encore non coupable ? Nous en avons discuté l'autre jour. Tu as toi même reconnu contrôler son travail. C'est de l'abus de pouvoir !

— Je l'aidais ! se récria Candice, outrée. Comment oses-tu insinuer… ?

— Tu as dû te sentir toute-puissante, quand tu lui as trouvé le poste. Et ça t'a plu, je parie. Mais tu n'as pas supporté qu'elle devienne autonome.

— N'importe quoi ! Justin…

— Quand elle m'a présenté son idée d'article, tu le lui as fait payer. Elle me l'a rapporté. Tu es jalouse de son talent, c'est ça ?

— Mais non ! geignit Candice, effarée. Pas du tout ! Tu as tout faux ! »

Les mots lui manquaient. Il fallait qu'elle mette de l'ordre dans ses pensées. Cette histoire n'avait ni queue ni tête ! Qui aurait pu… ?

Soudain, elle tressaillit. Le reçu du coiffeur. C'était le sien. Elle le gardait avec ses autres documents importants, dans le tiroir de sa coiffeuse, dans sa chambre. Sa propre chambre. Dans son propre appartement. Personne n'y avait accès. Sauf...

« Oh, non », murmura-t-elle.

Elle prit un formulaire, l'inspecta par le menu et son sang se glaça. En y regardant de plus près, elle reconnaissait cette écriture qui ressemblait à la sienne. C'était bien la calligraphie de Heather, tout en boucles et en arabesques, qui lui faisait un pied de nez, sur la page. Candice releva les yeux, nauséeuse.

« Où est Heather ? murmura-t-elle.

— En vacances, pour deux semaines. Elle ne te l'a pas dit ?

— Non... Non, elle ne m'a rien dit. » Elle prit une profonde inspiration. « Justin... Je crois que c'est Heather qui a falsifié ces formulaires.

— Tiens donc ? Quelle surprise ! ricana-t-il, sarcastique.

— Justin, je te jure... » Candice avala sa salive. « Il faut que tu m'écoutes...

— C'est fini, trancha Justin. Tu es suspendue.

— Quoi ? »

Le choc la fit blêmir.

« Tu seras convoquée devant le conseil d'administration, l'informa Justin d'une voix aussi neutre que s'il avait été en train de lire les Pages jaunes. D'ici là, tu es priée de rester chez toi. Tu continueras de percevoir ton salaire.

— C'est... c'est une blague ?

— Estime-toi heureuse qu'on ne te renvoie pas sur-le-champ ! Candice, tu es coupable de détournement de fonds. Si je n'avais pas mis en œuvre ce système de contrôle aléatoire des dépenses, cela aurait pu échapper à notre vigilance. J'en ai discuté avec Charles ce matin, et nous sommes d'avis que ce genre de comportement mérite de sévères sanctions. Nous allons d'ailleurs utiliser ton exemple pour...

— Charles Allsopp. Mais bien sûr. C'est pour l'impressionner que tu t'acharnes sur moi !

— Ne dis pas de sottises, se fâcha Justin, qui virait à l'écarlate. Il s'agit d'une décision concertée des membres de la direction, fondée sur notre règlement intérieur en matière de...

— Tu ne peux pas me faire ça, dit Candice, en larmes. Tu me traites comme une criminelle, après tout ce qu'on a vécu ! On a habité ensemble pendant six mois, ça ne représente rien, à tes yeux ? »

À ces mots, Justin redressa vivement la tête et lui lança un sourire triomphant. C'était ce qu'il attendait, comprit Candice, horrifiée. Que je rampe à ses pieds.

« Tu considères que je devrais fermer les yeux parce que nous avons entretenu une relation sentimentale ? Tu estimes avoir droit à un traitement de faveur ? Réponds-moi. »

Candice en était malade.

« Non, dit-elle aussi posément que possible. Bien sûr que non. Mais... tu pourrais au moins me faire confiance. »

Ils se dévisagèrent un moment en silence, et pendant une fraction de seconde, Candice crut reconnaître le Justin qu'elle avait aimé, celui qui l'aurait crue et qui aurait peut-être même pris sa défense. Mais il se ressaisit :

« Tu as trahi ma confiance. Ainsi que celle de tous mes collaborateurs. Tiens, dit-il en lui tendant un sac poubelle noir. Prends tes affaires et va-t'en. »

Une demi-heure plus tard, sur le trottoir, son sac poubelle à la main, Candice attirait les regards. Il était dix heures. Pour beaucoup de personnes, la journée ne faisait que commencer. On allait au bureau, on filait à un rendez-vous. Elle serra les dents et fit quelques pas, espérant avoir l'air naturelle. Si elle parvenait à contenir ses émotions, on la croirait peut-être plantée là avec son sac par choix, et non par contrainte. Mais elle se décomposait. Jamais elle ne s'était sentie si vulnérable.

En sortant du bureau, elle avait réussi à conserver une certaine dignité. Elle avait gardé la tête haute. Et cela n'avait pas été facile. À l'évidence, tout le monde savait ce qui s'était passé. Certains lui lançaient des regards en coin, d'autres la fixaient ouvertement. D'autres encore, heureux de ne pas se trouver à sa place, affichaient leur soulagement : avec un nouveau capitaine à la barre, l'avenir était incertain pour tout le monde. Candice crut lire de la compassion dans les yeux d'Alicia – mais celle-ci avait rapidement tourné la tête. Comment lui en vouloir ? Dans ce climat, personne ne pouvait se permettre de prendre de risques.

Candice avait ouvert brutalement son sac, les mains tremblantes, dégoûtée par le contact froid du plastique. Elle se sentait humiliée. Dans l'open space régnait un silence de mort : tout le monde tendait l'oreille.

Toute seule sur son trottoir, elle retenait ses larmes. Ils la croyaient tous malhonnête. À leur décharge, les preuves étaient accablantes. Elle ferma les yeux, prise de vertige. Heather avait monté une machination contre elle. Depuis le début, elle conspirait derrière son dos. Candice tournait et retournait les faits dans son esprit, essayant de raisonner, de comprendre. Mais comment réfléchir quand on a une boule dans la gorge, un nœud dans l'estomac et une irrépressible envie d'éclater en sanglots ?

« Tout va bien, mademoiselle ? lui demanda un passant.

— Oui, merci », marmonna-t-elle en sentant une larme rouler sur sa joue.

Sans lui laisser le temps de prononcer un mot de plus, elle s'éloigna et se mit à marcher au hasard. Les pensées se bousculaient dans sa tête. Le sac lui cognait contre les jambes, le plastique glissant lui échappait. Elle devait être la risée de tous ! Dans une vitrine, elle surprit son reflet et s'effraya de sa pâleur. Elle avait les traits crispés à force de s'empêcher de pleurer, son tailleur se froissait déjà et ses cheveux, ordinairement lissés, étaient tout décoiffés. Il faut que je rentre chez moi, se dit-elle, en proie à un affolement subit. Elle se déshabillerait, prendrait un bain brûlant et se terrerait dans son trou comme un animal jusqu'à ce qu'elle se sente le courage d'en sortir.

À l'angle se trouvait une cabine téléphonique. Elle ouvrit la lourde porte et se glissa à l'intérieur. Il y faisait frais, et les bruits de la rue y étaient un peu estompés. C'était un havre provisoire. Candice sortit son téléphone portable. Maggie l'aiderait. Ou Roxanne. L'une des deux. Roxanne ou Maggie. Elle sélectionna l'option « Répertoire » dans le menu de son téléphone.

Elle ne pouvait pas appeler Roxanne. Pas après la façon dont elles s'étaient séparées à l'enterrement de Ralph. Et Maggie ne lui avait pas pardonné ses méchantes paroles – leur dernière conversation l'avait bien prouvé.

La jeune femme frissonna et s'appuya contre la paroi de verre fraîche de la cabine. Impossible de les appeler. Elle les avait perdues, toutes les deux. Comment ? Elle ne se le rappelait même pas. Mais elle avait bel et bien perdu ses deux meilleures amies.

On frappa au carreau et elle se retourna.

« Vous téléphonez, ou quoi ? lui cria une femme, un enfant pendu à son bras.

— Non…, répondit Candice, éberluée. Pardon. »

Elle céda sa place, changea son sac de main et promena autour d'elle un regard perdu, comme quelqu'un qui se réaccoutume à la lumière du jour à la sortie d'un tunnel. Puis elle reprit sa route, ivre de malheur, sans savoir où la portaient ses pas.

Roxanne était sortie acheter du pain et des journaux. En remontant, elle entendit le téléphone sonner. Qu'il sonne donc, se dit-elle. Elle ne voulait parler à personne. Lentement, elle inséra sa clé dans la serrure et ouvrit la porte, referma soigneusement, posa le pain et les journaux sur le buffet et lança un regard hostile en direction du téléphone, qui ne s'arrêtait pas.

« C'est bientôt fini ? grommela-t-elle, avant de décrocher. Oui ?

— Mademoiselle Roxanne Miller ? s'enquit une voix inconnue.

— C'est elle-même.

— Bonjour, mademoiselle. Permettez-moi de me présenter : Neil Cooper, de Strawson et compagnie.

— Je n'ai pas de voiture et ne veux pas d'assurance. Ni de double vitrage : je n'ai pas non plus de fenêtres. »

Neil Cooper rit nerveusement.

« Mademoiselle Miller, je vous prie de me pardonner. Je me suis mal fait comprendre. Je suis avocat. Je vous appelle au sujet de la succession de Ralph Allsopp.

— Oh. »

Roxanne fixa le mur et cligna plusieurs fois les yeux. Elle ne s'habituait pas à entendre prononcer ainsi son nom à l'improviste. Chaque fois, il lui semblait encaisser un coup.

« Puis-je vous inviter à passer nous voir au cabinet ? »

Roxanne se concentra. Ah, oui : la succession de Ralph.

« Il m'a légué un souvenir, c'est ça ? dit-elle en laissant couler ses larmes. Quel imbécile… Il a toujours eu un côté fleur bleue.

— Il faudrait que nous nous rencontrions…

— C'est quoi ? Sa montre ? Non, ne me dites pas : c'est sa Remington. » Elle gloussa. « Sa vieille machine à écrire pourrie !

— Est-ce que jeudi, seize heures trente, vous conviendrait ? »

Roxanne soupira, irritée :

« Écoutez, je ne sais pas si vous êtes au courant mais, Ralph et moi… Je préférais rester discrète. Vous pouvez me l'envoyer ? Je paierai les frais d'envoi. »

L'avocat se tut puis répéta, plus fermement :
« Je vous attends jeudi à seize heures trente. »

Inconsciemment, Candice était rentrée chez elle. En bifurquant dans sa rue, elle vit un taxi au point mort devant son immeuble. Soudain, elle se raidit : Heather venait de franchir la porte. Elle portait un jean et une veste et traînait une grosse valise. Devant ses boucles blondes et ses yeux rieurs, Candice se troubla.

La gentille Heather pouvait-elle réellement avoir ourdi un complot contre elle ? Tout portait à le croire. Mais cela paraissait invraisemblable, maintenant qu'elle la voyait parler si poliment au chauffeur de taxi. Il devait y avoir une autre explication – il lui manquait simplement une pièce du puzzle.

Alors qu'elle la regardait, hypnotisée, Heather se retourna – comme si elle avait senti son regard – et sursauta presque imperceptiblement. Pendant un moment, elles ne dirent rien. Heather jaugea Candice, nota sa mine défaite, son sac poubelle, ses yeux rouges.

« Heather, dit Candice d'une voix rauque. Il faut que je te parle.

— Ah ?

— Je viens de... » Elle s'interrompit, peinant à prononcer l'impensable. « J'ai été suspendue.

— Tiens ? Pas de chance, dit Heather », la mine réjouie.

Et elle s'installa à bord du taxi.

Candice la regarda faire, le cœur tambourinant dans sa poitrine.

« Non ! cria-t-elle, et elle la rejoignit en courant, son sac poubelle brinquebalant derrière elle. Heather ! Je ne comprends pas... »

Elle tendit la main et bloqua la portière du taxi au moment précis où Heather allait la refermer.

« Lâche ça ! cracha Heather.

— Je ne comprends pas, chuchota Candice, à bout de souffle. Je croyais qu'on était amies !

— C'est drôle, comme on peut se tromper. Mon père a fait la même erreur que toi. Il a fait confiance au tien. »

Candice crut que son cœur avait cessé de battre. Elle se passa la langue sur les lèvres.

« Depuis quand est-ce que tu… ? Comment l'as-tu découvert ? demanda-t-elle d'une voix étranglée.

— Découvert ? ricana Heather pleine de mépris. Je l'ai toujours su ! Depuis le moment où je t'ai vue te pavaner au bar. » Sa voix se durcit. « Toute ma famille te connaît, Candice Brewin. »

Candice avait les jambes chancelantes ; la tête lui tournait.

« Maintenant, tu sais ce que j'ai ressenti, poursuivait Heather. Tu sais ce que ça fait de tout perdre du jour au lendemain. »

Elle eut un petit sourire satisfait en contemplant une fois de plus la piteuse allure de Candice.

« Alors ? Ça te plaît ? C'est drôle, hein, de te retrouver sans rien ?

— Je nous croyais amies, murmura Candice. J'avais confiance en toi.

— Moi, j'avais quatorze ans ! hurla Heather. On a tout perdu ! Merde, Candice ! Tu t'imaginais qu'on pouvait être amies après ce que ton père nous a fait ?

— Mais… J'ai essayé de t'aider ! J'ai tout fait pour racheter ça… »

Heather secoua la tête et tira violemment sur la portière.

« Heather, attends. Tu ne comprends donc pas ? Je voulais me faire pardonner – je voulais t'aider !

— Eh bien, c'est raté. »

Elle lança à Candice un dernier regard, et claqua la portière.

« Heather ! lui cria celle-ci à travers la vitre. Heather, attends ! Je t'en prie. Aide-moi à récupérer mon travail ! »

Sa voix montait dans les aigus. « Il faut que tu m'aides !
Je t'en supplie, Heather ! »

Mais l'autre ne se retourna même pas, et le taxi s'éloigna
dans la rue.

Abasourdie, Candice le regarda disparaître. Puis ses
jambes cédèrent et elle s'écroula sur le trottoir. Un couple
qui promenait son chien la regarda, intrigué, mais elle n'y
prêta pas attention : le monde extérieur n'existait plus
pour elle. Rien n'existait plus en dehors de la catastrophe
qu'elle venait de vivre.

17

Candice entendit du bruit et leva la tête. Ed se tenait sur le pas de la porte, l'air grave, pour une fois.

« Je l'ai vue rassembler ses affaires, dit-il. J'ai essayé de te joindre à ton travail mais on a refusé de nous mettre en relation. »

Il s'approcha et remarqua le sac poubelle à ses pieds :

« Houla, c'est mauvais signe...

— J'ai été suspendue, balbutia Candice. On m'accuse de vol.

— Hein ? Mais qu'est-ce qu'il s'est passé ?

— Je ne sais pas... » Elle se frotta le visage. « Je voulais juste... Tout ce que je voulais, depuis le début, c'était être quelqu'un de bien. Faire une bonne action. Résultat, j'ai perdu mon boulot. J'ai perdu mes amies... J'ai tout perdu, Ed. Tout. »

Sa voix se brisa, et deux grosses larmes coulèrent sur ses joues. Ed la dévisagea de la tête aux pieds avant d'objecter :

« Pas tout. Pour info, tu n'as rien perdu de ton charme. »

Surprise, Candice cessa de pleurer et eut même un petit rire incertain. Ed poursuivait sur sa lancée :

« En plus...

— Quoi ?

— Tu ne m'as pas perdu, moi. Pour info. »

Il la regardait droit dans les yeux et elle se troubla.

« Je... Merci.

— Allez, viens, dit Ed en lui tendant la main. Je te raccompagne.

— Merci, répéta Candice. Merci, Ed. »

Ils gravirent les marches en silence. Sur le palier, Candice hésita. Puis elle poussa la porte et observa tout de suite plusieurs changements : le manteau de Heather avait disparu de sa patère, son bloc-notes, habituellement posé sur le guéridon à côté du téléphone, s'était volatilisé et, par la porte de sa chambre, on apercevait la penderie, complètement vide.

« Tes affaires sont encore là ? demanda Ed, sur ses talons. Sinon, il faut déclarer le vol au commissariat. »

Candice fit le tour du salon en s'assurant qu'il ne manquait rien.

« Je crois que tout est là. À part ses trucs à elle, bien sûr.

— C'est déjà ça. Non ? »

La jeune femme ne répondit pas. Elle regardait la photo sur le manteau de cheminée qui la représentait, enfant, auprès de ses parents, par une belle journée ensoleillée. Tous trois heureux et innocents, avant le drame. Son pouls s'accéléra, sa gorge se noua et les larmes lui montèrent aux yeux. Elle suffoquait.

« Je me sens bête, lâcha-t-elle, honteuse. Tellement bête ! Elle mentait depuis le premier jour, et moi je la croyais ! J'ai avalé de ces couleuvres... »

Appuyé contre le cadre de la porte, Ed fronça un sourcil.

« Elle avait prévu son coup depuis le début ?

— Exactement. » Candice renifla. « C'est une longue histoire.

— Et... Tu ne te doutais de rien ?

— Je croyais qu'elle m'appréciait. Je nous croyais amies ! En fait, elle me racontait ce que je voulais entendre. Et je suis tombée dans le panneau.

— Ne te torture pas, Candice. Tu ne pouvais pas te douter. Elle a trompé beaucoup de monde. Elle était douée.

— Mais toi, tu as vu clair dans son jeu ! insista Candice. Tu m'as prévenue qu'elle était cinglée !

— Je l'ai trouvée un peu bizarre. J'ignorais qu'elle était folle à lier ! »

Candice tourna le dos à la cheminée et se dirigea vers le canapé mais renonça à s'y asseoir : il lui semblait hostile, comme s'il ne lui appartenait plus. D'ailleurs, elle se sentait dépossédée de tous ses biens. Son propre appartement lui paraissait souillé.

« Pendant tout ce temps, elle cherchait à me nuire, marmonna-t-elle en arrachant machinalement une bouloche du revêtement du canapé. Dès l'instant où elle a franchi ma porte, avec ses fleurs et sa gratitude feinte. »

Elle ferma les yeux et déglutit.

« Toujours si douce, si reconnaissante... Le soir, on s'asseyait ensemble ici même et on se faisait les ongles devant la télé. Heather n'était pas seulement ma meilleure amie, c'était... mon alter ego. Je n'en revenais pas de l'avoir trouvée. Et dire que pendant ce temps-là, elle... »

Elle darda sur Ed un regard désespéré.

« Candice..., murmura-t-il.

— Elle contenait sa haine et ruminait sa vengeance. Et je n'ai rien vu venir. Quelle idiote ! Je l'épaulais au travail, je l'hébergeais gratuitement et je me sentais toujours redevable. Pire : coupable. Tu sais de quoi elle m'accuse, au bureau ? De harcèlement moral !

— Et on la croit ?

— Justin, oui.

— Tiens donc.

— J'ai essayé de m'expliquer, dit Candice d'une voix perçante. Mais il ne veut rien entendre. Il me traite comme... une criminelle. »

Elle se tut. Dans la rue, une sirène retentit, ses stridulations s'accélérèrent et s'éteignirent enfin au loin.

« Il te faut un remontant, décréta Ed. Tu as de l'alcool ?

— Il doit me rester un fond de chardonnay au frigo…

— Ah, les femmes et leur vin blanc ! Tu ne sais pas ce qui est bon. Bouge pas. Je vais te chercher une boisson, une vraie ! »

Roxanne sirotait son quatrième cappuccino dans un café de Covent Garden. Par la vitre, elle observait un groupe de touristes égarés. Elle avait pris une grande résolution : ce jour-là, elle reprendrait le cours de sa vie. Elle s'isolait depuis près d'un mois : il était temps de rebrancher le téléphone et de se remettre au travail.

Pourtant, elle gaspillait sa matinée à enchaîner les cafés, incapable de se concentrer sur une activité productive, incapable d'envisager ce « retour à la normale ». Le deuil, tel un épais brouillard, continuait d'envelopper chacun de ses gestes, chacune de ses pensées, et de les vider de leur sens. À quoi bon écrire un article ? Pourquoi se donner cette peine ? Tout ce qu'elle avait entrepris ces dernières années, ç'avait été pour Ralph. Elle écrivait ses articles pour le divertir, partait en voyage pour recueillir des anecdotes à lui raconter, choisissait ses vêtements pour le séduire. Inconsciemment, bien sûr. Elle se croyait à l'époque farouchement indépendante. Lui mort, elle avait perdu sa raison d'être.

En cherchant ses cigarettes, elle tomba sur le morceau de papier où étaient griffonnées les coordonnées de Neil Cooper. Elle le remisa au fond de son sac. L'appel de l'avocat l'avait profondément déstabilisée. Elle l'avait trouvé condescendant. Il savait – cela s'entendait à son ton. Pour un cabinet comme le sien, gérer les maîtresses des clients devait faire partie du quotidien. Sans doute avaient-ils même un département spécialisé !

Les yeux de Roxanne s'embuèrent et elle alluma son briquet d'un geste rageur. Quel besoin Ralph avait-il eu de livrer leur secret à ce gratte-papier et de l'exposer ainsi ? Elle se sentait vulnérable, persuadée que, quelque part, dans un bureau cossu, des hordes d'avocats bien-pensants riaient d'elle. Quand elle entrerait, ils masque-raient de la main leurs airs railleurs, jaugeraient sa tenue, sa coiffure, étoufferaient un ricanement en la priant de s'asseoir. Ou, pire : afficheraient ouvertement leur répro-bation.

Ils soutiendraient Cynthia, bien sûr. Car ils apparte-naient au monde digne et respectable de Ralph et de son épouse, dont l'union avait été légitimée par un certificat de mariage, des enfants et une vaste propriété, entérinée par des amis communs, des cousins éloignés, des comptables et des notaires, appuyée sur tout un système.

Roxanne inhala. La fumée âcre de sa cigarette lui brûla les poumons. Et elle, qu'avait-elle partagé avec Ralph ? Seulement de l'éphémère. Des expériences fugaces, des souvenirs furtifs. Quelques jours grappillés, quelques baisers volés. Des mots doux murmurés en secret. Rien d'officiel ni de concret. Six années entières de fantasme et de folie.

L'arbre qui tombe dans la forêt fait-il du bruit si nul ne l'entend ? L'amour qui n'as pas de témoins existe-il vrai-ment ?

Était-ce arrivé, d'ailleurs ?

Roxanne soupira et écrasa son mégot. Au diable, Neil Cooper. Au diable, leur rendez-vous ! Elle ne souhaitait qu'une chose : oublier.

Candice attendait prostrée sur le canapé, la tête dans les mains, les yeux clos, en proie à toutes sortes de souvenirs confus. Le sourire ingénu de Heather. Sa volu-bilité. Ses cajoleries. Le jour où, plissant les yeux à la lueur des bougies, elle lui avait demandé ce qu'elle chérissait plus que tout. Candice adorait sa nouvelle amie – elle en était si fière. Et elle avait cru, naïvement, racheter les torts de son père.

C'était à mourir de honte. Comment avait-elle pu se figurer que la vie était si simple, les gens si cléments ? Sa vision des choses lui semblait désormais simpliste, sa tentative de réparation risible, sa confiance en Heather bêtement idéaliste.

« Je suis idiote, marmonna-t-elle à voix haute. Niaise et crédule et…

— Arrête de parler toute seule et avale ça. »

Candice releva la tête. Ed lui tendait un verre.

« C'est quoi ? demanda-t-elle, méfiante, en examinant le liquide transparent.

— De la grappa. C'est bon pour ce que tu as. Bois. »

Elle s'exécuta, et le breuvage lui embrasa le gosier.

« Merde ! s'exclama-t-elle entre deux quintes de toux, la bouche en feu.

— Tu vois ! Miraculeux, je te dis. Reprends-en. »

Candice se prépara psychologiquement et porta derechef le verre à ses lèvres. Une douce chaleur se diffusa dans tout son corps et elle se surprit à sourire.

« Quand y en a plus, y en a encore ! commenta Ed en remplissant son verre. Mais avant de vider la bouteille, tu as un coup de fil à passer. »

Il lui lança le téléphone sur les genoux.

« Ah ? fit Candice. À qui ?

— À Justin. Raconte-lui ce que t'a dit Heather. Et dis-lui qu'elle a mis les voiles. Prouve-lui que c'est une tarée.

— Mais bien sûr ! Tu as raison ! Son départ change tout ! Il va me croire, maintenant ! »

Elle reprit une gorgée de grappa et empoigna le combiné :

« Allez, je me lance. »

Elle composa vivement le numéro, dopée par l'adrénaline : ça sonnait. On décrocha.

« Bonjour, dit-elle. Je voudrais parler à Justin Vellis, s'il vous plaît.

— Je vais voir s'il est disponible, répondit la standardiste. Vous êtes Mme… ?

— Brewin. Candice Brewin.

— Je vois, commenta l'autre d'un ton qui pouvait exprimer le mépris ou l'indifférence. J'essaie de vous mettre en relation. »

La musique d'attente retentit et Candice, prise d'appréhension, chercha Ed du regard : assis sur l'accoudoir du canapé, il lui adressait des signes d'encouragement.

« Justin Vellis, j'écoute.

— Justin. C'est Candice, dit-elle en tirant nerveusement sur un pan de sa veste.

— Qu'est-ce que tu veux ?

— Justin, écoute-moi. J'ai des preuves ! Heather m'a tout avoué. Elle avait un vieux compte à régler avec moi. Elle me l'a hurlé en pleine rue !

— Ah, oui ?

— Oui ! Et elle a plié bagage ! Elle a remballé toutes ses affaires et elle a disparu !

— Et ?

— Tu ne trouves pas ça louche ? Allons, réfléchis ! »

Justin soupira bruyamment :

« À moins que ma mémoire ne me joue des tours, Heather est partie en vacances.

— Elle n'est pas partie en vacances ! s'emporta Candice. Elle est partie pour de bon ! C'est un coup monté, elle l'a admis.

— Elle a admis avoir imité ton écriture ?

— Euh… Elle n'est pas entrée dans les détails. Mais elle a dit…

— Candice, je n'ai pas le temps d'écouter tes salades, l'interrompit Justin d'un ton glacial. Tu auras tout le loisir

244

de les raconter au conseil de discipline. Je te prierai de ne plus chercher à me contacter. Je vais demander au standard de ne plus me transférer tes appels.

— Justin, comment peux-tu être aussi borné ? Tu ne vois donc pas que…

— Au revoir, Candice. »

Il avait raccroché. Elle fixa le combiné, incrédule.

« Laisse-moi deviner, dit Ed, qui s'était servi un verre. Il s'est confondu en excuses et t'a offert une augmentation.

— Il refuse de me croire ! Il refuse tout bonnement de me croire ! répéta Candice, outrée. Comment peut-il se fier plus à elle qu'à moi ? Je rêve ! »

Elle se leva brusquement, oubliant le téléphone, qui tomba par terre, et se mit à faire les cent pas, furieuse.

« Merde ! Pour qui se prend-il ? Il monte provisoirement d'un cran dans la hiérarchie et il se prend pour Dieu le Père ! Il m'a parlé comme… Comme un P-DG à la femme de ménage ! C'est pathétique.

— Il doit en avoir une minuscule.

— Pas minuscule… Mais pas bien grosse. »

Elle se retourna, croisa le regard d'Ed, et éclata de rire.

« Je suis hors de moi ! Je n'en reviens pas.

— Moi non plus, siffla Ed, impressionné. Candice en colère… J'aime bien ! »

Elle secoua la tête, un sourire crispé aux lèvres. Sans la larme qui perlait au coin de son œil, on aurait pu penser qu'elle piquait un fou rire.

« Et maintenant ? reprit-elle plus doucement. Le conseil de discipline n'aura pas lieu avant au moins deux semaines. Entre-temps, je fais quoi ? Je ne peux pas retourner au bureau : on m'a confisqué mon badge. »

Ed ne répondit pas tout de suite. Puis soudain il reposa son verre et se leva.

« Viens. Partons d'ici. Je t'emmène visiter la maison de ma tante.

— Quoi ? Celle dont tu as hérité ?

— Tu as besoin de changer d'air.

— Mais... C'est à des kilomètres, non ? Dans le Wilt-shire, ou je ne sais plus où...

— Et après ? On a tout notre temps. » Il consulta sa montre. « Il n'est que onze heures.

— Je ne sais pas... Est-ce vraiment une bonne idée ?

— Tu as d'autres projets pour la journée ? Tourner comme un lion en cage ? Te rendre malade ? »

Elle hésita longuement. Enfin, elle releva le menton et se dérida, soudain euphorique à l'idée de cette échappée.

« Tu as raison. D'accord. Allons-y. »

18

À midi, Giles poussa la porte de la chambre à coucher et attendit que Maggie émerge.

« Tu as de la visite », annonça-t-il doucement.

Maggie se frotta les yeux et bâilla, tandis qu'il lui apportait Lucia. Les rayons du soleil inondaient la chambre et une bonne odeur de café flottait dans l'air. Mais surtout, elle se sentait reposée. Béate, elle s'étira, savourant la douceur des draps sur son corps détendu, et bénit intérieurement l'inventeur du lit.

« Je me sens merveilleusement bien, déclara-t-elle en s'asseyant contre une montagne de coussins. Sauf mes seins qui me font un mal de chien !

— Pas étonnant, dit Giles en lui tendant la petite pendant que Maggie déboutonnait sa chemise de nuit. Tu as dormi quatorze heures.

— Pas possible ! s'esclaffa Maggie. Je ne me rappelle plus la dernière fois que ça m'est arrivé.

— C'est que je t'avais créé un véritable caisson d'isolation. Les portables éteints ; le fixe débranché ; le bébé en promenade avec papa. On vient de rentrer. »

Maggie se pencha sur sa fille qui tétait goulûment, et s'attendrit :

« Elle est si jolie.

— Magnifique, confirma Giles. Comme sa mère. »

Il s'installa à côté d'elle sur le matelas et les observa en silence. Au bout d'un moment, Maggie lui rendit son regard.

« Elle a été sage, cette nuit ? Tu as pu dormir ?

— Pas beaucoup. Elle n'aime pas son berceau, ou quoi ? » Il fronça les sourcils. « C'est comme ça toutes les nuits ?

— À peu près, oui, répondit Maggie après un temps de réflexion.

— Je ne comprends pas pourquoi tu ne m'en as rien dit avant. » Giles se passa la main dans les cheveux. « On aurait pu se faire aider, ou…

— Je sais », fit Maggie.

Elle se mordit la lèvre et regarda par la fenêtre le ciel sans nuage.

« Mais… Je n'osais pas t'en parler. Tu prenais Lucia pour un ange. Et tu semblais si fier de moi ! Si je t'avais avoué la vérité…

— J'aurais dit : il est nul, ce bébé ! On l'envoie au service après-vente ! »

Maggie pouffa.

« Merci de t'être occupé d'elle, hier.

— Tu n'as pas à me remercier, s'agaça Giles. C'est mon bébé aussi, je te signale ! Moi aussi, j'ai le droit de le maudire quand il hurle à trois heures du matin !

— Saleté de bébé, dit-elle en souriant à sa fille.

— Tu l'as dit. Et sa mère, n'en parlons pas ! Une vraie bécasse. » Il secoua la tête et fit mine de se fâcher. « "Mensonge à infirmière", on en jette en prison pour moins que ça !

— Je n'ai pas menti ! protesta Maggie en plaçant Lucia sur son autre sein. J'ai… présenté les faits sous une lumière avantageuse.

— Tu devrais travailler dans les relations publiques !

— Je ferais un carton : "La naissance de ma fille a transcendé mon existence, nous confie Mme Drakeford.

248

Elle est angélique, et moi plus zen que jamais. Car je suis… Super-Maman !" »

Elle regarda Lucia et reprit son sérieux.

« Je voulais tout réussir, comme ta mère. Mais je ne suis pas ta mère.

— Encore heureux ! » Giles grimaça. « Elle m'a tellement sermonné sur mes responsabilités que j'ai cru retomber en enfance ! Elle peut faire sacrément peur, quand elle veut.

— Tu m'en vois ravie.

— D'ailleurs, j'y pense : Madame souhaiterait-elle prendre le petit déjeuner au lit ?

— Ma foi, Madame n'aurait rien contre.

— Et Mademoiselle ? Je vous la laisse ou souhaitez-vous qu'elle regagne ses appartements ?

— Laissez-la-moi, mon brave. Elle n'a pas terminé son propre petit déjeuner. »

Une fois son mari parti, Maggie se vautra dans ses coussins. Par la fenêtre, elle regarda le jardin et les prés verdoyants. De cette distance, on ne distinguait ni boue, ni ronciers. Un soleil de plomb dardait ses rayons sur l'herbe qu'agitait une douce brise. Un oisillon s'envola d'une haie. C'était là le décor idyllique dont elle avait rêvé pour ses pique-niques champêtres.

« Et toi, ma puce, tu préfères les vaches et les moutons ou le shopping et le métro ? »

Lucia tourna vers sa mère son minuscule visage, la fixa intensément… et bâilla à s'en décrocher la mâchoire.

« Je vois. Tu t'en moques !

— Madame est servie ! » annonça Giles.

Il apportait un plateau de croissants tièdes accompagnés de confiture d'abricots maison, de jus d'orange pressé et de café fumant. Il admira sa femme un moment avant de déposer sa cargaison sur une table.

« Tu es belle, lui dit-il.

— Tu n'as pas les yeux en face des trous.

— Mais si. Tu es superbe. »

Il cueillit délicatement Lucia et la déposa sur son tapis d'éveil puis, revenu auprès de sa femme, caressa ses cheveux, son épaule et, doucement, son sein.

« Tu me fais une petite place ? » demanda-t-il.

Reposé et détendu, le corps de Maggie réagissait à ses caresses. Sa peau se remémorait des sensations. Sa respiration s'accélérait.

« Ma foi, pourquoi pas… », répondit-elle, presque timidement.

Lentement, Giles se pencha au-dessus d'elle et se mit à l'embrasser. Elle ferma les yeux et l'enlaça, s'abandonnant au plaisir de cette étreinte. Giles posa les lèvres sur sa nuque et elle soupira d'aise. Alors, il lui murmura à l'oreille :

« Si on lui faisait un petit frère ? »

Maggie se figea d'horreur :

« Quoi ! Giles…

— Je plaisante ! »

Elle le repoussa, palpitant d'effroi.

« Tu n'es pas drôle ! Pas du tout ! Tu es… Tu es cruel ! »

Mais elle pouffait malgré elle.

« Je sais, merci, répondit Giles. Tu en as, de la chance, de m'avoir pour mari ! »

D'un clic, Ed déverrouilla les portières de sa voiture, une décapotable bleu marine rutilante. Candice en restait baba.

« J'ignorais que tu possédais une… C'est une quoi, d'ailleurs ?

— Une BMW.

— Pas mal ! Comment se fait-il que je ne t'aie jamais vu au volant de ce bijou ? »

Ed haussa les épaules.

« Je n'aime pas beaucoup conduire. »

Candice haussa un sourcil :

« Alors… Pourquoi te payer un bolide pareil ? »

Il eut un sourire désarmant :

« Parce que je suis un mec, tiens ! »

Candice éclata de rire. Elle s'installa à la place du mort et il mit le contact.

Le soleil se réverbérait sur le pare-brise et le chrome scintillant des rétroviseurs, et les cheveux de Candice battaient au vent. Elle trouvait tout cela très glamour. Mais le charme se rompit quand, arrêtés à un feu rouge, ils virent une jeune femme de l'âge de Candice traverser au passage piéton. Élégante et pressée, elle se rendait visiblement au travail. Tout en elle respirait la sécurité de l'emploi et la confiance en l'avenir.

Quelques heures plus tôt, insouciante, inconsciente de ce qui l'attendait, Candice n'aurait rien eu à lui envier. Tout avait basculé si vite.

« Je ne serai plus jamais la même », décréta-t-elle soudain.

Ed lui jeta un coup d'œil.

« Comment ça ?

— Je ne serai plus si crédule. Dorénavant, je me méfierai. »

Elle s'accouda sur le rebord de la portière et posa la tête dans sa main.

« J'ai été idiote. Quelle histoire…

— Candice…

— Quoi ? Je n'y suis pour rien, c'est ça ? fit-elle, amère, anticipant sa réponse.

— Ne te mets pas dans des états pareils. C'était très généreux de ta part d'aider Heather. Les choses auraient très bien pu tourner différemment.

— Peut-être, marmonna Candice au bout d'un moment.

— Elle était complètement frappadingue, ce n'est pas ta faute ! Et ça ne sautait pas aux yeux qu'il lui manquait une case.

251

— Mais mon idéalisme…

— Ton idéalisme est ce qui fait ton charme. »

Ils se turent. Candice croisa le regard sombre et profond d'Ed et rougit. Un klaxon retentit. Ed passa la première et démarra. Candice se tendit contre le dossier et ferma les yeux, le cœur battant à se rompre.

Quand elle rouvrit les yeux, ils étaient sur l'autoroute. Le ciel s'était couvert et il y avait trop de vent pour discuter. Candice se redressa et tenta de se repérer : ils filaient à travers champs. Çà et là broutaient des moutons. Elle reconnut une odeur familière de campagne.

Elle avait les jambes lourdes et le vent lui fouettait le visage ; il lui tardait d'arriver.

Comme s'il lisait dans ses pensées, Ed mit le clignotant et quitta l'autoroute.

« On arrive bientôt ? » cria Candice.

Il hocha la tête.

Ils gagnèrent un village dont Candice scruta chaque façade, curieuse de découvrir la maison. Était-elle grande, petite ? ancienne ou moderne ? Il ne lui en avait rien dit. La route se changea en une piste étroite et cabossée. Après trois kilomètres environ, ils franchirent un portail et s'engagèrent dans une allée de gravier. Candice ouvrait des yeux éberlués.

Tout au bout se dressait une chaumière au toit bas, légèrement en retrait. Elle avait des murs abricot, des volets turquoise, et par la fenêtre Candice distinguait des éclats de violet. Des pots et des jardinières multicolores encombraient le perron, bloquant presque l'accès au lourd battant de bois de la porte d'entrée.

« On se croirait dans un conte de fées ! » s'extasia la jeune femme.

Ed coupa le moteur et contempla fièrement sa maison.

« J'ai oublié de te prévenir : ma tante était peintre. Elle n'avait pas peur de la couleur ! Je te fais visiter ? »

Ils descendirent de voiture et entrèrent. Un couloir bas de plafond aux poutres apparentes ornées de fleurs séchées les accueillit.

« Les fleurs, c'est pour éviter aux grands dadais de se fracasser le crâne. »

Candice admirait les dalles en ardoise de la cuisine.

« Alors ? lui demanda-t-il.

— J'adore ! »

Elle s'avança dans la cuisine aux murs grenat et fit courir ses doigts sur la table en bois brut.

« Quand tu m'as dit avoir hérité d'une maison, j'ai imaginé... Je ne me doutais pas...

— J'ai vécu ici pendant le divorce de mes parents. Je passais des heures assis là, à la fenêtre, à jouer avec mes trains, tout tristounet.

— Quel âge avais-tu ?

— Dix ans. L'année suivante, on m'a envoyé en pension. »

Il se détourna et regarda par la fenêtre. Hormis un tic-tac d'horloge, tout était calme. Candice aperçut au loin un oiseau affairé à creuser la terre d'un pot de fleurs rose bonbon.

« Bref, dit Ed en lui faisant face. Quel prix je peux en tirer, à ton avis ?

— Tu ne vas pas la vendre ! s'indigna-t-elle.

— Non, tu as raison : je vais y emménager. Plaquer mon job et devenir fermier. Où avais-je la tête ?

— Tu n'es pas obligé d'y habiter sept jours sur sept ! Tu pourrais la garder pour...

— Les week-ends ? Me taper les embouteillages tous les vendredis soir pour venir me geler tout seul ici ? Non, merci.

— Bon. C'est ta maison, tu en fais ce que tu veux. »

Un cadre au mur attira son attention. On y lisait, brodé au point de croix : *L'éloignement renforce les sentiments.* À côté avait été suspendu un fusain représentant un

253

coquillage, et dessous un dessin d'enfant : trois grosses oies dans un pré. Candice repéra la signature, tracée de l'écriture appliquée d'un professeur des écoles, dans le coin en bas à gauche : *Edward Armitage.*

« Tu ne m'avais pas dit que ta maison était... » Elle ne trouvait pas d'adjectif pour la qualifier. « Tu ne me l'avais jamais décrite.

— Tu ne me l'as jamais demandé. »

« Et mon petit déjeuner, alors ? » réclama Maggie, lovée dans les bras de son mari.

Il remua faiblement et ouvrit un œil.

« Parce que, en plus, il faut te nourrir ?

— Et comment ! Je veux le package complet ! Tu croyais t'en tirer à si bon compte ? »

Maggie se décala pour libérer Giles et s'affala sur les coussins, tandis qu'il se levait et enfilait son tee-shirt. Soudain, il s'interrompit :

« Regarde ! » chuchota-t-il.

Maggie releva la tête : Lucia dormait à poings fermés sur son tapis.

« Apparemment, on ne l'a pas dérangée ! gloussa-t-elle.

— C'était bien la peine de lui payer un couffin. »

Giles contourna sa fille sur la pointe des pieds et prit le plateau, qu'il présenta à Maggie :

« Le petit déjeuner de Madame.

— Le café est tiède. C'est un scandale.

— La direction vous présente ses plus plates excuses et vous offre ce verre de jus d'orange ainsi que cette sélection de croissants en guise de dédommagement.

— Mouais, fit-elle d'un ton capricieux en sirotant son jus de fruits. Ajoutez un repas pour deux dans le restaurant de mon choix et je n'engagerai pas de poursuites contre votre établissement.

— Mais bien sûr, Madame. C'est la moindre des choses. »

Et il partit refaire du café.

Maggie coupa un croissant, le tartina de confiture et y mordit à pleines dents. Entre le beurre de la viennoiserie et le sucre de la confiture, ce fut une véritable explosion gustative. Rarement simple collation lui avait paru si savoureuse. On aurait dit que ses papilles, comme ses autres sens, sortaient d'une longue hibernation.

« J'espère que ceci sera davantage à votre convenance », dit Giles en revenant avec la cafetière.

Il s'assit sur le matelas.

« Alors ? Verdict ?

— C'est parfait ! »

Elle reprit une gorgée de jus d'orange. Le soleil frappa son verre lorsqu'elle le reposa sur le plateau. Elle baignait dans une harmonie de teintes chaudes, de douceur et de lumière – un vrai paradis sensoriel. Elle avait du bon, tout compte fait, cette verdure anglaise chatoyante...

Mais elle se rappela les ronces. Les mauvaises herbes. La boue et le fumier. À nouveau, elle mit les deux dans la balance : les vaches et les moutons ou le shopping et le métro ? Et les taxis... la foule... les lumières de la ville...

« Tu sais, dit-elle machinalement, j'ai envie de retourner travailler. »

Elle porta sa tasse à ses lèvres et sourit : Giles lui avait préparé un café corsé, comme elle l'aimait. Elle scruta sa réaction.

« D'accord, dit-il prudemment. Tu veux reprendre ton poste au *Londoner* ou...

— Oui. Je veux redevenir rédactrice en chef du *Londoner*. J'étais douée et ça me manque. »

Elle sirotait son café, ravie d'avoir le dessus.

« J'envisage de prolonger mon congé maternité de quelques mois. Par la suite, on engagera une nounou. »

Giles se taisait. Toute guillerette, Maggie engloutit les dernières miettes de son croissant et entreprit de s'en tartiner un deuxième.

« Maggie...

— Oui ? fit-elle, tout sourires.

— Tu es sûre ? Ça va te demander beaucoup de travail...

— Pas plus que de jouer les mamans à plein temps.

— Et trouver une nourrice... Ce n'est pas évident...

— Des milliers de familles y arrivent. Pourquoi pas nous ? »

Giles poursuivit, soucieux :

« Tu vas t'épuiser, entre les trajets et le boulot...

— Je suis bien d'accord. Ça sera invivable. » Son sourire s'élargit encore d'un cran. « C'est pour cela qu'on va retourner vivre à Londres.

— Quoi ? Maggie, tu n'es pas sérieuse.

— Oh, que si ! Et Lucia est de mon avis. Pas vrai, ma puce ? C'est une citadine, comme moi.

— Maggie... » Giles pesait ses mots. « Ma chérie, tu réagis de façon excessive. Tous nos plans...

— Tu veux dire tous *tes* plans.

— Mais ma mère, qui est si proche... Quel dommage ce serait de...

— Ta mère est de mon côté. Et au cas où tu l'ignorerais, elle est géniale. »

Giles la dévisagea, stupéfait. Soudain, il partit d'un grand éclat de rire.

« Satanées bonnes femmes ! Alors comme ça, vous conspirez derrière mon dos ?

— Peut-être..., dit Maggie avec malice.

— Et tu as déjà démarché les agences immobilières ? » Maggie hésita avant de répondre :

« Ça se pourrait.

— Tu es redoutable ! s'esclaffa Giles. J'imagine que tu as aussi recontacté le *Londoner* ?

— Pas encore. Mais je compte appeler le nouveau patron aujourd'hui même. Il est grand temps que je prenne des nouvelles du bureau.

— Et j'ai mon mot à dire ? Un rôle à jouer ?

— Eh bien… » Maggie se concentra. « Tu peux refaire du café. »

Assis au soleil sur le pas de la porte, Ed et Candice buvaient du café lyophilisé dans des tasses en poterie difformes. Ils avaient déniché une vieille boîte de biscuits mais une bouchée avait suffi à leur couper l'appétit.

Candice regardait un écureuil gambader sur le toit de la grange.

« Le pire, dit-elle, c'est que je me sens toujours coupable. Toujours redevable envers elle.

— Envers Heather ? Tu te fiches de moi ! Après ce qu'elle t'a fait ?

— *À cause* de ce qu'elle m'a fait, justement. Pour en arriver à me haïr à ce point… Mon père a vraiment dû détruire la vie de sa famille. »

Elle regarda Ed d'un air grave.

« J'en ai la chair de poule quand j'y pense. »

Au loin, un vanneau s'envola, dans un bruissement de feuilles et de plumes.

« La culpabilité, c'est pas trop mon rayon : je ne suis qu'avocat ! répondit-il enfin. Mais je sais que tu n'as rien à te reprocher. C'est ton père qui les a escroqués, pas toi.

— Oui, mais…

— Pas de "mais" ! Tu peux compatir – comme on compatit avec les victimes d'un tremblement de terre. Mais tu ne peux pas culpabiliser. Ce n'est pas toi le responsable. » Il la regarda droit dans les yeux. « Tu n'as rien fait de mal, Candice. Rien.

— Je sais. Tu as raison. Mais… Je me suis plantée en beauté. »

Elle soupira, reposa sa tasse avec précaution et s'appuya contre la porte en bois peint.

« Ces dernières semaines, je nageais dans le bonheur. Heather et moi, on était…

— Amoureuses ?

— Presque ! On s'entendait à merveille. Elle se montrait si attentionnée… Un jour, elle m'a offert un stylo.

— Un stylo ?

— Oui.

— C'est tout ce qu'il te faut ? Un stylo ?

— Mais non ! Ce n'est pas ce que je voulais dire… »

Trop tard. Ed avait reposé sa tasse et fouillait dans ses poches.

« Tiens, dit-il en lui tendant un vieux bic mâchonné. Tu veux être ma copine ?

— Ne te moque pas de moi !

— Loin de moi cette idée.

— Tu me trouves idiote, c'est ça ? dit-elle, rouge de honte. Tu me prends pour une sotte…

— Je ne te trouve pas idiote.

— Tu me méprises.

— C'est vraiment ce que tu crois ? l'interrogea Ed sans l'ombre d'un sourire. Que je te méprise ? »

Elle leva la tête. Il la fixait de ses yeux sombres et, quand elle remarqua son expression, elle se sentit glisser – comme si la Terre avait soudain cessé de tourner ou que le sol se soit dérobé sous ses pieds. Muette, elle lui rendit son regard, le souffle court. Une feuille se déposa dans ses cheveux mais elle s'en aperçut à peine.

Durant un long, un interminable moment, ils se tinrent immobiles. Jusqu'à ce que, très lentement, sans la quitter des yeux, Ed se penche vers elle et, du bout des doigts, lui caresse la joue. Puis le menton. Et le coin des lèvres. Candice le dévisageait, pétrifiée, presque terrifiée par le désir qu'elle éprouvait soudain.

Ed s'approcha encore un peu, caressa son oreille et embrassa son épaule dénudée. Ses lèvres se posèrent ensuite dans son cou et Candice frissonna, assoiffée de ses baisers. Enfin, il l'embrassa, d'abord tendrement, puis passionnément. Ils se regardèrent, sans parler, sans sourire.

Ed se leva, la prit par la main et l'attira à l'intérieur. En gravissant les marches, elle chancelait.

Jamais elle n'avait fait l'amour aussi intensément. Le monde semblait s'être réduit aux pupilles d'Ed, à ses yeux qui la regardaient et reflétaient son propre désir, sa propre jouissance. Peu à peu, elle s'était abandonnée et, au paroxysme du plaisir, elle avait fondu en larmes, soudain soulagée de toute tension. À présent, comblée, blottie contre lui, elle observait la chambre dont elle prenait tout juste conscience. Des murs blancs, des rideaux bleus unis, un lit en chêne. Après le tourbillon de couleurs du rez-de-chaussée, cette pièce inspirait la sérénité. Dehors, au loin, un troupeau de moutons dévalait une colline en se bousculant comme des hommes d'affaires pressés.

« Tu dors ? » lui demanda Ed.

Il lui caressa le ventre et une onde de plaisir la parcourut.

« Non.

— Tu m'as toujours plu. »

Candice attendit un instant avant de répondre :

« Je sais. »

La main d'Ed remonta jusqu'à sa poitrine. Candice se troubla, gênée par leur nudité, leur nouvelle proximité.

« Et moi ? Je te plaisais ? demanda-t-il.

— Tu me plais maintenant, dit-elle en se tournant face à lui. C'est ce qui compte, non ? »

Il sourit.

« Je n'en demande pas plus. »

Il l'attira à lui et l'embrassa.

Bien plus tard, tandis que le soleil disparaissait derrière les collines, ils s'aventurèrent hors de la chambre.

« Je vais nous dégoter une bouteille, décréta Ed en gagnant la cuisine. Tu peux nous chercher deux verres dans le vaisselier ? »

259

La jeune femme étouffa un bâillement. Dans le petit salon adjacent elle repéra le grand meuble en pin rempli d'assiettes bariolées, de cartes postales, de reproductions de tableaux et de grosses chopes en verre soufflé. Pour l'atteindre, elle devait passer devant un secrétaire. Une lettre manuscrite dépassait d'un des tiroirs. *Cher Edward,* lut-elle.

Edward. Ed. Cher Ed.

Elle essaya de résister à la tentation mais la curiosité l'emporta : elle s'assura que la voie était libre et s'empara de la lettre.

Cher Edward,
Votre tante s'est beaucoup réjouie de votre visite. Cela lui fait toujours beaucoup de bien de vous voir. Je vous remercie pour votre dernier chèque et pour votre générosité. Vous n'auriez pas dû...

« Tu les as trouvés ? »

La voix d'Ed interrompit sa lecture.

« Oui ! » cria-t-elle en fourrant la lettre dans le tiroir avant d'attraper deux verres au hasard.

Quand elle le rejoignit, elle le regardait d'un œil neuf.

« Elle te manque, ta tante ? lui demanda-t-elle. Tu... Tu lui rendais souvent visite ?

— Assez, oui. » Il haussa les épaules. « À la fin, elle perdait un peu la boule. Elle avait une infirmière à domicile.

— Ç'a dû coûter cher », hasarda innocemment Candice. »

Ed rougit.

« Ma famille a réglé les frais, dit-il en détournant la tête. Allez, viens : je nous ai trouvé du vin ! »

Assis dehors sur un banc en bois, leur verre à la main, ils regardèrent le soleil se coucher. Une brise se leva. Le temps se rafraîchit et Candice se serra contre Ed, qui passa son bras autour de sa taille. Le silence était absolu – un phénomène impensable à Londres. Pendant quelques instants, elle parvint presque à faire le vide. Heather continuait d'envahir ses pensées... Mais Candice secoua la tête. Ça ne servait à rien de revivre tout cela.

« Je ne veux pas rentrer à la maison, dit-elle.

— Alors, passons la nuit ici.

— Vraiment ?

— C'est chez moi, dit-il en resserrant son étreinte. On peut rester aussi longtemps que tu veux. »

19

Trois jours s'écoulèrent avant que Maggie se décide à appeler Charles Allsopp. Elle attendit l'arrivée de Paddy, qui passait désormais chaque matin pour le café, et lui confia Lucia ainsi qu'une liasse d'annonces immobilières :

« Je veux avoir l'air superpro, dit-elle. Donc, pas de bébé qui braille en fond sonore !

— Compris, opina Paddy. Et ces annonces ? D'autres maisons à Londres ?

— Oui, les brochures sont arrivées ce matin. J'ai marqué d'une croix rouge les plus intéressantes. »

Quand Paddy eut amené Lucia dans le salon, Maggie composa le numéro des Publications Allsopp.

« Bonjour, dit-elle dès qu'on eut décroché. Je voudrais parler à M. Charles Allsopp. De la part de Maggie Drakeford. Très bien, merci, Doreen ! Oui, elle est adorable. Un vrai petit ange ! »

Passant la tête dans l'entrebâillement de la porte, Paddy adressa à sa bru un sourire d'encouragement. Voici donc à quoi ressemble la vraie Maggie, se dit-elle en distrayant Lucia avec une pieuvre en peluche rose. Une femme solide, dynamique et assurée, qui aime relever les défis.

« Tu vas me manquer, chuchota-t-elle à Lucia qui s'agrippait à son index. Mais tu seras plus heureuse comme ça. Tu verras. »

Paddy ramassa les annonces présélectionnées par l'une des agences immobilières et étudia l'un des descriptifs. Elle faillit s'étouffer en voyant la photo du jardinet ridicule et le prix indécent mentionné en haut de la page en caractères gras. Pour une somme pareille, ici, ils pourraient… Mais elle sourit et se ravisa : pour une somme pareille, ici, ils avaient acquis le domaine des Pins. Et cela ne leur avait guère réussi.

« Je m'en réjouis d'avance, Charles, disait Maggie, dans la cuisine. Je vais contacter Justin… Me le passer ? Avec plaisir, merci beaucoup ! Tout à fait. Au revoir, à bientôt ! »

Elle croisa le regard de Paddy et leva le pouce :

« Il a l'air très sympa, lui souffla-t-elle. Il m'a même proposé un ordinateur portable et une formule de télétravail qui me permettrait de… Ah, Justin, bonjour. Je venais aux nouvelles.

— Et toi, tu veux un ordinateur, chaton ? » gazouilla Paddy.

Elle chatouilla le petit ventre potelé de Lucia, qui se mit à glousser. Paddy fondait.

« Tu veux devenir une femme active, comme ta maman, quand tu seras grande ? Ou plutôt…

— Quoi ? mugit soudain Maggie, et au salon, Lucia et sa grand-mère sursautèrent de concert. Tu as fait *quoi* ?

— Seigneur, murmura Paddy. Je me demande ce qui a bien pu…

— Et elle ne t'a fourni aucune explication ? tonitrua Maggie, qui s'était levée et faisait les cent pas dans la cuisine. Si ? Tu as donc vérifié ses dires, j'imagine ? » Son ton se fit caustique. « Je vois. Pourquoi n'ai-je pas été consultée ? » Silence. « Non, Justin, je ne suis pas en colère. Je suis hors de moi ! » Silence. « Je me fous de tes contrôles aléatoires !

— Seigneur ! » lâcha Paddy en lançant à Lucia un regard anxieux.

« Et comment, que je remets en question ton autorité !
hurlait Maggie. Tu es indigne d'occuper ce poste ! »

Elle raccrocha le combiné avec fureur et jura : « Pauvre
con ! » Puis elle reprit le téléphone et composa un
numéro.

« Mon Dieu, souffla Paddy d'une voix blanche, mais
qu'a-t-il bien pu se… ?

— Allez, s'impatientait Maggie en pianotant nerveusement sur la table de la cuisine. Allez, décroche ! Bon sang,
Candice, mais où es-tu donc ? »

Allongée dans l'herbe, Candice contemplait les fron-
daisons. Le soleil estival lui chauffait les joues et la brise
diffusait une douce odeur de lavande. Pourtant, elle grelottait. Les pensées qu'elle s'efforçait de refouler depuis
quelques jours recommençaient à l'assaillir.

Elle avait été suspendue. Humiliée en public. Accusée
de malhonnêteté. Et elle avait perdu l'amitié des deux
personnes auxquelles elle tenait le plus au monde. Son
cœur se serra et elle ferma les yeux. À quand remontait
cette fameuse soirée au Manhattan Bar ? Elles avaient
commandé leurs cocktails en toute insouciance, sans se
douter que la serveuse au gilet vert bouteille allait
s'immiscer dans leur vie en ravageant tout sur son passage.
Si seulement Heather avait été en congé ce soir-là. Si
seulement elles avaient changé de bar, pour une fois.
Si seulement…

Ça y est, elle recommençait avec les reproches. Elle se
redressa. Pour se changer les idées, elle pensa à Ed. Il
avait mystérieusement disparu quelques heures plus tôt en
lui promettant une surprise. Tant qu'il ne s'agissait pas
d'une nouvelle bouteille de l'abominable cidre local,
songea-t-elle, ragaillardie. Elle savoura un instant la
chaleur ambiante.

Cela faisait quatre jours qu'ils vivaient dans la chaumière, mais cela aurait aussi bien pu faire quatre semaines.

Ils dormaient, mangeaient et faisaient l'amour. Parfois, ils lézardaient sur la pelouse. Ils ne s'étaient aventurés qu'une seule fois au village, pour se procurer des denrées de première nécessité : vivres, savon et brosses à dents. Ils n'avaient apporté aucun vêtement de rechange mais Ed avait déniché dans la chambre d'amis une pile de tee-shirts XXL bariolés vantant une obscure exposition de sérigraphie ; il avait même mis la main sur un grand chapeau de paille orné de cerises artificielles pour Candice. Ils vivaient isolés, loin des gens et des gros titres, dans le havre de paix de la chaumière, qui leur offrait un sanctuaire où souffler et se ressourcer.

Candice s'y était reposée mais ne parvenait toujours pas à calmer le tumulte de son esprit. Ses idées noires revenaient l'assaillir au moment où elle s'y attendait le moins. Des lames déferlantes d'émotion s'abattaient sur elle sans crier gare, lui tirant des larmes. Elle se sentait salie, ridicule, honteuse. Et elle ne cessait de penser à Heather.

Heather Trelawney. La blonde mutine aux grands yeux gris, au petit nez retroussé. Sa main tiède dans la sienne. Son rire clair et contagieux. En se remémorant tout cela, Candice se sentait écœurée, bafouée. Leur amitié n'avait donc été qu'une mascarade, depuis le début ? Elle peinait à le croire.

« Candice ! »

Ed… Au son de sa voix, elle se leva et déplia ses jambes engourdies. Il venait à sa rencontre, l'air grave.

« Candice, j'espère que tu ne m'en voudras pas. J'ai quelqu'un à te présenter.

— Quoi ? Comment ça ? »

Elle inspecta les environs mais ne vit personne.

« Il t'attend à l'intérieur. Viens.

— Qui est-ce ? » insista-t-elle, un rien agressive.

Ed se retourna et la regarda droit dans les yeux :

« Quelqu'un à qui tu dois parler.

— Qui ça ? »

Elle le suivit, nerveuse, trébuchant dans sa hâte.

« Ed, qui est-ce ? Oh non, je sais ! » Elle pila net devant la porte, le cœur battant. « C'est Justin !

— Non », dit Ed.

Et il ouvrit la porte.

Candice fouilla l'obscurité et distingua près du comptoir de la cuisine un jeune homme d'une vingtaine d'années. Il leva la tête à son approche et passa sa main dans ses longs cheveux blonds, l'air intimidé. Candice le dévisagea, déboussolée : elle ne l'avait jamais vu de sa vie.

« Candice, dit Ed, je te présente Hamish.

— Hamish… »

Elle fronça les sourcils et d'un coup, un souvenir refit surface dans son esprit comme une bulle d'air dans un verre d'eau.

« J'y suis : tu es l'ex de Heather !

— Son ex ? répondit-il, perplexe. Non. Je suis son frère. »

Dans un des bureaux du cabinet Strawson et compagnie, Roxanne buvait son thé à petites gorgées en maudissant ses mains tremblantes : la tasse et la soucoupe en porcelaine fine s'entrechoquaient bruyamment. Dans cette pièce au silence feutré, à l'atmosphère d'opulence et de respectabilité, elle se sentait frêle et vulgaire – bien qu'elle ait porté la plus chère, la plus élégante de ses tenues. La pièce était petite mais imposante, avec ses bibliothèques en chêne massif qui semblaient absorber les sons et les secrets dont ces murs avaient été témoins.

« Je me félicite de voir que vous avez changé d'avis, déclara Neil Cooper.

— La curiosité a fini par l'emporter, répondit sèchement Roxanne.

— Comme souvent », commenta l'avocat en sirotant son thé.

Il était plus jeune qu'elle ne l'avait imaginé et affichait un air circonspect, comme s'il redoutait de la décevoir. Elle, la maîtresse. La croqueuse de diamants. Gênée, elle reposa sa tasse.

« Écoutez, réglons ça une fois pour toutes. Je n'attendais pas d'héritage, alors quoi qu'il m'ait légué, dites-moi où signer et qu'on n'en parle plus.

— C'est que... la situation est un peu plus compliquée que cela, mademoiselle. Si vous voulez bien vous donner la peine de lire le codicille que feu M. Allsopp a fait ajouter à son testament peu avant sa mort... »

Il saisit un épais classeur de cuir noir et en sortit quelques documents. Son calme et son professionnalisme alertèrent Roxanne.

« Mince alors, lâcha-t-elle d'une voix incertaine. Il ne m'a pas laissé une babiole. C'est plus que ça – je me trompe ? Mais quoi ? Pas de l'argent, tout de même ?

— Non, dit Neil Cooper en la regardant d'un air amusé. Pas de l'argent. »

« Ma famille ne manque de rien, racontait Hamish. Elle est même plutôt aisée ! Après le divorce de mes parents, ma mère s'est remariée. Son nouveau mec, Derek... Il est plein aux as. C'est lui qui m'a offert ma voiture. »

Il désigna l'Alfa Romeo flambant neuve garée dans l'allée à côté de la BMW d'Ed.

« Il nous gâte beaucoup, ma sœur et moi.

— Oh. »

Candice se frotta le visage et tâcha d'assimiler ce nouveau rebondissement. Chaque fois qu'elle regardait Hamish, elle reconnaissait Heather dans ses traits. Son petit frère... Dont elle ignorait jusqu'alors complètement l'existence...

« Mais alors, pourquoi Heather travaillait-elle comme serveuse ? l'interrogea-t-elle.

— C'est son truc, répondit Hamish. Elle s'inscrit en cours d'histoire de l'art ou de littérature, puis elle plaque tout et prend un petit boulot pourri pour nous faire culpabiliser.

— Ah. »

Candice avait l'impression que son cerveau, surchargé d'informations, fonctionnait au ralenti.

« Je savais qu'elle avait emménagé chez toi, dit Hamish, et je me doutais qu'elle allait faire une bêtise. Je lui ai conseillé de te parler, de régler cette histoire une fois pour toutes… Mais elle ne m'a pas écouté. Je ne pensais pas qu'elle irait aussi loin… »

Il but le thé que lui avait préparé Ed.

« Alors, elle me haïssait vraiment », énonça Candice d'une voix étonnamment calme.

Hamish soupira :

« Pas en tant qu'individu. Mais…

— À cause de ce que je représente.

— Essaie de la comprendre. À cause de ton père, le mien a perdu les pédales. Ma mère ne l'a pas supporté. Et notre famille a volé en éclats. C'était facile d'en rendre responsable Gordon Brewin. A posteriori, je m'aperçois que mes parents se seraient séparés de toute façon : leur mariage battait de l'aile.

— Mais Heather…

— Heather n'a pas le recul nécessaire. Elle était à l'école pendant que mes parents se déchiraient. Elle n'a pas assisté à leurs disputes. Elle les prenait pour le couple parfait, avec leur belle maison, leur grosse voiture… Quand on a tout perdu, ils ont divorcé et Heather l'a très mal vécu. Elle est devenue un peu… folle.

— Alors, quand elle m'a vue au bar… »

Candice se prit la tête dans les mains.

« Attendez. Si j'ai bien suivi, intervint Ed, vous saviez toutes les deux, pour ton père, mais vous n'en avez jamais parlé ?

— J'ignorais qu'elle était au courant ! protesta Candice. Et je ne voulais pas qu'elle s'imagine recevoir mon aide par pitié. Je voulais... être son amie. Pour de vrai.

— Je te crois, dit Hamish. Et pour ce que ça vaut, tu es sans doute la meilleure amie qu'elle ait jamais eue. Elle ne s'en rend pas compte, voilà tout. »

Le silence retomba dans la petite cuisine. Enfin, Candice se risqua à demander :

« Tu sais où elle est ?

— Aucune idée. Il lui arrive de disparaître pendant des semaines. Mais elle finira bien par revenir. »

Candice avala sa salive.

« Tu... Tu pourrais me rendre un service ?

— Quoi ?

— Viens à mon bureau raconter la vérité à mon patron. Dis-lui que Heather m'a piégée. »

Hamish réfléchit longuement avant de répondre :

« Désolé, mais je ne peux pas. J'aime ma sœur, envers et contre tout. Je ne vais pas témoigner contre elle. Elle est un peu fêlée, mais je refuse de la faire passer pour une sociopathe. » Il recula sa chaise, raclant le plancher. « Il faut que j'y aille.

— D'accord, marmonna Candice. Merci de t'être déplacé.

— J'espère que ça va s'arranger pour toi. »

Ed le raccompagna jusqu'à sa voiture. Quelques minutes plus tard, son Alfa Romeo avait disparu au bout de l'allée.

« Comment l'as-tu trouvé ? demanda Candice.

— Heather m'avait confié que sa famille habitait le Wiltshire. Je l'ai cherché dans l'annuaire et suis allé lui rendre visite. À vrai dire, j'espérais qu'elle y serait aussi. Je voulais la coincer, ajouta-t-il, une pointe de regret dans la voix.

— Elle ne se serait pas laissé ferrer si facilement. »

Ed s'assit à côté d'elle et lui prit la main.

« Au moins, maintenant, tu sais.

— Que j'ai invité une malade mentale à vivre sous mon toit. Oui, je sais. »

Son sourire s'effaça et elle se prit la tête entre les mains.

« Qu'est-ce qui ne va pas ? s'alarma Ed. J'aurais dû te prévenir, c'est ça ? Je te demande pardon. J'ai eu tort de...

— Non, tu as bien fait, le rassura Candice. C'est ce que Hamish a dit sur l'amitié qui m'attriste. Roxanne et Maggie étaient mes meilleures amies. Elles m'avaient mise en garde contre Heather. Mais au lieu de les écouter, je les ai envoyées promener. Et je les ai perdues.

— Tu ne les as pas perdues. J'en mettrais ma main au feu.

— Je leur ai dit des choses impardonnables. Je me suis comportée comme une vraie garce !

— Alors appelle-les.

— J'ai essayé ! Maggie m'a raccroché au nez, et Roxanne m'en veut à mort parce qu'elle croit que je lui cachais la maladie de Ralph !

— Dans ce cas, tant pis pour elles.

— Tant pis pour moi, oui », répliqua Candice, les joues baignées de larmes.

Roxanne fixait Neil Cooper. Ses tempes bourdonnaient, les oreilles lui sifflaient, les murs de la pièce semblaient se resserrer sur elle et, pour la première fois de sa vie, elle se crut sur le point de s'évanouir.

« Il... Il doit y avoir une erreur, souffla-t-elle, au prix d'un effort considérable. Ce n'est pas possible. Vous...

— "À Mlle Roxanne Miller...", répéta Neil Cooper en détachant bien chaque syllabe, "... je lègue mon domicile londonien, 15, Abernathy Square, Kensington." »

Levant le nez de son classeur, il poursuivit :

« La maison vous appartient. Vous pouvez en faire ce que vous voulez : l'habiter, la vendre – à vous de décider. Nous sommes prêts à vous conseiller, si vous souhaitez faire appel à nos services. Mais il n'y a pas d'urgence. En tout état de cause, la transaction nécessitera un certain délai. »

Roxanne, stupéfiée, ne broncha pas. Ralph lui avait légué sa maison, lui signifiant par là – ainsi qu'au reste du monde – qu'elle n'avait pas été une simple amourette. Elle avait compté à ses yeux. Par son geste, il la légitimait.

Roxanne avait soudain très chaud et légèrement envie de vomir.

« Encore un peu de thé ? proposa Neil Cooper.

— Je... »

Elle se racla la gorge, avala sa salive mais rien n'y faisait : elle se mit à pleurer.

« Pardon, éructa-t-elle. Je m'attendais à tout sauf... »

Elle sanglotait, incapable de se refréner. Elle chercha frénétiquement un mouchoir, tâchant de se donner une contenance, consciente du regard de compassion polie qui pesait sur elle.

« Je suis un peu sous le choc, s'excusa-t-elle enfin.

— Naturellement, fit-il avec tact. Vous connaissez la propriété ?

— La façade, seulement, dit Roxanne en se tamponnant les yeux. J'en connais chaque brique ! Mais je n'y suis jamais entrée.

— Nous pourrions convenir d'une visite...

— Non, je... Il est trop tôt. »

Elle se moucha. Neil Cooper griffonna quelque chose sur son bloc-notes.

« Est-ce que la... » Elle buta sur le mot. « ... la famille est au courant ?

— Oui.

— J'imagine qu'ils me détestent ?

— Mademoiselle Miller, lui dit Neil Cooper avec ferveur, ne vous préoccupez pas des membres de la famille Allsopp. Je peux vous assurer que M. Allsopp s'est montré très généreux envers toutes les parties concernées. »

Il marqua une pause et la regarda bien en face. « Le legs qu'il vous a fait ne regarde que vous. »

Après un temps de silence, Roxanne hocha la tête.

« Merci, dit-elle doucement.

— Si je peux répondre à d'autres questions…

— Pas dans l'immédiat. J'ai besoin d'un peu de temps pour digérer ces informations. »

Elle se leva et conclut :

« Merci de votre gentillesse. »

Il la raccompagna jusqu'à la porte lambrissée. Roxanne songea qu'elle devait avoir les yeux rouges – mais après tout, dans un cabinet d'avocats spécialisés en droits de succession, elle ne devait pas être la première à verser sa larme.

Neil Cooper ouvrit la porte et s'écarta pour la laisser passer. À l'accueil se tenait un homme en pardessus bleu.

« Je suis en avance », disait-il à la secrétaire.

Roxanne pila net. Neil Cooper sursauta imperceptiblement. L'homme leva les yeux, aperçut Roxanne et se figea.

C'était Charles Allsopp.

Ils se dévisagèrent un instant, gênés, jusqu'à ce que Roxanne se détourne et s'adresse à Neil Cooper, déterminée à sauver la face.

« Merci encore, bredouilla-t-elle. Je vous recontacte. Au revoir. »

Et, sans attendre de réponse, elle se dirigea vers la sortie.

« Attendez ! »

La voix de Charles Allsopp l'arrêta.

« S'il vous plaît », insista-t-il.

Lentement, Roxanne se retourna et, quand elle croisa son regard, sa nervosité s'envola. Elle oublia ses joues rouges et maculées de maquillage, ses jambes flageolantes. Il pouvait bien lui dire ce qu'il voudrait, elle ne se laisserait pas atteindre.

« Roxanne Miller ?

— Si je puis me permettre, intervint Neil Cooper en s'avançant précipitamment, il me semblerait préférable pour toutes les parties concernées...

— Attendez, répéta Charles en levant la main. Je voulais simplement me présenter, rien de plus. » Il hésita, puis tendit la main à Roxanne. « Charles Allsopp. Enchanté. »

La jeune femme resta un instant interdite, puis répondit :

« Enchantée. Je suis Roxanne. »

Charles hocha gravement la tête et elle se demanda ce qu'il savait, au juste, à son sujet. Ralph avait-il parlé d'elle à son fils aîné avant sa mort ?

« J'espère que nos avocats vous traitent correctement.

— Oh, fit-elle, prise de court. Oui. Très correctement.

— Bien. »

Un homme d'un certain âge descendait les escaliers qui menaient à la réception, et Charles mit un terme à la conversation :

« Je suis attendu. Au revoir.

— Au revoir, dit Roxanne tandis qu'il s'éloignait. Et... Merci. »

Dehors, sur le trottoir, Roxanne s'adossa contre un mur et respira profondément, en proie à toutes sortes d'émotions contradictoires. Au choc et à la confusion se mêlait l'euphorie : Ralph lui avait légué sa maison. Celle-là même qui l'avait si longtemps obsédée. Elle lui appartenait. Une maison qui valait des millions de livres. Cette idée lui donnait le vertige.

Elle ne s'était pas attendue à hériter. Elle ne s'était pas attendue à ce que Charles Allsopp la traite avec respect. Enfin, la vie se montrait plus clémente envers elle. Et elle ignorait comment réagir.

En cherchant dans son sac son paquet de cigarettes, elle sentit vibrer son portable. Plusieurs fois pendant son entretien on avait cherché à la joindre. Roxanne décrocha, un peu à contrecœur.

« Allô ?

— Roxanne ! Enfin ! s'exclama Maggie, paniquée. Dis-moi, tu as parlé à Candice, récemment ?

— Non. Il y a un problème ?

— Ce petit con de Justin l'a fait suspendre. Il l'accuse de détournement de fonds.

— *Quoi ?* »

Toute sa confusion s'était subitement dissipée.

« Et elle s'est volatilisée, continuait Maggie. Personne ne sait où elle se trouve ! Elle ne répond pas au téléphone… À croire qu'elle est morte !

— Merde ! Je ne savais pas !

— Elle ne t'a pas téléphoné ? Quand lui as-tu parlé pour la dernière fois ?

— Le jour de l'enterrement. D'ailleurs… on ne s'est pas quittées en très bons termes.

— Elle m'a appelée pour s'excuser, dit Maggie, piteuse. Et moi, je l'ai engueulée et je lui ai raccroché au nez. »

Elles se turent. Ce fut Maggie qui rompit le silence :

« Je serai à Londres demain. On se retrouve pour le petit déjeuner ?

— Ça marche. Et tiens-moi au courant si tu as du nouveau. »

Roxanne coupa la communication et se mit en route.

20

À onze heures, le lendemain, Maggie et Roxanne s'acharnèrent en vain sur la sonnette de Candice. Au bout d'un moment, Maggie se pencha et épia le hall de l'immeuble par la fente de la boîte aux lettres.

« Il y a une pile de courrier entassé sur la table.

— Celui de Candice ?

— Je ne vois pas. Peut-être. »

Maggie lâcha le rabat métallique et se redressa.

« Je me sens coupable, déclara-t-elle.

— Et moi donc ! »

Elles s'assirent sur le perron et Roxanne poursuivit :

« J'ai été très dure avec elle à l'enterrement de Ralph. Je... Je n'étais pas moi-même.

— Normal. Ça a dû être très éprouvant. »

On ne l'aurait jamais deviné à son ton compatissant mais Maggie ne se faisait toujours pas à l'idée que Ralph et Roxanne aient entretenu une liaison. Roxanne lui avait tout raconté dans le métro et pendant cinq bonnes minutes, Maggie en avait perdu sa langue. Comment pouvait-on cacher si longtemps un tel secret à une amie ? Comment Roxanne avait-elle pu évoquer Ralph avec une telle nonchalance, sans jamais trahir leur idylle ? Et comment avait-elle pu supporter les commentaires désobligeants que formulait parfois Maggie au sujet de son patron, de ses petites manies, sans jamais lui révéler qu'elle parlait de son amant ? Bien sûr, elle comprenait son silence : elle n'avait pas le choix. Mais quand même. Maggie se sentait trahie. Il lui semblait qu'elle ne verrait plus jamais Roxanne du même œil.

« J'avais besoin d'un bouc émissaire, expliquait Roxanne, le regard dans le vague. C'est tombé sur elle.

— N'importe qui aurait réagi comme toi, à ta place. Quand on subit une telle perte, on a besoin de désigner un coupable.

— Peut-être... Mais Candice ? » Elle ferma les yeux. « La pauvre. Je regrette tellement !

— Moi aussi, murmura Maggie, penaude. Je m'en veux terriblement de l'avoir rejetée. Je souffrais... La situation me paraissait insurmontable... » Elle jeta un coup d'œil à Roxanne. « Tu ne peux pas imaginer quel cauchemar j'ai vécu ces dernières semaines. J'ai vraiment disjoncté. »

Une voiture passa dans la rue. Un de ses passagers leur lança un regard intrigué.

« Toi ? Vraiment ? Pourtant, tu semblais contrôler la situation...

— Je sais, dit Maggie, les yeux rivés sur le sol. C'est ma faute. J'avais trop honte. Je n'en ai parlé à personne. Même pas à Giles. »

Une chose lui revint alors en mémoire :

« À vrai dire, j'ai failli t'en parler. Au Manhattan. Ce fameux soir. Mais on a été interrompues... » Elle eut un sourire contrit. « J'ai rarement passé pire soirée. Je me sentais obèse, j'étais sur les rotules et je culpabilisais de laisser Lucia... Puis on s'est disputées... Quel cauchemar.

— Je suis désolée. J'aurais dû remarquer que tu déprimais. J'aurais dû t'appeler. Te rendre visite. » Elle se mordit la lèvre. « Quelle piètre amie je fais ! Je vous ai plantées toutes les deux.

— Tu traversais une phase très difficile. Bien plus que nous. »

Maggie passa son bras autour des épaules de Roxanne et, pendant quelques minutes, aucune d'elles ne parla. Le facteur, qui faisait sa tournée, leur lança un coup d'œil suspicieux puis les contourna pour glisser ses lettres par la fente.

« Et maintenant, on fait quoi ? finit par demander Roxanne.

— On va cuisiner Justin. Il ne s'en sortira pas comme ça ! Cherchons un taxi. »

Elle se leva et lissa sa jupe.

« Joli tailleur, commenta Roxanne. Tu es très en beauté ! »

Elle admira la jupe de soie aubergine, le corsage blanc, les cheveux soyeux.

« Tu es passée chez le coiffeur ? »

Le visage de Maggie s'éclaira :

« Oui. Je te présente la nouvelle Maggie ! Nouvelle coiffure, nouveaux vêtements, nouveau rouge à lèvres. J'ai fait une razzia dans les boutiques. Ça m'a coûté les yeux de la tête !

— Tu as bien fait, affirma Roxanne. Tu es canon ! Et cette couleur te va à ravir.

— Merci, dit Maggie en aidant son amie à se lever. Je crains juste un peu pour la veste : au moindre cri de bébé, je dégorge du lait !

— Pitié, épargne-moi les détails.

— Les joies de la maternité », commenta gaiement Maggie, et elles se mirent en route.

Si on lui avait dit quelques semaines plus tôt qu'elle plaisanterait sur l'allaitement, elle n'en aurait pas cru un mot. Certes, elle faisait toujours deux tailles de plus qu'avant sa grossesse, mais maintenant elle se sentait belle. Comme quoi tout arrivait !

Le taxi les déposa devant le bâtiment des Publications Allsopp, et Maggie contempla l'édifice. Elle y avait passé le plus clair de sa vie professionnelle, il lui était donc forcément familier. Pourtant, en l'espace de quelques semaines, quelque chose avait changé, qu'elle n'aurait su définir.

« Bizarre, murmura-t-elle tandis que Roxanne ouvrait les portes automatiques avec son badge magnétique. J'ai l'impression d'être partie des années.

— Pareil. Je suis presque étonnée que mon badge fonctionne encore ! Bon... Tu es prête ?

— Prête ! »

Elles échangèrent un sourire et s'avancèrent dans le hall.

« Maggie ! s'exclama Doreen à l'accueil. Quelle surprise ! Mais où est la petite ?

— Chez moi, avec ma belle-mère.

— Oh, quel dommage ! Tu aurais dû nous l'amener ! » Elle donna un coup de coude à la jeune fille assise à côté d'elle, une rousse à l'air timide que Maggie ne connaissait pas. « Voici Maggie, dont je t'ai parlée ! Maggie, je te présente Julie. C'est son deuxième jour.

— Bienvenue, Julie. Dis-moi, Doreen...

— Et Lucia ? Elle est sage ? Angélique, je parie !

— Euh... Oui, c'est ça. Écoute, Doreen, je voudrais voir Justin. Tu pourrais le prévenir ?

— Je crois qu'il est sorti. Il avait un rendez-vous à l'extérieur avec M. Allsopp. Je vais vérifier. » Elle appuya sur un bouton. « Alicia ? C'est Doreen.

— Flûte ! pesta Maggie. Je n'avais même pas envisagé cette éventualité.

— Il sera de retour dans une heure, annonça Doreen. Ils sont partis rencontrer des maquettistes. »

Maggie ouvrit des yeux ronds :

« Des maquettistes ? De quelle agence ?

— Je n'en sais pas plus, désolée. »

Maggie serra les dents.

« Je n'ai même pas été consultée, grommela-t-elle à Roxanne. Il profite de mon absence pour tout chambouler.

— Qu'est-ce qu'on fait ?

— On l'attend, tiens ! »

Une heure plus tard, Justin n'était toujours pas rentré. Assises dans les fauteuils en cuir de l'accueil, Roxanne et Maggie feuilletaient de vieux exemplaires du *Londoner* et levaient les yeux, pleines d'espoir, chaque fois qu'on passait la porte. Tantôt c'était un visiteur qui leur adressait un regard poli, tantôt un collègue qui sautait au cou de Maggie et lui demandait où était sa fille.

« Le prochain qui me pose la question, je lui réponds que je l'ai revendue sur eBay », marmonna-t-elle tandis que leurs collègues du marketing s'éloignaient vers les ascenseurs.

Roxanne ne l'écoutait pas : elle fixait dans son magazine une photo de Candice ainsi légendée : *Notre reporter Candice Brewin enquête sur le sort des personnes âgées dans les hôpitaux londoniens.* Roxanne connaissait ce portrait de leur amie, avec son visage rond, ses sourcils arqués, son air surpris ; elle avait pourtant l'impression de le découvrir pour la première fois. Son cœur se serra : avec cette mine innocente, elle ressemblait davantage à une première communiante qu'à une reporter aguerrie.

« Roxanne ? Ça va ?

— On aurait dû se méfier, répondit-elle d'une voix éraillée en reposant le magazine. On savait que cette garce préparait un mauvais coup. On aurait dû... Je ne sais pas. Prévenir Candice. »

Elle se frotta le visage.

« On a essayé, rappelle-toi, lui dit doucement Maggie. Mais Candice prenait sans cesse sa défense.

— N'empêche qu'on aurait dû faire quelque chose. Essayer de la protéger...

— Comment ? On ne savait pas ! Ce n'était qu'un mauvais pressentiment. Heather ne nous revenait pas, voilà tout. »

Deux hommes d'affaires entrèrent, leur jetèrent un rapide coup d'œil et se dirigèrent vers la réception.

« Où peut-elle bien être ? demanda Roxanne, inquiète. Elle a disparu depuis des jours. Ce n'est pas normal.

— Je... Je l'ignore. Mais je suis sûre qu'elle va bien. Elle a dû prendre des vacances, ajouta-t-elle sans conviction.

— On l'a abandonnée, murmura Roxanne, pleine de remords. Je ne me le pardonnerai jamais. Toi aussi, je t'ai laissée tomber. J'aurais dû être là quand tu avais besoin de moi.

— Mais tu ne pouvais pas deviner que je déprimais...

— C'est bien là le problème ! Ces secrets, ces cachotteries... Arrêtons de nous jouer la comédie. En cas de coup dur, on doit pouvoir s'épauler. » Elle se tourna vers Maggie, ses yeux bleus soudain embrumés. « Maggie, la prochaine fois, appelle-moi. Même au milieu de la nuit ! Si ça ne va pas, téléphone-moi. Je rappliquerai illico. J'emmènerai Lucia en promenade. Ou Giles, si c'est lui qui te casse les pieds ! »

Maggie pouffa.

« Sérieusement, continua Roxanne. N'hésite pas. Et n'essaie plus de me faire croire que tout baigne alors que ce n'est pas le cas.

— Promis, dit Maggie, elle aussi émue. Je t'appellerai. Même si tout baigne vraiment, d'ailleurs ! »

Elle hésita avant d'ajouter, avec un petit sourire :

« Quant à toi, la prochaine fois que tu auras une aventure avec ton patron pendant six ans, touche-m'en un mot.

— Marché conclu ! »

Roxanne prit Maggie dans ses bras.

« Tu m'as manqué, chuchota-t-elle. Il faut que tu reviennes à Londres plus souvent.

— Toi aussi, tu m'as manqué, dit Maggie, la gorge sèche. Vous m'avez tellement manqué, toutes les deux. J'ai l'impression que...

280

— Vingt-deux, les voilà ! l'interrompit Roxanne.

— Hein ? »

Maggie pivota : sur le trottoir, vêtu d'un costume vert sapin, Justin gesticulait, en grande conversation avec Charles Allsopp. Ils approchaient.

« Mince ! s'écria Maggie. De quoi j'ai l'air ? Mon maquillage n'a pas coulé ?

— Si, un peu. Attends, ne bouge pas. »

Roxanne essuya du bout du doigt une trace d'eye-liner.

« Et moi, je suis comment ?

— Parfaite, dit Maggie après avoir passé au crible le visage de son amie.

— Vive le mascara waterproof, en déduisit Roxanne. Rien de tel contre l'eau de mer, le sable et les larmes ! »

Les portes s'ouvrirent.

« Ils arrivent ! Qu'est-ce qu'on dit ?

— Ne t'inquiète pas, dit Maggie. Je m'en charge. » Elle se leva, rajusta son tailleur et respira à fond. « C'est parti ! »

Et de s'élancer à leur rencontre.

« Justin ! l'interpella-t-elle. Comment vas-tu ? »

Le son de sa voix fit sursauter Justin. Et quand il la vit, sa mine s'allongea. Très vite, cependant, il se reprit et se composa une mine joviale.

« Maggie ! Quel bon vent t'amène ? »

Il ouvrit grand les bras mais Maggie resta de marbre. Les embrassades ne figuraient pas à son ordre du jour.

« Je viens vous saluer... et m'assurer que tout va bien, répondit-elle.

— Formidable ! feignit de s'enthousiasmer Justin. Excellente idée !

— Alors, voici donc la fameuse Maggie Drakeford », intervint Charles Allsopp.

Il tendit la main et se présenta :

« Charles Allsopp, enchanté. Félicitations pour le bébé. Vous ne devez pas vous ennuyer en ce moment...

— Merci. Non, en effet.

— Pas un jour ne s'écoule sans que l'on me demande la date de votre retour au *Londoner*.

— Vraiment ? » Maggie jubila devant la mine déconfite de Justin. « Ravie de l'apprendre. Je compte reprendre mon poste dans quelques semaines.

— C'est une bonne nouvelle.

— Charles, permettez-moi de vous présenter Mlle Roxanne Miller, déclara Justin dans une tentative pathétique pour ramener l'attention sur lui. Elle est journaliste free-lance et nous recourons fréquemment à ses services.

— Nous nous sommes déjà rencontrés, répondit-il après une brève hésitation. Mesdames, puis-je vous offrir quelque chose à boire ? Une tasse de thé ?

— C'est gentil, mais il ne s'agit pas d'une visite de courtoisie. Je suis venue tirer au clair une regrettable affaire : la suspension de Candice Brewin. J'ai été très fâchée de l'apprendre. »

Charles laissa la parole à Justin.

« La sanction était parfaitement méritée, attaqua-t-il. Candice détournait les fonds de l'entreprise, et si tu ne considères pas cela comme une faute grave…

— Bien sûr que si. Mais je connais Candice : elle est incapable d'une chose pareille.

— J'ai toutes les preuves dans mon bureau. Désires-tu t'en assurer par toi-même ?

— Et comment ! » rétorqua Maggie.

Elle fonça appeler l'ascenseur.

Arrivée à son étage, elle retrouva ses locaux – son équipe. Elle était chez elle, ici.

Elle croisa Alicia.

« Salut, Maggie, fit celle-ci, distraite, avant de tiquer. Maggie ! Tu es de retour ! Mais où est passé ton ventre ?

282

— Bon sang, je savais bien que j'oubliais quelque chose ! »

Sur le plateau, des rires fusèrent. Maggie capta quelques regards interrogateurs.

« Je passais dire bonjour, fit-elle.

— C'est gentil à toi, dit Alicia. Amène la petite, la prochaine fois !

— Promis ! »

Sur quoi, Maggie pénétra dans le bureau de Justin, où les trois autres l'attendaient déjà, et ferma la porte derrière elle.

Ce fut Charles qui rompit le silence.

« Je vous prie de m'excuser, Maggie, mais je ne comprends pas bien le motif de votre présence. Je crains que les preuves contre Candice ne soient accablantes. Elle aura l'occasion de se défendre devant le conseil d'administration mais...

— Devant le conseil d'administration ? s'indigna Maggie. Vous n'exagérez pas un peu ? »

Justin ouvrit un tiroir et déposa devant elle la liasse de formulaires incriminants :

« Et ça, c'est quoi ? » s'enquit-il, sentencieux.

Maggie ne lui accorda pas un regard, et s'adressa à Charles :

« Elle ne s'est pas expliquée ?

— Si. Une collègue l'aurait piégée pour une sombre histoire de vendetta. Un peu tiré par les cheveux, vous ne trouvez pas ?

— Alors que Candice en Fantômas, c'est crédible, peut-être ? s'écria Roxanne, outrée.

— Tu la défends, évidemment : c'est ton amie, fit Justin, méprisant.

— Parce que tu es objectif, toi ? Elle t'a largué ! répliqua Roxanne. Pas étonnant que tu veuilles la virer ! »

Charles fronça les sourcils :

« J'ignorais ce détail...

— C'est hors de propos ! » Justin s'empourprait. « Je me suis montré juste et impartial.

— Pas du tout, répondit Maggie d'une voix posée. Tu as négligé tes responsabilités et abusé de ton autorité. Tu as prêté foi aux propos de Heather Trelawney, qui nous a rejoints il y a quelques semaines à peine et a accusé Candice, qui travaille pour Allsopp depuis cinq ans. Tu as enregistré une plainte pour harcèlement moral sans avoir jamais rien vérifié. Et ces notes de frais que tu tiens pour des preuves irréfutables de la culpabilité de Candice... » Maggie en inspecta une et la rejeta sur le bureau avec dédain. « Elles sont fausses. Une analyse graphologique le révélerait, je suis prête à le parier. »

Elle laissa Justin encaisser, avant de reprendre :

« En conclusion, Justin, dans cette affaire, tu t'es montré partial et expéditif, et ta hâte à te débarrasser d'une collaboratrice de talent a coûté cher à l'entreprise en termes de temps et d'énergie. »

On aurait entendu une mouche voler. Roxanne regarda Charles du coin de l'œil : il ne quittait pas Maggie des yeux, bouche bée.

« Je... Pour le harcèlement, il y avait des témoins, bafouilla Justin en fouillant dans ses papiers. J'en suis sûr... Ah ! » Il brandit une feuille. « Voilà : Kelly Jones. »

Il bondit de son siège, ouvrit la porte en grand et passa la tête dans l'open space :

« Kelly ? Dans mon bureau. Tout de suite ! »

Il regagna son fauteuil et précisa à l'intention de Charles :

« C'est la secrétaire éditoriale. Heather affirme qu'elle a été témoin du comportement déplacé de Candice.

— "Comportement déplacé" ? répéta Roxanne, incrédule. Bon sang, Justin, ouvre les yeux ! Tu ne vois pas que c'est un coup monté ?

— Écoutons le témoignage de Kelly, tu permets ? »
siffla-t-il.

L'adolescente apparut, les joues rouges, les yeux rivés
sur le plancher. Plantée devant la porte, elle se tortillait
nerveusement.

« Kelly, lui dit Justin d'un ton mielleux et paternaliste.
J'ai des questions à te poser au sujet de Heather Trelawney
et de Candice Brewin, qui, comme tu sais, a été
suspendue.

— OK.

— Est-ce que tu as remarqué des tensions entre elles ?
De l'animosité ?

— Oui », répondit Kelly après un temps d'hésitation.

Justin eut un sourire victorieux.

« Peux-tu nous en dire davantage ?

— Je m'en veux, dit Kelly, qui se tordait les mains.
J'aurais dû le signaler mais je voulais pas faire d'histoires.

— Ce n'est rien, la rassura Justin. Alors ?

— Ben… C'est juste que… Heather détestait Candice.
Elle la haïssait ! Et elle savait que Candice allait avoir des
ennuis, avant même que ça arrive. Une histoire de notes de
frais, pas vrai ? » Elle releva brièvement les yeux. « Je crois
que Heather y est pour quelque chose. »

Roxanne laissa échapper un ricanement et se plaqua la
main sur la bouche.

« Je vois, dit Charles gravement. Il semble que nous
ayons été un peu vite en besogne : l'affaire aurait mérité
une enquête plus approfondie.

— Je… Je… Vous avez parfaitement raison, bégaya
Justin d'une voix tendue. Il va sans dire que l'on m'a
présenté une vision déformée des faits. » Il décocha à la
secrétaire un regard peu amène. « Peut-être que si Kelly
était venue me trouver plus tôt… »

Roxanne monta au créneau :

« Ne t'avise pas de la blâmer ! C'est toi qui as renvoyé
Candice, pas elle !

— Il... Il faut que nous enquêtions... » Il déglutit. « À l'évidence, des erreurs ont été commises... Nous y remédierons. Je propose que, dès le retour de Heather...

— Elle ne va pas revenir, dit Kelly.

— Quoi ? demanda Justin, furieux qu'on lui coupe la parole.

— Heather. Elle reviendra pas, dit Kelly, dans ses petits souliers. Elle est partie en Australie. »

Tous les regards convergèrent sur elle.

« Partie... Pour de bon ? demanda Justin d'une voix stridente.

— Je sais pas, mais elle reviendra pas au *Londoner*. Elle... Elle m'a offert un cadeau d'adieu.

— Délicate attention », ironisa Roxanne.

Charles Allsopp secouait la tête, abasourdi.

« Quelle histoire ! dit-il. Tout ceci est proprement... »

Il s'interrompit et adressa un signe de tête à Kelly.

« Merci. Vous pouvez disposer. »

Quand elle eut refermé la porte, il se tourna vers Maggie :

« Il faut que nous contactions Candice sur-le-champ. Maggie, pouvez-vous vous en charger ? Demandez-lui de passer au bureau au plus tôt – demain, si possible.

— Je ne demande pas mieux mais elle est injoignable.

— Pardon ?

— Elle s'est volatilisée. Elle ne répond pas au téléphone, elle n'a pas relevé son courrier depuis des jours... C'est assez inquiétant.

— Allons, bon ! Il ne manquait plus que ça. Avez-vous prévenu la police ?

— Pas encore. Mais j'y songe. »

Charles porta la main à son front.

« Quelle affaire... »

Quelques secondes s'écoulèrent. Puis il se tourna vers Justin, la mine sévère :

« Justin, il faut que nous ayons une petite conversation, vous et moi.

— Euh, mais certainement. Excellente idée, bredouilla Justin en sortant son agenda. Permettez-moi de vérifier mes disponibilités afin que nous convenions d'une date...

— Maintenant. Dans mon bureau. Mesdames, si vous voulez bien m'excuser...

— Bien sûr, dit Maggie.

— Je vous en prie », renchérit Roxanne.

Elle lança à Justin un sourire mauvais.

Restées seules, Roxanne et Maggie s'affalèrent dans leurs sièges.

« Je suis vidée, annonça Maggie.

— Tu m'étonnes ! Tu as été géniale.

— Je crois m'être fait entendre, admit-elle, satisfaite.

— Et comment ! Après ton numéro, Charles va dérouler le tapis rouge pour le retour de Candice ! » Elle étendit les jambes et retira ses chaussures. « Que dis-je ? Il va l'augmenter ! Lui faire livrer des fleurs ! Lui consacrer une page sur l'intranet ! »

Maggie se dérida à peine.

« Pour ça, il faudrait qu'on la retrouve.

— Oui. Tu comptes vraiment appeler les flics ?

— Je ne sais pas... Pour être honnête, je ne crois pas qu'ils puissent nous aider beaucoup. Ils nous diront probablement de nous mêler de nos oignons.

— Alors on fait quoi ?

— Je n'en sais rien. On appelle sa mère ?

— Candice ne peut pas l'encadrer. Ça m'étonnerait qu'elle se soit réfugiée chez elle.

— Elle n'a vraiment personne sur qui compter, murmura Maggie. La pauvre. Elle a dû se sentir seule au monde. Sans nous, trahie par Heather... »

On frappa au carreau. Dehors, Julie, la nouvelle réceptionniste, essayait d'attirer leur attention. Maggie lui fit signe d'entrer. Elle obtempéra timidement.

« Pardon de vous déranger...

« — Je t'en prie, dit Maggie. Je peux faire quelque chose pour toi ?

— Quelqu'un, à l'accueil, demande à voir Justin, et Doreen ignorait s'il était disponible…

— Il est en réunion.

— Et ça risque de durer ! commenta Roxanne. En tout cas, j'espère.

— Ah… Alors… Qu'est-ce que je dis au visiteur ?

— Voyons… Je pourrais le recevoir, qu'en penses-tu, Roxanne ?

— Je suis contre, décréta Roxanne en s'étirant. Tu es en congé maternité, et tu n'es pas là pour faire des heures sup !

— Je sais… Mais c'est peut-être important…

— Tu es trop consciencieuse.

— Sans doute… Je ne sais pas. Comment s'appelle-t-il, ce visiteur ? »

Julie déchiffra sa fiche :

« Euh… Candice Brewin. Il paraît qu'elle a travaillé ici. »

À l'accueil, Candice mourait d'envie de prendre ses jambes à son cou. Elle avait la gorge sèche et tremblait comme une feuille dans sa belle jupe neuve, terrifiée par sa confrontation imminente avec Justin. Mais une détermination à toute épreuve l'ancrait aussi solidement dans le sol qu'une colonne d'acier trempé. Je n'ai pas le choix, se répétait-elle comme un mantra. Je veux récupérer mon boulot, il faut donc en passer par là.

Ce matin-là, à la chaumière, elle s'était réveillée étrangement légère. Soulagée, presque. Pendant un moment, elle avait fixé le plafond en cherchant à identifier cette sensation. Quelque chose avait changé – mais quoi ?

Puis elle avait mis le doigt dessus : sa culpabilité s'était envolée.

Elle se sentait absoute. Le poids qu'elle portait inconsciemment depuis tant d'années avait disparu. Enfin, elle pouvait s'étirer, se détendre et savourer sa liberté. Les crimes de son père ne pesaient plus sur ses épaules.

Pour s'en assurer, elle s'était forcée à penser à Heather, certaine que la culpabilité finirait par affleurer, comme toujours, parmi la confusion de ses sentiments. À la rage et à l'humiliation se mêlait inéluctablement la pointe de honte, la vague nausée familière. Elles émergeaient d'habitude comme un réflexe conditionné. Avec le temps, elle s'y était habituée.

Mais ce matin-là, rien. Rien d'autre qu'un nouveau vide en elle. Un engourdissement.

Allongée, silencieuse, elle s'était émerveillée de sa transformation. Enfin, ses yeux s'étaient dessillés. Enfin, elle voyait Heather sous un nouveau jour. Cette fille, elle ne lui devait rien. Rien du tout.

Quand Ed se mit à remuer à côté d'elle, Candice était en paix.

« B'jour, avait-il marmonné, assoupi, en se penchant pour l'embrasser.

— Je veux récupérer mon travail, avait-elle répondu sans décoller les yeux du plafond. Je refuse d'attendre la réunion exceptionnelle du conseil d'administration. Je veux mon boulot, Ed.

— Cool, répondit-il en lui embrassant l'oreille. Alors va le chercher ! »

Ils avaient petit-déjeuné et remballé leurs affaires presque en silence, de crainte de troubler leur détermination. Pendant tout le trajet, Candice avait regardé droit devant elle, agrippée à la portière. De retour à son appartement, elle avait enfilé un tailleur neuf et Ed l'avait déposée au bureau en voiture. Elle avait réussi à traverser le hall avec aplomb et à demander Justin. Elle se surprenait elle-même !

Mais à présent, sur le marbre froid, sous le regard scrutateur de Doreen, elle se sentait faiblir. Qu'allait-elle dire à Justin, exactement ? Comment s'y prendrait-elle pour le faire fléchir ? Sous son masque d'assurance, elle était à deux doigts de flancher. L'humiliation reprenait le dessus.

Et s'il refusait de l'écouter ? Et s'il la traitait à nouveau de voleuse ? Et s'il appelait la sécurité ? Elle avait préparé son texte, répété chaque mot de son discours, mais il ne lui semblait soudain plus si convaincant. Justin rejetterait en bloc ses explications et lui ordonnerait de quitter les lieux. Candice avait les joues en feu. Elle serra les dents, mortifiée.

« Comme je le craignais, Justin est actuellement en réunion, annonça Doreen.

— Ah. Je vois, murmura Candice.

— Mais on me demande de vous faire patienter. On va tout de même vous recevoir.

— Ah. Euh… Pourquoi ? »

Doreen se contenta de hausser les sourcils.

Candice blêmit. Allait-on la traîner en justice ? La faire arrêter ? Qu'est-ce que Justin avait bien pu leur raconter ? Candice avait du mal à respirer, son cœur s'emballait. Elle n'aurait jamais dû revenir.

Au fond du hall, un tintement retentit, signalant l'arrivée d'un ascenseur, et Candice se prépara au pire. Puis les portes s'ouvrirent et elle se figea, abasourdie. Pas possible ! Ses yeux devaient lui jouer des tours. Et pourtant, c'était bien Maggie qui sortait de la cabine, ses yeux noisette perdus dans le lointain, et, sur ses talons, l'air préoccupé, Roxanne.

Enfin, elles l'aperçurent.

« C'est bien vous, chuchota Candice.

— Je crois, dit Roxanne. Maggie, tu confirmes ? C'est bien nous ? »

Candice observa avec inquiétude la mine grave de ses amies : elles ne lui avaient pas pardonné. Elles ne lui pardonneraient jamais.

« Je suis désolée, commença-t-elle. Je vous demande pardon. J'aurais dû vous écouter. J'avais tort, vous aviez raison : Heather m'a... Elle m'a...

— Là, là, dit Maggie doucement. Tout va bien, Candice. Heather est partie.

— Et nous, on est revenues, ajouta Roxanne en s'avançant, les yeux brillants. On est là. »

21

La tombe blanche était simple, presque anonyme au milieu des allées bien nettes du cimetière. Recouverte d'herbe et de gravier, elle manquait peut-être un peu d'entretien. Mais ce qui la distinguait des autres, c'était le nom gravé en caractères majuscules dans la stèle : lui seul faisait de l'insignifiant bloc de pierre un monument à la mémoire d'un homme. Elle l'étudia un moment. Ce nom dont elle avait porté le poids pendant toute sa vie d'adulte. Ce nom qu'à la longue elle avait redouté d'entendre prononcer.

La main de Candice se serra sur son bouquet, et elle s'approcha. Elle n'était pas venue se recueillir sur la tombe de son père depuis des années. À en juger par l'état de la sépulture, sa mère ne s'était pas montrée plus assidue. Tout à leur colère, leur honte et leur déni, elles avaient voulu aller de l'avant et enterrer le passé.

Ce jour-là, pourtant, devant la stèle envahie de mauvaises herbes, Candice se sentait apaisée. Au cours des dernières semaines, elle avait restitué toute la faute, toute la culpabilité à son père : elles lui appartenaient pleinement. Et Candice respirait enfin.

Du même coup, elle commençait à lui pardonner. Des années durant, elle n'avait nourri à son égard que gêne et ressentiment et, enfin, elle se le remémorait autrement. Peu à peu, ses qualités lui revenaient. Son humour, sa convivialité. Son don pour mettre les gens à l'aise. Sa capacité à divertir toute une tablée de tristes sires. Sa générosité, sa spontanéité. Sa joie de vivre.

Gordon Brewin n'avait pas causé que de la souffrance au cours de son existence : il avait aussi répandu la joie, semé la bonne humeur et fait de chaque jour une fête. Ses proches, il les avait couverts de cadeaux. Et il avait offert à Candice une enfance magique. Pendant dix-neuf ans, elle s'était sentie aimée, protégée, comblée. Dix-neuf années sans une ombre, ce n'était pas rien.

Elle refit un pas vers la tombe.

Ce n'était pas un homme méchant, se dit-elle. Il était faillible, voilà tout. Heureux, malhonnête, généreux et bourré de défauts. Face au nom gravé sur la stèle, les larmes lui montèrent aux yeux et elle retrouva soudain cet amour inconditionnel que lui inspirait son père quand elle était enfant. Alors, elle débarrassa la pierre des gravillons et des herbes folles et y déposa son bouquet. Elle resta un moment silencieuse puis, brusquement, retourna vers le portail où l'attendait Ed.

« Où se trouve la deuxième marraine ? s'affolait Paddy en rejoignant sa bru dans un froufrou de crêpe bleu à motifs. J'espère qu'elle ne sera pas en retard ?

— Elle est en route », la rassura Maggie.

Elle acheva de boutonner la robe de baptême de Lucia et la porta à bout de bras, déployant des volutes de soie et de dentelle.

« Alors ?

— Un vrai chérubin !

— J'avoue qu'elle est jolie, ma fille », se rengorgea Maggie. Roxanne ! Viens voir ta filleule.

« Montre », dit-elle en entrant d'un pas nonchalant.

Elle portait un tailleur cintré noir et blanc et un chapeau au large bord surmonté d'une plume d'autruche.

« Tu as raison : elle est canon. Sauf le bonnet : trop de rubans. »

Maggie toussota.

« À vrai dire, Paddy a confectionné ce bonnet exprès pour aller avec la robe. Et moi, euh… J'adore les rubans.

— Tous mes fils ont été baptisés dans cette robe », déclara fièrement sa belle-mère.

Roxanne inspecta le vêtement d'un œil critique.

« Voilà qui explique bien des choses », conclut-elle.

En croisant son regard, Maggie ne put réprimer un gloussement.

« Dites-moi, Paddy, savez-vous si le traiteur a prévu des serviettes en papier ? Peut-être aurions-nous dû nous en charger ?

— Mon Dieu ! Je l'ignore. Je vais me renseigner. »

Un moment de silence suivit son départ. Maggie posa sa fille sur son tapis d'éveil et s'installa à la coiffeuse pour se maquiller.

« Tu me fais une place ? » demanda Roxanne.

Elle s'assit à côté d'elle sur le grand tabouret en bois et la regarda appliquer avec soin ombre à paupières et mascara, étudiant avec attention le résultat obtenu à chaque étape du processus.

« Je constate avec plaisir que tu ne négliges pas ton apparence.

— Tu sais, répondit Maggie en ouvrant son poudrier, nous, les jeunes mamans, rien ne nous ravit plus que de passer une heure devant la glace.

— Je vais te maquiller les lèvres. Dans les règles de l'art : au crayon. »

Elle prit son menton dans une main, et traça méticuleusement de l'autre le contour de sa bouche au crayon aubergine. Contente du résultat, elle brandit un pinceau et un bâton de rouge à lèvres.

« Lucia, ta maman a besoin de temps pour se pomponner, dit-elle en poursuivant son ouvrage. Il va falloir que tu sois patiente. Tu comprendras l'importance du maquillage quand tu seras plus grande. » Elle tendit un mouchoir à Maggie. « Serre ! »

Maggie referma délicatement ses lèvres sur le papier, les rouvrit et examina son empreinte.

« Tu vas tellement me manquer », dit-elle.

Elle soupira, secoua la tête.

« Chypre… Tu n'aurais pas pu choisir l'île de Wight ? »

Roxanne éclata de rire.

« Tu me vois m'exiler à Wight ?

— Je ne te vois pas t'exiler à Chypre », grommela Maggie.

Elle bouda un moment avant de concéder :

« Bon, OK : avec un gros effort d'imagination, je t'y vois.

— Je reviendrai au moins une fois par mois, promit Roxanne. Tu ne te rendras même pas compte que je suis partie ! »

Leurs regards se croisèrent dans le miroir.

« Et ce que je t'ai dit l'autre jour, ce n'étaient pas des paroles en l'air. Si jamais tu as un coup de blues, appelle-moi. Même au milieu de la nuit.

— Et tu sauteras dans le premier avion ?

— Promis. Après tout, on fait partie de la même famille, maintenant ! »

En s'engageant dans l'allée du domaine des Pins, Ed siffla :

« C'est ça, la maison qu'elle vend ? Qu'est-ce qu'elle lui reproche ?

— Londres lui manque, expliqua Candice. Giles et elle vont emménager chez Ralph. Enfin, chez Roxanne. Bref, tu m'as comprise. » Elle se regarda dans la glace, nerveuse. « Je suis présentable ?

— Tu es mieux que ça, affirma Ed sans tourner la tête.

« — J'aurais peut-être dû mettre un chapeau… Quoique je déteste les chapeaux. Ils me donnent l'air idiot.

— On ne met pas de chapeau à un baptême.

— Mais si ! »

Arrivés devant le manoir, elle poussa un cri.

« Tiens, tu vois bien : Roxanne en porte un ! Je le savais…

— Tu as l'air d'un ange, lui assura Ed en l'embrassant. Et tu as une vraie peau de bébé.

— Je suis censée être la marraine, pas le bébé.

— Alors, tu as une vraie peau de marraine. »

Ed ouvrit sa portière :

« Viens. J'ai hâte de rencontrer tes amies. »

Ils s'avancèrent, le gravier craquant sous leurs pas. À leur approche, Roxanne se retourna. Elle sourit à Candice puis se mit à étudier Ed en plissant les yeux.

« Elle me passe aux rayons X, ma parole ! marmonna Ed.

— Ne dis pas de bêtises, elle t'adore déjà, dit Candice, avant de sauter au cou de son amie. Roxanne, tu es ravissante !

— Je te retourne le compliment, dit Roxanne en tenant Candice par les épaules pour mieux l'admirer. Je t'ai rarement vue aussi… épanouie.

— Eh bien… Je suis heureuse, répondit Candice avec un timide coup d'œil à Ed. Roxanne, je te présente…

— Le fameux Ed, je présume ! » Roxanne pivota vers lui et ses yeux se plissèrent. « Bonjour, Ed.

— Bonjour, Roxanne. Enchanté de faire la connaissance de ton chapeau. Ainsi que la tienne, bien sûr. »

Roxanne inclina poliment la tête et continua de scruter le nouveau venu.

« Je suis un peu déçue, conclut-elle enfin. Je t'imaginais plus beau. »

Ed lui riva son clou avec un sourire indulgent.

« Erreur classique. Ça arrive à des gens très bien, ne t'en fais pas », dit-il.

Roxanne en resta sans voix – puis, au bout de quelques secondes, éclata de rire.

« OK, tu es adopté.

— Ohé, les marraines ! leur cria Maggie depuis le perron. Venez ici, que je vous briefe sur votre mission !

— Quelle mission ? demanda Roxanne en chemin. Je croyais que notre rôle se limitait à lui offrir une timbale en argent !

— Et à se rappeler ses anniversaires, renchérit Candice.

— Sans oublier d'agiter nos baguettes magiques, bien sûr. "Lucia Drakeford, tu iras au bal ! Mais pas en pantoufles de vair : toi, tu iras en Prada !" »

Dehors, il faisait doux mais, dans l'église aux murs épais, la température était polaire et la pauvre Lucia hurla au contact de l'eau glacée. Après la cérémonie, Candice, Roxanne et le parrain de Lucia, un ami de fac de Giles, posèrent chacun à leur tour avec l'enfant sur le parvis.

« Quel stress, geignit Roxanne sans cesser de sourire. Et si quelqu'un la lâchait ?

— Tu ne la lâcheras pas, la rabroua gentiment Candice. Et de toute façon, les bébés, ça rebondit : c'est bourré de caoutchouc. Tout le monde sait ça.

— Mouais… Mais si ce modèle avait un défaut de fabrication ? »

Elle se pencha au-dessus du petit visage de Lucia.

« Ne m'oublie pas quand je serai à Chypre, lui chuchota-t-elle, si doucement que même Candice ne l'entendit pas. Ne m'oublie pas, ma belle.

— On arrête les photos ! décida enfin Maggie. On va ouvrir le buffet et servir le champagne.

— Vous avez dit "champagne" ? s'enthousiasma Roxanne. Qu'est-ce qu'on attend ? »

Sur la pelouse, une longue table à tréteaux disparaissait sous les petits-fours. Deux dames du village avaient été embauchées pour servir le champagne et les canapés, et des enceintes dissimulées dans les arbres diffusaient une ouverture de Mozart. Roxanne et Candice prirent chacune une flûte et s'écartèrent de la foule.

« Divin », déclara Candice en sirotant le breuvage bien frais.

Elle ferma les yeux et laissa le soleil lui dorer la peau. Elle nageait dans le bonheur.

« Tout est parfait, commenta-t-elle. Il ne manque rien !

— Si, une chose… » Roxanne prit un air mystérieux. « Il nous reste un truc à faire. »

Elle éleva la voix :

« Maggie ! Ramène-nous ta fille ! »

Éberluée, Candice vit son amie extraire de son sac à main une mignonnette de cognac et la vider dans sa flûte à demi pleine. Elle y ajouta un morceau de sucre.

« Cocktail au champ', annonça Roxanne avant d'y tremper les lèvres. Pas mal !

— Que se passe-t-il ? s'enquit Maggie en les rejoignant, Lucia dans les bras, les joues roses et les yeux pétillant de bonheur. La cérémonie vous a plu ? Elle a été sage, ma fille, hein ?

— Adorable, convint Candice en lui tapotant l'épaule. Et la cérémonie était magnifique.

— Mais elle n'est pas tout à fait terminée, annonça Roxanne. Le plus important reste à faire. »

Et, sous les yeux ébahis des deux autres, elle plongea son index dans la flûte et toucha le front de l'enfant.

« Ma puce, sois la bienvenue au sein du Cocktail Club. »

Les yeux humides, Maggie contempla sa fille, puis ses amies, et hocha la tête en silence. Puis lentement, sans un mot, elles traversèrent la pelouse pour se joindre à la fête.

Remerciements

Tous mes remerciements à mon agent Araminta Whitley, à Linda Evans et Sally Gaminara, et à ceux de chez Transworld pour leur enthousiasme et leurs encouragements pendant l'écriture de ce livre. À mes parents et mes sœurs pour leur soutien plein d'entrain et à mes amis Ana-Maria et George Mosley, pour avoir toujours été là avec un shaker à portée de main.

MILLE COMÉDIES

Tout pour être heureuse ? de Maria BEAUMONT, 2008

Dans la veine de Jennifer Weiner et Marian Keyes, une comédie à la fois émouvante et chaleureuse sur les difficultés d'une jeune mère qui trouve un peu trop souvent le réconfort dans le chardonnay.

———◆———

Mais qui est le père ? de Maria BEAUMONT, 2009

Alors qu'elle est en train de donner naissance à son premier enfant, une jeune femme se remémore la liste de tous ses princes, pas toujours très charmants, et son trajet, souvent mouvementé, sur la route chaotique qui mène au bonheur.
Mariée et mère de deux enfants, Maria Beaumont vit à Londres. Après Tout pour être heureuse ? *(2008),* Mais qui est le père ? *est son deuxième roman paru chez Belfond.*

———◆———

Cerises givrées d'Emma FORREST, 2007

Une jeune femme rencontre l'homme de ses rêves. Problème, l'homme en question a déjà une femme dans sa vie : sa fille de huit ans. Une nouvelle perle de l'humour anglais pour une comédie sur l'amour, la jalousie et le maquillage.
D'origine anglaise, Emma Forrest vit à Los Angeles. Cerises givrées *est son premier roman paru en France.*

———◆———

Ex & the city, manuel de survie à l'usage des filles larguées
d'Alexandra HEMINSLEY, 2009

Une première incursion dans la non-fiction pour Mille Comédies avec cet indispensable et très hilarant manuel à l'usage de toutes les filles qui ont eu, une fois dans leur vie, le cœur en lambeaux.
Alexandra Heminsley est journaliste. Responsable de la rubrique livres de Elle (UK)*, elle est également critique sur Radio 2, ainsi que pour* Time Out *et* The Observer. *Elle vit à Londres.*

—◆—

Chez les anges de Marian KEYES, 2004

Les pérégrinations d'une jeune Irlandaise dans le monde merveilleux de la Cité des Anges. Un endroit magique où la manucure est un art majeur, où toute marque de bronzage est formellement proscrite et où même les palmiers sont sveltissimes...

—◆—

Réponds, si tu m'entends de Marian KEYES, 2008

Quand il s'agit de reprendre contact avec celui qu'on aime le plus au monde, tous les moyens sont bons, même les plus extravagants...

—◆—

Un homme trop charmant de Marian KEYES, 2009

Quatre femmes, un homme, un lourd secret qui les relie tous et cette question : peut-on tout pardonner à un homme trop charmant ?
Née en Irlande en 1963, Marian Keyes vit à Dublin. Après, entre autres, Les Vacances de Rachel *(2000),* Chez les anges *(2004) et* Réponds, si tu m'entends *(2008),* Un homme trop charmant *est son sixième roman paru chez Belfond.*

—◆—

Confessions d'une accro du shopping de Sophie KINSELLA, 2002, rééd. 2004

Votre job vous ennuie à mourir ? Vos amours laissent à désirer ? Rien de tel que le shopping pour se remonter le moral... Telle est la devise de Becky Bloomwood. Et ce n'est pas son découvert abyssal qui l'en fera démordre.

———◆———

Becky à Manhattan de Sophie KINSELLA, 2003

Après une légère rémission, l'accro du shopping est de nouveau soumise à la fièvre acheteuse. Destination : New York, sa 5ᵉ Avenue, ses boutiques...

———◆———

L'accro du shopping dit oui de Sophie KINSELLA, 2004

Luke Brandon vient de demander Becky en mariage. Pour une accro du shopping, c'est la consécration... ou le début du cauchemar !

———◆———

L'accro du shopping a une sœur de Sophie KINSELLA, 2006

De retour d'un très long voyage de noces, Becky Bloomwood-Brandon découvre qu'elle a une demi-sœur. Et quelle sœur !

———◆———

L'accro du shopping attend un bébé de Sophie KINSELLA, 2008

L'accro du shopping est enceinte ! Neuf mois bénis pendant lesquels elle va pouvoir se livrer à un shopping effréné, pour la bonne cause...

———◆———

Confessions d'une accro du shopping suivi de **Becky à Manhattan** de Sophie KINSELLA (édition collector 2009)

Pour toutes celles qui pensent que « le shopping devrait figurer dans les risques cardio-vasculaires », découvrez ou redécouvrez les deux premières aventures de la plus drôle, la plus délirante, la plus touchante des fashion victims...

―――•◆•―――

Mini-Accro du shopping de Sophie KINSELLA (2011)

L'accro du shopping fait son grand retour, flanquée de la pétulante Minnie, deux ans seulement et déjà un caractère bien trempé. Telle mère, telle fille !

―――•◆•―――

Les Petits Secrets d'Emma de Sophie KINSELLA, 2005

Ce n'est pas qu'Emma soit menteuse, c'est plutôt qu'elle a ses petits secrets. Rien de bien méchant, mais plutôt mourir que l'avouer... Quiproquos, coups de théâtre et douce mythomanie, une nouvelle héroïne, par l'auteur de *L'Accro du shopping*.

―――•◆•―――

Samantha, bonne à rien faire de Sophie KINSELLA, 2007

Une comédie follement rafraîchissante qui démontre qu'on peut être une star du droit financier et ne pas savoir faire cuire un œuf...

―――•◆•―――

Lexi Smart a la mémoire qui flanche de Sophie KINSELLA, 2009

Quand Lexi se réveille dans sa chambre d'hôpital, elle ne reconnaît ni ce superbeau gosse qui prétend être son mari, ni cette snobinarde qui dit être sa meilleure amie. Trois ans de sa vie viennent de s'effacer d'un coup...

―――•◆•―――

Très chère Sadie de Sophie KINSELLA, 2010

Obligée d'assister à l'enterrement de sa grand-tante Sadie, Lara va se retrouver confrontée au fantôme de cette dernière. Un drôle de fantôme de vingt-trois ans, qui aime le charleston et les belles toilettes, et qui n'a de cesse de retrouver un mystérieux collier...

Sophie Kinsella est une véritable star : auteur des Petits Secrets d'Emma, *de* Samantha, bonne à rien faire *et de* Lexi Smart a la mémoire qui flanche, *elle est également reconnue dans le monde entier pour sa série-culte des aventures de l'accro du shopping.*

———•◆•———

Un week-end entre amis de Madeleine WICKHAM alias Sophie KINSELLA, 2007

Un régal de comédie à l'anglaise, caustique et hilarante, pour une vision décapante des relations au sein de la jeune bourgeoisie britannique. La redécouverte des premiers romans d'une jeune romancière aujourd'hui plus connue sous le nom de Sophie Kinsella.

———•◆•———

Une maison de rêve de Madeleine WICKHAM alias Sophie KINSELLA, 2007

Entre désordres professionnels et démêlés conjugaux, une comédie aussi féroce que réjouissante sur trois couples au bord de l'explosion.

———•◆•———

La Madone des enterrements de Madeleine WICKHAM alias Sophie KINSELLA, 2008

Aussi charmante que vénale, Fleur séduit les hommes pour mieux mettre la main sur leur fortune. Mais à ce petit jeu, telle est prise qui croyait un peu trop prendre...

———•◆•———

Drôle de mariage de Madeleine WICKHAM alias Sophie KINSELLA, 2008

Quoi de plus naturel que rendre service à un ami dans le besoin ? Sauf quand cela peut ruiner le plus beau jour de votre vie et vous coûter l'homme de vos rêves...

———•◆•———

Des vacances inoubliables de Madeleine WICKHAM alias Sophie KINSELLA, 2009

À la suite d'une regrettable méprise, deux couples vont devoir passer leurs vacances ensemble... pour le meilleur et pour le pire !

———◆———

Sœurs mais pas trop d'Anna MAXTED, 2008

Cassie, la cadette, est mince, vive, charismatique et ambitieuse ; Lizbet, l'aînée, est ronde, un peu paresseuse, souvent gaffeuse et très désordonnée. Malgré leurs différences, les deux sœurs s'adorent... jusqu'au jour où Lizbet annonce qu'elle est enceinte. Une situation explosive !
Mariée et mère de deux garçons, Anna Maxted vit à Londres.
Sœurs mais pas trop *est son premier roman traduit en français.*

———◆———

Tous à la campagne ! de Judith O'REILLY, 2010
Les tribulations d'une épouse et mère plus que dévouée en terrain rural inconnu, ou comment survivre dans les contrées désolées du Northumberland quand on n'a connu que la trépidante vie londonienne.
Judith O'Reilly a tout quitté pour suivre son mari. Hilarant récit de cette expérience, d'abord relatée dans un blog qui a connu un énorme succès, Tous à la campagne ! *est son premier roman.*

———◆———

Cul et chemise de Robyn SISMAN, 2002

Comme cul et chemise, Jack et Freya le sont depuis bien longtemps : c'est simple, ils se connaissent par cœur. Du moins le pensent-ils...
Née aux États-Unis, Robyn Sisman vit en Angleterre. Après le succès de Nuits blanches à Manhattan, Cul et chemise *est son deuxième roman publié chez Belfond.*

———◆———

Le Prochain Truc sur ma liste de Jill SMOLINSKI, 2007

Une comédie chaleureuse et pleine de charme sur une jeune femme qui donne irrésistiblement envie de profiter des petits bonheurs de tous les jours.
Jill Smolinski a été journaliste pour de nombreux magazines féminins, avant de se consacrer à l'écriture. Le Prochain Truc sur ma liste *est son premier roman traduit en français.*

———◆———

Alors, heureuse ? de Jennifer WEINER, 2002

Comment vivre heureuse quand on a trop de rondeurs et qu'on découvre sa vie sexuelle relatée par le menu dans un grand mensuel féminin.

———◆———

Chaussure à son pied de Jennifer WEINER, 2004

Rose et Maggie ont beau être sœurs, elles n'ont rien en commun. Rien, à part l'ADN, leur pointure, un drame familial et une revanche à prendre sur la vie...

———◆———

Envies de fraises de Jennifer WEINER, 2005

Fous rires, petites contrariétés et envies de fraises... Une tendre comédie, sincère et émouvante, sur trois jeunes femmes lancées dans l'aventure de la maternité.

———◆———

Crime et couches-culottes de Jennifer WEINER, 2006

Quand une mère de famille mène l'enquête sur la mort mystérieuse de sa voisine... Entre couches et biberons, lessives et goûters, difficile de s'improviser détective !

———◆———

La Fille de sa mère de Jennifer WEINER, 2009

Une comédie douce-amère où l'on apprend comment concilier avec grâce vie de couple, kilos en trop et rébellion adolescente.

———◆———

Des amies de toujours de Jennifer WEINER, 2011

Une comédie aussi désopilante qu'émouvante sur deux amies devenues ennemies jurées. Des retrouvailles explosives et cocasses sur fond de road movie à la *Thelma et Louise*.
Jennifer Weiner est née en 1970 en Louisiane. Après Alors, heureuse ? *(2002, Pocket 2004),* Chaussure à son pied *(2004) – adapté au cinéma en 2005 –,* Envies de fraises *(2005),* Crime et couches-culottes *(2006) et* La Fille de sa mère *(2009),* Des amies de toujours *est son sixième roman publié par Belfond.*

———•———

Lizzy Harrison pète les plombs de Pippa WRIGHT, 2011

Quand une jeune femme bien sous tous rapports doit se faire passer pour la petite amie d'une rock star en pleine tourmente médiatique. Quiproquos, rebondissements et l'amour au bout du compte...
Âgée d'une trentaine d'années, Pippa Wright vit à Londres. Fan des comédies anglaises, élevée à la lecture des Kinsella et autres Marian Keyes, Lizzy Harrison pète les plombs *est son premier roman.*

Composition et mise en pages : FACOMPO, LISIEUX

Achevé d'imprimer au Canada
sur les presses de Imprimerie Lebonfon Inc.